URAKAGYOTENSEI

裏稼業転生

〜元極道が家族の為に領地発展させますが何か?〜

4

Presented by
西の果てのぺろ。
Illust. riritto

JN114157

TOブックス

Contents

目次

URAKAGYOTENSEI

~Motogokudo ga kazoku no tameni ryochihatten sasemasuga nanika?~

Illust. riritto
Cover Design AFTERGLOW

Character

人物紹介

リーン

リューの従者のエルフ。
リューの両親とは古い友人。
元気で好奇心が強く、
戦闘力も高い。

リュー

《ゴクドー》スキルを持つ元極道の
心優しい少年。騎士爵家の三男。
前世で家族に恵まれなかった分、
転生後は、家族の為に
領地経営に励んでいる。

ハンナ

リューの妹。
賢者スキルを持っている。
要領が良く、
好奇心が強い。

ファーザ

リューの父。
領地を治める領主。
剣技が優れている。
お金はどんぶり勘定。

セシル

リューの母。
治癒士兼魔法使い。
普段優しいが怒ると怖い。

カミーザ

リューの祖父。
かつては凄腕の冒険者だった。
今もその実力は健在。

ケイ

リューの祖母。
カミーザと共に悠々自適な
老後生活を送っている。

タウロ

リューの兄で長男。
『騎士』のスキル持ち。

ジーロ

リューの兄で次男。
『僧侶戦士』のスキル持ち。

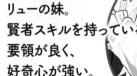

序章

ランドマーク本領での一大イベントが成功に終わり、一息吐きたいところのリューであったが、学祭が行われる時期という事もあり、それどころではなかった。

「それでは、今年の学祭での出し物をみなさんには決めてもらいます」

担任のビョード・スルンジャー先生が授業を変更してそう告げた。

そして、続ける。

「それでは挙手で意見をお願いします」

「はい！　――このクラスには王女殿下がおられます。ですので王女殿下握手会はどうでしょうか？　きっと行列が出来る事間違いなしです！」

王女の取り巻きの女子が、真っ先に挙手すると、そう提案した。

「おお！　いい提案だ！　俺もその握手会に並びたいな」

「それなら、サインも足してみたらどうだろう？」

「王女殿下御一人にそんな事をさせる気か!?　――ここは人気のあるリーン殿や、平民に評判が良いミナトミュラー騎士爵殿も入れようではないか！」

おいおい！　握手会前提で話を進めないでよ！

リューは王女殿下の取り巻き連中の提案に内心ツッコミを入れる。

「ちょっと待ってください。王女殿下にそんな負担の掛かる催しをさせるなんて失礼ではないでしょうか？　それに、クラスの出し物をそんな安易なものにしていいのでしょうか？」

イバルが、挙手すると、そう否定した。

「王女殿下の握手を安易と言うのか！」

「そうだそうだ！」

「失礼はそっちだろ！」

エリザベス王女の取り巻きが、イバルの反対意見に怒り始めた。

「イバル君は、王女殿下以外の人が楽をし過ぎだと言っているんですよ。それに王女殿下の負担をまるで考えていないじゃないですか。――そこで僕の意見を言わせてもらいます……。――短時間での回収率、高額のお金が動きやすく、状況を操作しやすい事を踏まえて……、賭場はどうでしょうか？」

リューは真剣にそう提案した。

そう、リューは完全に学祭の意味をはき違えていたのだ。

というのもリューは前世でまともに学校行事に参加した事がなかったので、学祭のシステムを全く理解していなかったのである。

なので、とにかく収益を出せるものが良いという考えの元、導き出した結果が賭場であった。

「「「「え？」」」」

クラス全員が、想像を超える斜め上の意見に驚きを隠せないのであった。

「リュー、それはまずいだろ！」

と、ランス。

「学祭で賭場は許可が下りないって！」

と、イバル。

「今回ばかりは、いくらリューの意見でも賛成できないぞ⁉」

と、ナジン。

「……賭場？　なんだか面白そう……」

と、シズ。

「リューの意見に何の文句があるのよ！」

と、逆切れするリーン。

そして、

「え？　駄目なの⁉」

と、クラスの反応を見て、普通にショックを受けるリューであった。

ざわつく教室であったが、リューの評価に関わると思ったイバルが、助け舟を出した。

「ミナトミュラー君の意見である賭場は、そのままだと教育上良くないとは思いますが、その一部を取り入れたものにするのはどうでしょうか？　――例えば、執事・メイド喫茶をやって、その中で注文した品の金額をルーレットや、サイコロで決めるといったものはどうでしょうか？　これなら、クラス全員に仕事が割り振れますし、王女殿下や、リーンさん、ミナトミュラー君の人気も利用できます。そして娯楽提供も出来て人気が出ると思いますが」

「それ面白そうだな……」

「いいね！」

「貴族である自分達が執事やメイドの格好をするというのも趣があるな！」

イバルの意見にクラスの生徒達は賛同する雰囲気に変わった。

「ナイス、イバル君！　ルーレットやサイコロの仕込みは僕に任せて！」

リューは、学祭に対して誤解、もしくは、まだ理解していないのか、完全にイカサマを仕込む気満々であった。

「リュー。学祭の目的は、外部や地域の人達へ学校を開放したり、生徒達の意識を高揚させたりするという役割があるんだ。利益を出して資金調達や団結力を強化する目的もあるけど、ガツガツしたものじゃないからね？」

イバルが完全に利益を出す目的のみに特化しようとするリューを宥《なだ》めるのであった。

「そうなの!?　てっきり、沢山稼いだクラスが勝ちのサバイバル勝負が学祭の趣旨だと思ってたよ……」

どこでそんな間違った情報を入手したのかわからないが、イバルの説明でやっと学祭の意義を理解するリューであった。

「――それでは、このクラスの出し物は、『執事・メイド喫茶～お値段はあなたの運次第！～』に、決定します。メニューはミナトミュラー君の提案にあったものを中心によろしいですね？」

「「「はーい！」」」

担任のスルンジャー先生が黒板に書き出された決定事項の内容を読み上げると、生徒達は全員が賛同するのであった。


休憩時間――

「執事か。親父のやっている事とあんまり変わらないけど……、まっ、いいか！」

国王の側近をしている父親の元で学んでいるランスにとっては、真新しいものではなかったが納得した。

「うちのクラスはみんなほぼ貴族だからな。庶民の格好は普段しないから楽しみな者がいてもおかしくないいか」

と、ナジンが言う。

「そんなものなの？」

リューが、ナジンの発言に質問した。

「ああ、上級貴族の娯楽の一つとして演劇があるんだが、観る事に飽きた貴族の中には、庶民の役を演じて楽しむ者もいる。そういう意味では普段やらないものを楽しむ傾向にはあるかもしれないな」

「へー。知らなかったよ」

リューがナジンの知識に感心する。

「……それよりもリズがメイド役を引き受けたのが心配……」

シズが最近仲良くなったリズ（エリザベス王女の愛称）の心配をした。

「それはきっと友人のシズがメイドを選んだから、王女殿下もそうしたんじゃないかな？　嫌なら裏方も選べたわけだし、きっと大丈夫だよ」

リューはそう答えると、このシズとエリザベス王女の仲の良さを微笑ましく感じるのであった。


数日かけて行う学園祭、通称・学祭の準備はリューのイメージとは全く違っていた。

学生同士が和気あいあいとして、一から作っていくものと思っていたのだが、ここはやはり王国一の学園で、裕福な層が沢山通う学校である。

備品から簡易の厨房の用意まで、学園側が用意した業者が準備して設定してくれた。

「なんか想像していたのと違うんだけど？」

リューはリーンにそうぼやいた。

「？　――私も学祭って初めてだからわからないけど……、どんなのを想像していたの？」

リーンは初めての事でイメージがわかないのか首を傾げてリューの想像していたものを聞き返した。

「自分達で道具を持ち寄って一から作り上げるような――」

「その辺りは各貴族御用達の職人を連れてきているみたいよ？　うちも呼んでおいたけど？」

リーンがそう言って振り返ると、そこにはミナトミュラー商会が誇るランスキー達職人軍団がいた。

「え！　呼んだの⁉」

「だって、リズが王家御用達職人に全ての食器を用意させるって言うから、それならミナトミュラー家も負けていられないじゃない！　お店で出す『コーヒー』、お菓子の数々の準備はもちろん、執事とメイド服の採寸から仕立てまで出来るように、ランスキーに準備させたわよ！」

リーンはそう答えると胸を張る。

「若！　うちの職人達の腕を、他のお貴族様達に見せつける絶好の機会ですな！」

いつの間にかリーンの後ろには、職人達の頭であるランスキーが職人達を従えて立っており、そう言って豪快に笑う。

生徒達は厳つい強面の集団に怯えるのだったが、リューのところの職人と聞いてひとまず安心する。

何しろ今や飛ぶ鳥を落とす勢いのミナトミュラー騎士爵家の職人なら腕は確かだろう。

見た目が怖いのは気になるがお抱えの職人なら無礼は働かれないだろうと思ったのだ。

「若様ー！　ボクも来たよー！」

職人達に紛れて、そこにはメイドのアーサが立っていた。

「あれ？　アーサがなんでここにいるの？」

リューは頭に疑問符が浮かぶ。

「メイド服の採寸は女性にさせるのが一番だと思いましてな。それに、元は仕立屋でもありますから、執事のマーセナルにお願いして来てもらいました」

ランスキーが代わりにそう答えた。

「じゃあ、早速、採寸するからメイド服を作る女の子達はボクのところに並んで！」

アーサは、そう告げると女子生徒達を並ばせる。

メイドがメイド服の採寸をするという変な構図であったが、アーサの採寸は女子生徒を一目見て、メモしていくだけ、というものだった。

「測らないの？」

リューがメイドのアーサに聞く。

「若様も変な事聞くね？　一目見れば、体の採寸は簡単にできるよ？　逆に何でわざわざメジャーを出して確認するのかボクにはわからないな。正確な距離、長さがわからないと人をころ――」

「ちょ、アーサ、そこまででいいよ！」

アーサが説明の最中に危険な事を口走りそうになったのでリューは止めた。

「……なるほど、それはアーサの才能だね。じゃあ、続けて」

そんなアーサの隠れた才能で女子の採寸はすぐに終わり、今度はアーサがメイドとしての接客を指導し始めた。

「……ノリノリだね」

リューは、生き生きとしているアーサを見て苦笑いするのであったが、貴族にメイドが接客の指導をするというのも珍しい光景なので、それはそれで楽しんで見られるのであった。

そんな指導はリーン、シズ、そしてエリザベス王女ことリズにも及び、一緒に習い始めていた。

リーンは苦戦し、シズは黙々とアーサの真似をし、リズはアーサの指導を一度で覚えると接客の練習の為にお客役をしてくれた生徒よりも優雅に対応してみせる。

「……これは、接客されるお客さんのプレッシャーが凄そうだな……」

リューの言う通り、王女に接客されたお客役の生徒は、ガチガチに緊張していた。

リズ王女の接客は意外にお客の方のハードルが高いかもしれない。

リューは、その光景を見てそう考えると一つの提案をした。

それは、リズ王女の接客は、三十分に一度、ランダムで行う、というものだった。

そうでないと、店内を高貴な雰囲気を醸し出して優雅に接客する王女がうろついていたらお客は、緊張で楽しむどころではなさそうだ。

リューの意見は、王女の取り巻き連中にも好意的に受け止められた。

どうやらみんな、同じような事を考えていたようだ。

そこで、さらに提案がなされた。

「リーンさんも王女殿下と交代でやってはどう？　リーンさんも王女殿下とは違った人気があるから」

女子生徒からその意見が上がると、これも全会一致で承諾された。

つまり、二枚看板娘を出し惜しみするスタイルだ。

そうなったら、目的の看板娘に会えるまでうちの執事・メイド喫茶にリピートする事になるだろう。

もちろん、回転率を上げる為、お客の滞在時間は短くする。

そして、最大の売りは各メニューの価格だ。

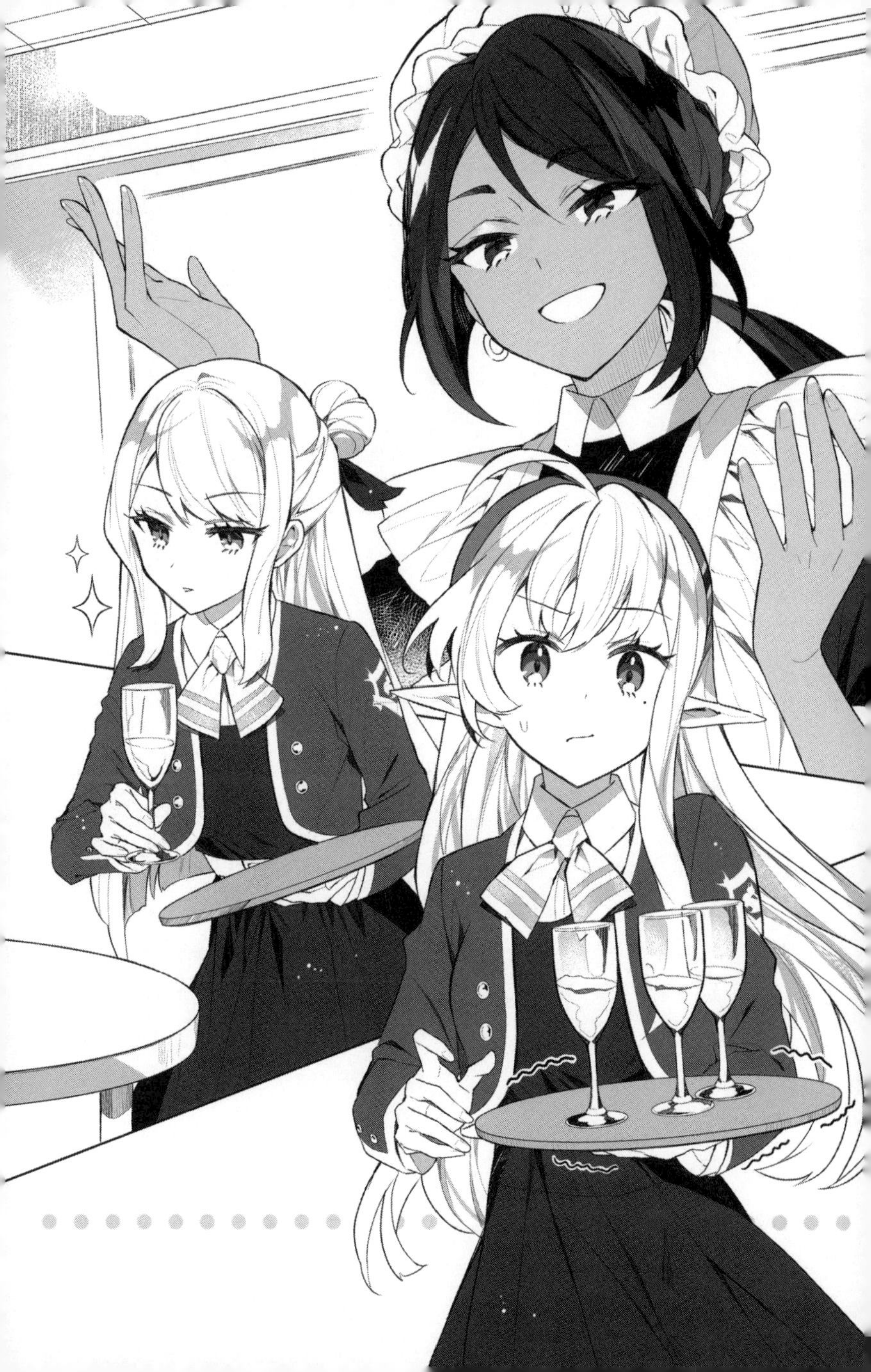

これは値段が書かれたルーレットをお客に回してもらう事になった。

価格の書かれたところに止まった金額を支払ってもらうやり方だが、もちろん銅貨一枚（前世でいう百円くらい）から、銀貨十枚（一万円くらい）まである。

もちろん、基本は学生の出し物だからルーレットの出目のほとんどは、安い金額が書かれている。

なので、よほど運が悪すぎない限りは、高額な価格に当たる事はほぼない設定だ。

だがしかし、裕福な貴族や金持ちの子息子女にはなぜか高額な出目が当たり易くなっている。

え？　イカサマだろう？

バレなきゃイカサマじゃないんですよ？

職人にイカサマルーレットを作らせたリューは、その出来に満足するのであった。

学園祭開始ですが何か？

学園祭当日――

校門前には沢山の行列が出来ていた。

王立学園はその広大な敷地に一年生から四年生の校舎、各特別教室校舎など別々に独立して用意してあり、普段はほとんど交わる事は無い。

校門も学年毎に違うのでその前に出来る行列はその学年の人気に比例する事になる。

もちろん、各学年の間には敷居は無く、出入りは可能なのだが、この日の様な学園祭でもないと生徒達が行き交う事はそうそうないのであった。

「ランスキーからの報告だと、私達一年の校門前が一番行列が長いみたいよ？」

リーンが、いつの間にかランスキー達を校門前に偵察に出していたようだ。

「ちょっと、リーン。ランスキー達をそんな事に使っちゃダメだって」

リューがリーンを注意した。

「私じゃないわよ？　ランスキー達が今日の成功を見届けたいって言って、職人達を引き連れて来ているの」

「ええ⁉　僕には何の報告もなかったよ⁉　それに、まだ、校門も開いてないのになんでリーンに報告が来るのさ」

蚊帳の外に置かれている事にリューが抗議をする。

「ランスキー達職人は、関係者登録しているから、出入り可能なのよ。よく見なさい。その辺りで最終作業をしている作業員はみんなうちの職人達よ」

リーンが指さすと、リューはあまりに見慣れ過ぎてスルーしていたが、作業員のほとんどがミナトミュラー商会建設部門の作業着である青色のつなぎを着ていた。

「あ……」

リューがそれにやっと気づくと、職人達は一斉に、

「「「若、お疲れ様です！」」」

と、挨拶をする。

この大きな挨拶に教室の生徒達もびくっとするのであったが、リューは慣れたもので、

「うん、みんなお疲れ様。今日は裏方よろしくね」

と、お願いした。

「「「へい！」」」

職人達は元気よくそう答えるとてきぱきと作業に戻っていくのであった。

「リューのところの従業員はあれだな……、改めて見ても厳《いか》ついな」

ランスがリューの肩に手を置いてそう感想を漏らす。

「だな」

ナジンもランスの言葉に同意する。

「……怖そうだけど、さっき荷物運び手伝ってくれたよ」

シズが、職人達が良い人だったと庇ってくれた。

「みなさん良い人ですよ」

いつの間にこちらに来たのか自称将来の剣聖、リューの部下であるスード・バトラーが背後に立っていた。

「急に現れるなよ、スード！」

ランスがスードの登場に驚いてツッコミを入れた。

「スードの方は準備、終わったのか？」

イバルが、普通クラスであるスードに聞き返した。

「はい。うちのクラスの出し物は、女子が中心になって企画した告白大会なので自分は自由に動けるんです」

「何それ？」

「好きな人に舞台上でみんなの前で告白してもらう、というものです。告白される側はみんなお昼に講堂に来るよういろんな理由をつけられて呼ばれていますよ。リーン様もその一人だったと思いますけど」

スードが言ってはいけないネタ晴らしをするのであった。

「そう言えば、先生にお昼は講堂へ来るように言われていたわ。そんな理由なら行かなくても大丈夫ね」

リーンは驚く様子もなく答える。

「こらこら、スード君もネタ晴らしをここでしちゃ駄目だから！　それにリーンも知らないフリしてそこは行ってあげないと！」

リューが慌てて他所のクラスの企画潰しを恐れて注意する。

「でも、断るから一緒じゃない？」

「断るにしてもだよ！」

「……わかったわ。じゃあ、その間はスード。あなたがリューの護衛だから離れないで一緒にいなさいよ」

リーンはちょっと拗ねるとスードに引継ぎをお願いした。

「わ、わかりました！　主の事は自分がしっかり守ります！」

大好きなリーンにお願いされてスードは喜んで敬礼した。

「……あはは。ランスキー達もいるし、そんなに守られるような事、学園内ではそう起きないから」

リューは大袈裟な二人に苦笑いしながら答えるのであった。

そこでふとリューはランスが大人しい事に気づいた。

いつもなら、「告白大会？　あとで見に行ってみようぜ！」とか言いそうなものだが……。

「……ランス君。もしかして、講堂に何か用事で呼ばれてる？」

ぎくっ！

ランスが、あからさまに動揺した。

「い、いや。スードの話を聞いて、ま、まさかと思っただけだぞ？　朝一に他所のクラスの奴に、講堂で食べ物の出し物するから必ず来てくださいって言われていただけで……」

なるほど……、ランス君にも春が来るかもしれないのか。

リューはそれはそれで良い事だと思い、これ以上は茶化さない事にした。

ランスとナジンは、自分達より二つ上の十四歳。

彼女の一人も作りたい年頃だ。

ナジンは、幼馴染のシズがいるから、あれだろうが、ランスは女性を意識してもおかしくないだろう。

「じゃあ、お昼はリーンとランス君が一時抜けるという事で、シフトは組んでおくね」

リューは笑顔でそう答えると王女の取り巻きである女子生徒に報告に行く。

「……リュー君は女子に対して意識がないみたいだね」

シズが、ナジンにぼそっと声を掛ける。

「リューの傍には常にリーンがいるからな。それにリューの事が良いと思った女子もリーンのハードルが高くて告白はできないだろう」

「……それじゃあ、その逆は？」

「それは、リューが相手なら勝てるかもしれないと思うんだろうな。リューは成績優秀、騎士爵持ちの優良物件、容姿も両親に似て水準以上だが、その纏っている雰囲気が謙虚で緩く感じるから、もしかしたらつけ入る隙があるかも？　と勘違いする奴がいるのさ。リーンの意志が曲がる事は無いのにな」

ナジンはそこまで分析してシズに言う。

「……流石ナジン君。ちゃんと分析しているね！」

シズが幼馴染を褒めた。

そんな二人のやり取りを見て、個人的には君達二人の関係が一番もどかしいんだが！

とイバルは内心ツッコミを入れるのであった。

いよいよ、学園祭の開催時間を迎えた。

王立学園の校門が開かれ、外部の人々の通行が許可され始めたのだ。

警備兵は怪しい者には声を掛けるが、基本素通りになる。

早速、出入り口付近ではクラスの出し物とは別に部活動を行っている人達の出店が客引きを開始した。

「焼き立ての串肉はいかがですか～！」

「搾りたての果物ジュースでーす！　一杯どうですかー！」

「焼き立てのパンでーす！　美味しいですよ～！」

部活の出し物は、来季の活動費にも繋がり、上級生にもノルマを課せられているのか、強引にお客を自分のお店に案内しようとする客引きもいる。

「……みんな思ったより必死だね」

客引きの為に看板の設置とビラ配りをする事を目的に玄関先にやって来たリューは、一緒に付いて来たランスとスード・バトラーに声を掛ける。

「普通クラスの生徒は部活動に力を入れているからな。それが卒業後の人脈作りに役立つ事が多いのさ」

と、ランスがその理由を答えてくれた。

「人脈作り？」

「ああ。部活動によってはOBが就職先にいたりするだろ？　活動内容を内申書で確認して頑張っていたか評価の対象にするらしいぜ？　俺達元特別クラスは貴族ばかりで部活動よりも優先するものがあるから、ほとんど部活入りしている奴はいないけどな」

「そうだったのか。僕はてっきり部活ってただの道楽かと思ってた」

「ははは！　リューは現役の騎士爵として街を統治する身分だからな。そう、考えても仕方がないな。——スードは部活入ってないのか？」

ランスが、リューの考えに理解を示すと、リューの護衛役である平民のスードに、話を振った。

「自分は家族を養う事に精一杯で、部活動する余裕はなかったですよ。でも、名義だけ『剣術研究会』に貸していました。幽霊部員ってやつです。ですが、もう不要ですね。主の元で雇ってもらえる事になっていますので」

スードは真面目な面持ちで答えた。

「……完全にリューの護衛役として収まっているな」

ランスは、スードが周囲に目を配りながらリューの後ろにぴったりついている事に感心した。

「じゃあ、僕らも客引きしないとね」

リューはスードについては本人のやり方に任せている。

給金も支払っているし、本人もそれに報いる為に自分が出来る事をやっている。

リューは今のところ不満もないので今の状態をよしとしていた。

「特別教室にて執事・メイド喫茶をオープンしていまーす！　あの王侯貴族の子息子女があなたを接客するかもしれません！　お越しくださーい！」

リューが通行人への殺し文句を言い放った。

「「「え？」」」

通行人はリューの殺し文句に足を止めるとビラを受け取り始めた。

「そのビラ、俺にもくれ！」

「わ、私も！」

「もしかして第三王女殿下のクラスの出し物か⁉」

「王女殿下⁉」

通行人達は王女殿下という単語に、完全に足を止める。

「……何々？　『ルーレット方式の価格設定。貴族の子息子女による接客と、ランダムで現れるエルフ美女や王女殿下のメイド姿を拝めるのはここだけ！』だと⁉　場所は……、あっちか！」

ビラを受け取って地図を確認した通行人達は急いで校舎に入っていくのであった。

「……流石王女殿下だな。まあ、学園関係者以外からすると王族を拝める機会なんてほとんど無いからな！」

ランスが、通行人の反応に感心しながらリューに声を掛ける。

「この感じだとあとは口コミと看板設置だけで、行列が出来そうだね」

リューは笑顔で答えると詰め寄る通行人達にビラを配り終えるのであった。

王女クラスによる執事・メイド喫茶は開店から少しの時間で行列が出来ていた。

入り口には仕切りがなされているので、店内の様子を窺う事はできないが、「おお！」という感嘆から、「マジ神！」という賞賛、中には、「一生の思い出になりました！」という誤解を生みそうなセリフまで聞こえてくる。

そして、しばらくすると、「くそー！　もう少し横にズレたら銅貨一枚だったのに、銀貨五枚かよ！」とか、「ほっ……。銅貨三枚だった！」とか、「銀貨十枚か……！　いや、王女殿下のメイド服を拝めただけでもその価値はある。いや、それ以上だ！」というビラにあったルーレットによる価格設定に一喜一憂する人達の声がしてきて、お客が出口から退室してくるのであった。

そして、入り口の扉が開き、「次のお客様どうぞー！」と、執事姿の学生がお客を中に案内する。

待っていた男性客は、ドキドキしながら店内に入った。

そこには、貴族の子女のメイド姿があった。

他にも執事姿のリュー達もいるのだが、男性客にはメイド姿しか視界に入っていない。

「「「いらっしゃいませー！」」」

接客をする生徒達の若々しい声が響く。

「おお……！　これが貴族様の接客！　……はっ！　――王女殿下はどこ⁉」

慌てて男性客は王女殿下を探す。

だがそこに王女殿下らしい人影はない。

「い、いない⁉」

がっくりする男性客。

そこへ、「こちらへどうぞ、お客様」と声を掛けるメイドが現れた。

がっかりしている男性客は、そのメイドの方を何気なく見ると……。

そこにはエルフの美女が立っていた。

「て、天使だ……」

男性客はその言葉だけ絞り出すと、案内されるがまま席に誘導される。

「ご注文が決まりましたらお呼びくださいませ」

エルフの美女にそう言われると、男性客は見惚れて「……はい」と、気の抜けた返事を返した。

エルフの美女とはリーンの事であったが、男性客はそのリーンの後ろ姿をいつまでも目で追っているのであった。

「ふふふ。どうやら、交代で二人を出す作戦は成功しそうだね」

リューは、裏で一部始終を眺めるとお客の反応が上々なので、ランスと軽くハイタッチをした。

「本当に私はすぐに引っ込んでいいのかしら？　みんなは働いているのに……」

エリザベス第三王女が申し訳なさそうに言う。

「大丈夫ですよ。王女殿下が時折現れるから、価値があるんです」

リューはそう説明すると、終了の時間が来た裕福そうなお客さんが会計に案内されてきた。

「おっと、ナジン君。じゃあ、ルーレットをお願い。後ろの右のスイッチを気づかれない様に入れてからお客さんに回してもらってね？」

とリューが、指示する。

「了解」

そう答えてナジンが会計業務を行う。

「それではお会計をしますので、こちらのルーレットをお回しください」

「ほほう、これがビラに書いてあったルーレットか！　私は強運の持ち主だから銅貨一枚を出して見せよう！　――せい！」

裕福そうな男性客は、勢いよくルーレットを回した。

すると……！

「ありがとうございます、銀貨十枚です！」

「な、なんと！　……強運が裏目に出たか……。まあ、よい。後でまた来て挑戦しよう！」

裕福そうなお客は笑って答えると、満足そうに退室していくのであった。

「ありがとうございました！」

リューがいろんな意味を込めてお客さんの背中に声を掛ける。

「……仕掛けがわかっているだけに、自分にそんな感謝の言葉は言えないな……」

ナジンは、苦笑いするとリューにそう指摘するのであった。


王女クラスの執事・メイド喫茶は、大盛況であった。

午前中の内に、行列が後を絶たず、それどころか王女、もしくはエルフ美女のどちらかを拝めなかったお客が再度並ぶという現象も起きていた。

さらに、ドリンクは高級なコーヒーか紅茶が選べて、人気のランドマークビルのお菓子メニューの一部が、商品として提供されているので、それを一品、セットで頂けるのだ。

もちろん、ルーレットの結果次第ではあるが運が良ければ手頃な価格で食べられるのだから人気が出ないわけがない。

この行列を苦々しく思っていたのが、隣の元エラインダークラスである。

実は、隣のクラスも王女クラスに負けじと喫茶店を出していたのだが、せっかくお茶やお菓子は貴族御用達のものを裏方に職人を呼んで提供しているのに、市場よりも強気の高額な料金設定、貴族の子息子女ならではの横柄な接客が、全てを台無しにしていた。

「なんでうちにはお客が誰も来ないんだ！　貴族としての格は王家を除けばこちらも負けていないのに！」

元エラインダークラスの現在トップであるマキダール侯爵の子息は隣のクラスの人気に歯噛みするのであった。

「……もしかして、うちのクラスの方がプレミアム感を出し過ぎたのかもしれない」

そのマキダールのクラスメイトが指摘する。

「そうか……、そうだな！　隣のクラスみたいに庶民に媚びるようで嫌なのだが……、少し料金設定を下げてみるか……！　銀貨三十枚のコースを、銀貨二十五枚にしてみよう！」

そんなやり取りが、廊下で行列の整理をしていたリューの耳にも聞こえてきた。

……銀貨二十五枚って、庶民の感覚知らなさ過ぎるよ！

内心でツッコミを入れるリューであったが、他所のクラスの事なので何も言わないのであった。

「そろそろお昼だけど、リーンとランスは講堂に行く時間じゃない？」

リューはくすりと笑うと意味あり気にそう指摘した。

「……リュー、楽しんでいるな？」

ランスが、じっとりとこちらを見返した。

「二人とも〝一応〟はそれぞれ別の用件で講堂に行かなくちゃならないじゃない？　その間、こっちは大丈夫だから行ってきなよ」

今度は、ちょっとからかうようにリューが言う。

そう、二人は他のクラスの出し物である、告白大会に告白相手として、他の理由付けで呼び出されているのだ。

この情報はその出し物をするクラスの生徒であるスードから漏れ聞こえてきたものなので確かだろう。

「ちょっとリュー！　私、本当は行きたくないんだからね？　先生とかスードのクラスの出し物を台無しにしたくないから取り敢えず行くけど……」

リーンは口を尖らせると不満を漏らした。

「わかったから早く行ってきなよ！」

リューは笑うとリーンとランスを生徒達の待つ、恋愛の戦場に送り込むのであった。

リーン達が講堂に向かったのと入れ替わるようにして、王女とシズが接客に出ていた。

リューは先に食事を済ませておこうと裏に回ってランスキー達職人が用意してくれたお好み焼きもどき（ピザ）を食べる事にした。

急いで頬張っていると、表から聞き覚えがある声がしてくる。

「お久し振りですね王女殿下。あれ？　僕を追い出してのうのうと騎士爵に収まったあいつがいないみたいですが？　どこに行ったリュー・ランドマーク！　いや、リュー・ミナトミュラー出て来いよ！」

聞き覚えがある声はリューを指名しているようだ。

リューはお好み焼きもどき（ピザ）の欠片を咥えたまま表に出る。

そこには、強面の男達を引き連れたライバ・トーリッターが立っていた。

以前は十二歳らしい美少年だったが、今は眉間に皺が寄り凶暴な目つきをしたクソガキに見えた。

「出て来たなリュー・ミナトミュラー！　お前、今やこの学年では一位の成績らしいじゃないか。だがな、所詮、学校の成績は一時的なもの。それに比べて僕は、すでに裏社会にも力を持つ存在だ。それがどういう意味を持つかわかるか？　騎士爵ごときのお前くらい捻り潰せるという事さ！」

ライバ・トーリッターはこの日の為に、『雷蛮会』という王都の裏社会では指折りの闇組織を形成していた。

もちろん、その陰にはエラインダー公爵の後援があっての事だったが。

「……ランスキー。とりあえず、後ろの強面さんはお客様を怖がらせるから退場してもらって」

リューが、ライバの背後にそう声を掛けた。

そこには、ランスキー達職人衆がいつの間にか立っており、ライバが引き連れて来た強面の男達を羽交い絞めにして有無を言わさず締め落とし、裏へと引っ込んでいった。

「な⁉　そんな馬鹿な！　うちの手練れ達が⁉」

ライバは自分の手下達が何もできずに退場した事に愕然とした。

「……これで、お話がやり易くなりました。それで何でしたっけ？　力を付けたとかなんとか……。さっきの案山子が力の象徴ですか？　そんな事でいいんですか？　僕の力は微々たるものですが、それでも君よりは少し上のようですよ？」

リューはライバの顔に自分の顔を近づけるとそっと小声でつぶやく。

そして続けた。

「こちらは学園祭を楽しんでいるので、これ以上邪魔しないでもらえますか？　――一名様お帰りになります。迷惑料としてお代は銀貨十枚頂きます。ありがとうございましたー！」

リューがそう言うと、ライバは何も言えずに出口まで案内されると、銀貨十枚を支払わされて退室するのであった。

「……な、なんなのだ、あいつは……。あの目はただの十二歳の目じゃない……。僕以上にあいつが修羅場をくぐってきたとでもいうのか……！」

ライバは呆然としたまま校舎を出ると校門に向かって、とぼとぼと歩いていく。

校門の外にはすでに自分の部下達が気を失って路上に寝転がっていた。

「早く起きろ、馬鹿ども！　僕に恥をかかせやがって！」

ライバは気を失っている手練れの部下達を蹴り飛ばして八つ当たりして起こすと、待たせていた馬車に乗り込みかつての学び舎を後にするのであった。


リューとランスキー達職人は、ライバ・トーリッターと強面の一味をあっという間に退散させた事で、お客から拍手喝采が起こった。

「ミナトミュラー君、ありがとう。私が注意しなくてはいけないところだったのだけど助かったわ」

エリザベス王女が、リューの助っ人にお礼を言う。

「いえ、あちらの指名は僕でしたし、王女殿下のお手を煩わせる事は、騎士爵として恥ですから、すぐに気づけて良かったです」

リューは申し訳なさそうにした王女に笑顔で答えると、今度はお客に告げる。

「お客様方にはご迷惑をお掛けしました。今回のお代は僕が持ちますので、良かったら後でまたお越しください」

リューの粋な計らいにお客はまた、歓声を上げてリューに拍手を送るのであった。


お昼時間を過ぎると、リーンとランスが講堂から戻ってきた。

リーンは不機嫌、ランスは満更でもない表情だ。

戻ってきた二人をリューは出迎えると、どうだったかと聞いた。

「講堂の傍の部屋に順番が来るまで閉じ込められていてさ。先に俺が出番だったんだけど、同時に二人から告白されて参ったよ。へへへ」

ランスは嬉しそうに答えた。

「へー、そうなんだ！　で、返事はどうしたの？」

リューもランスが嬉しそうなので聞き返す。

「そりゃ、初対面に近いのに承諾はしないさ。お友達からって答えて有耶無耶にしたよ。じゃないと流石にみんなの前でかわいそうだろ？」

ランスらしい答えだ。

「じゃあ、リーンは？」

不機嫌そうな態度から何となく察したが、一応、話を振った。

「もう、大変だったわよ……！　よく知らない生徒が沢山並んで、一人一人私の事をあだこうだ言うんだけど、長くて要領を得ないから聞いているだけで疲れちゃったわ。でも、沢山いたから逆に気を遣わずに断れて簡単だったけど」

「そんなに沢山いたの？」

リューは傍のランスに聞いた。

「ああ、十五人くらいいたぞ。みんな気合の入り方が凄かったけど、リーンがそれを一言で終わらせたから会場は爆笑だったな」

「ええ。『ごめんなさい』の一言で済ませてきたわ」

「一言？」

「ええー⁉」

「司会の生徒が必死に、取りつく島がないリーンから他の言葉を引き出そうとしたけど、その前にリーンは退場しちゃってさ。観客はあっさりフラれて呆然とする生徒を見て笑っていた。まあ、あれはあれで観客にウケたから、イベントとしては成功なんだろうな」

ランスは、告白大会のオオトリだったリーンの回を振り返ってそう評するのであった。

「リーンらしいと言えば、リーンらしいけど」

苦笑いするリューであったが、そのイベントのお陰でライバ・トーリッターと鉢合わせになっていなくて良かったとも思う。

もし、あの場にリーンとランスがいたら、自分より前に出て大事になっていた可能性もある。

そうなったら、学祭自体が台無しになっていたかもしれないのだ。

それにランスキー達も控えてくれていたから、初動で無難に済んだ。

「え？　ライバ・トーリッターがやって来たの⁉」

シズに二人がいない間に起きた出来事を聞いてリーンが想像通りの反応を示した。

「マジか⁉　どの面下げてやって来たんだライバの野郎！」

ランスもそれを聞いて態度が一変する。

「まあまあ、二人とも。ライバ君とその取り巻きには、〝穏便〟に帰ってもらったから大丈夫だよ」

「……あれが穏便なのか？」

裏方をずっと務めていたイバルが呆れてツッコミを入れるのであったが、リューはそのツッコミをスルーする。

「だから、残り時間、学祭を楽しもう！」

リューは笑顔でそう声を掛けると、

「「「おう！」」」

と、みんなは一致団結するのであった。


その後の、学祭は順調であった。

入れ違いで休憩時間を作り、他の催しを楽しむ時間も取れたし、他の生徒も学祭を楽しめていた。

そんな中、リューが個人的に驚きだったのは、リーンとシズと王女の親密度だ。

二人が王女をリズと呼ぶようになったのは知っていたが、呼び方が変わった事で距離感が一気に縮まったのか、休憩時間も三人で一緒に他のクラスの催しを見学するなどしていたようだ。

その分、王女の取り巻きは困惑していたが、エルフの英雄の娘リーンと上級貴族ラソーエ侯爵の娘シズ相手だから王女の友人としては相応しいので不満も言いようがない。

それに執事・メイド喫茶のお客からの人気もこの三人が段違いという事もあり、学祭をきっかけにリーンとシズの立ち位置もかなり変わりそうな雰囲気であった。

お客からの人気のあった男子は、身長も高く健康的な美丈夫ランスと、すらっとした冷静な面持ちの美男子ナジンが人気を分けて、その下にリューがいた。

リューは裏方もやっていたので評価が付きづらい事もあったが、お客の反応よりも身内の評判がダントツであった。

ランスキー達職人を連れてきたことに加え、ライバを追い払った事で王女の取り巻きからもかなり好印象を与えたのだ。

リーンはお客の人気でリューが一番では無かった事に少し不満であったが、クラスメイトからの評判が王女と並んで一番高かった事を知ると、そこでやっと満足した。

リューとしても、クラスメイトの最初の頃の評価を考えると、随分良くなったなぁと素直に喜び、学祭終了の時間を迎えるのであった。

失礼な交渉ですが何か？

学園祭が無事終了して最初の休日。

リューはいつも通り、マイスタの街で街長としての業務に就いていた。

「若様。どこから嗅ぎつけて来たのか軍の研究機関の関係者を名乗る方々が面会を求めていますが、どういたしますか？　予約すら入れずに直接やって来た無礼な者共ですから追い返してもいいと思ったのですが……」

執事のマーセナルが、リューの仕事の合間を縫って報告してきた。

「……その人達は貴族？　今どのくらい待たせているの？」

リューが、マーセナルの言い方にピンと来たのか確認する。

「オクータ男爵を名乗る男性とその部下二人です。すでに一時間ほどは待たせております」

執事のマーセナルはリューの仕事を優先させて報告をわざと遅らせたようだ。

「じゃあ、もう一時間くらい待たせておこう」

リューは失礼な訪問客を相手にする必要性を感じないと判断したのか微笑を浮かべ、事務作業を続けるのであった。


「遅い！　栄えある軍研究所で第一助手を務める儂をこんなに待たせるとは！」

オクータ男爵は応接室に通される事なく、待合室で二時間以上待たされていたので怒り心頭であった。

そこへやっと使用人がやって来て応接室に案内する。

「騎士爵如きが男爵の儂を蔑ろにして許されると――」

白ひげを蓄えた皺の彫りが深いオクータ老男爵は怒りの矛先を、案内する使用人の背中に言葉をぶつける。

「どうぞ、お入りください」

使用人は涼しい顔でオクータ男爵を応接室に通した。

普段、強面の男達がよく出入りする屋敷である。

この程度の事では眉一つ動かす事もないのだ。

「なんだ、これだけ待たせておいて、騎士爵はまだいないのか！」

「主は忙しい身です。もうすぐかと」

使用人が冷静にそう答えていると、子供が一人入ってきた。

「子供？」

ミナトミュラー騎士爵がまだ若干十二歳の少年と知らなかったのかオクータ男爵は意表を突かれた表情をしていた。

「お待たせしました。リュー・ミナトミュラーです」

リューが席の前で自己紹介をすると、毒気を抜かれた様にぽかんとリューを眺めていたが、はっと我に返ると、自己紹介した。

「儂はオクータ男爵である。百年の歴史ある軍研究所・総責任者であるエラインダー公爵の傍らで長年第一助手を務めてきている。その儂を待たせるとは失礼にもほどがある！」

オクータ男爵は最初が肝心だと思ったのか十二歳の少年相手に語気を強めて非難するのだった。

「……前触れもなく突然訪れ、すぐ会えると思っておられるあなたが失礼千万だと思いますが。それともエラインダー公爵の名を出せば失礼ではなくなるとでも？　あなたの行為は自分だけでなく、エラインダー公爵の顔にも泥を塗っているという事をお分かりですか？　それを承知でおっしゃっておられるのであれば、これ以上お話しする事はありません。このままお帰りください」

リューは、オクータ男爵の恫喝《どうかつ》を恐れる事無く理路整然と言い返すと扉を指さした。

オクータ男爵はその返答に言葉が詰まる。

普段はこの調子で恫喝すれば相手は問題化するのを恐れて謝罪してくるのだ。

そして、交渉に入れば、相手は唯々諾々《いいだくだく》となる。

だが出会い頭で反論されてしまった。

「き、貴様……！　——まあ、今回は何もなかった事にしても構わん。儂もこんな子供相手に大人げなかったわ」

オクータ男爵は自分の失言をなかった事にしようとした。

「オクータ男爵、まずはこちらに謝罪するのが礼儀だと思いますが？　それも無しに用件を話す気でおられるのならば、このような茶番に付き合う気はありません。僕も忙しいので失礼します。マーセナル、男爵がお帰りだ、玄関までお送りして」

「ま、待て！　ミナトミュラー騎士爵殿。今回はお互い熱くなり過ぎたようだ。ここは年長者の儂が潔く謝ろうではないか」

やはり貴族だ。

自分の面子を保つような言い方で全く反省しているとは思えない口調である。

「お互い？　突然予約も無しに訪問し、すぐに会えないと一人怒鳴り散らかしていた方と僕が同等の扱いですか？　それはまた失礼な話ですね。今度こそ本当にお帰りください。あなたとはどうやら話にならないようだ」

「ま、待たれよ！　言い方が悪かった！　儂も軍研究所を代表してこの場に来ておる。何もせずに帰るわけにはいかない。本当に謝ろう、すまなかった！」

オクータ男爵は、相手が一筋縄ではいかないと知って、手のひら返しすると一転、素直に謝り始めた。

「……それで、ご用件とは？」

リューもこれ以上、ごねると完全に軍研究所を敵に回す事にもなりかねないので折れる事にした。

「王都の催しで行われた魔法花火とやらの技術提供を改めて要請に来たのだ。あれは軍研究所の価値を高める為にも必要なもの、それはつまり王国の将来に関わる技術と考えている。なのでその技術を研究所の方で買い取ろうではないか！　――おい！」

オクータ男爵はそう言うと部下にお金の入った袋を一つ、リューの前に出させた。

「……これは？」

「もちろん、技術に対する報酬だ。国に貢献出来てお金も貰えるのだから、悪い話ではあるまい？」

オクータ男爵はまだ、交渉の余地があると思っているようだ。

それもたった小さい金袋一つとは。

「この金袋ですと……、――マーセナル。例の物をここへ持って来させて」

リューがそう執事のマーセナルに命じると、マーセナルは鈴を二回鳴らした。

すると使用人が小さい箱と、鉄製の筒を一つ持って入って来てリューの目の前に置いて退室していく。

「――このくらいが妥当ですね」

リューが、箱を開けると加工処理された丸い魔石が五個、入っていた。

「？」

オクータ男爵は意味がわからないようだ。

「この魔石は最近、領内で研究、制作された魔道具です。魔法花火を簡易化したものですよ。――その金額に見合った商品がこれです。もちろん、これは商業ギルドにはすでに登録しており、技術提供の方は致しません」

「技術提供が出来ないだと⁉」

「技術にはそれ相応の人の努力とお金がかかっています。あなたが出したお金に対してはこれが精一杯です」

「わかっているのか！　断るという事はエラインダー公爵を怒らせるという事だぞ！」

「いえ、わかりません。強いて言えば、あなたが失態を犯して相手を怒らせたという事くらいです。お買い上げにならないのであれば、その袋を持ってお帰りください」

リューは毅然とそう答えた。

「ぐぬぬ……。ええい！　商品を運び出せ！」

手柄無しで帰るのはマズいと判断したのだろう。

オクータ男爵は購入する判断をしたようだ。

だが、リューにとってはそれが、狙いであった。

こちらが商品を売ったという事は、まだ交渉の余地があると相手に思わせる事が出来るからだ。それに最低限、相手の顔を立てた事にもなる。

逆にオクータ男爵はそれだけしか結果を持ち帰る事が出来なかった事になるので失態であるがそれはリューには関係ない。自業自得である。

オクータ男爵の急いで帰る後ろ姿を見送りながら、リューは問題を一先ず処理できたと安堵するのであった。


オクータ男爵は、総責任者であるエラインダー公爵のお気に入りである軍研究所の所長、マッドサイン子爵に叱責を受けていた。

その、マッドサイン子爵は、片眼鏡《モノクル》を付け直すとオクータ男爵を睨みつける。

「貴様が、自信を持って大丈夫だと言うから任せたのに、技術の一端どころか商品を買わされただけとはどういう事だ！」

オクータ男爵はマッドサイン子爵の叱責に首を縮めた。

オクータ男爵は、『自分には勝算がある。技術の全てを提出させます。それにはもちろんお金もかかりますが……』と、マッドサイン子爵に自信満々に答えると大金を引き出して意気揚々とリューのところに向かったのだ。

大言壮語を吐いて、これなのだから、叱責を受けて当然の結果であった。

「それで、これにいくら払った？　貴様には金袋を五袋渡していたはずだが？」

マッドサイン子爵は、この無能な研究助手をまたも睨みつけた。

オクータ男爵は、二袋の金袋を目の前に提出した。

「……つまり、この魔道具の鉄の筒と、加工された魔石五個で金袋三袋使ったという事か……。高い買い物だが、これを使って技術を解析して元が取れれば問題無いか……。――オクータ男爵、まさかと思うが、出し忘れは無いかね？」

ドキッ！

オクータ男爵は、安堵していたところに突然話を振られたので、目に見えて動揺した。

「あ、いや……、そんな事は……！」

「残りを出したまえ！」

マッドサイン子爵は、費用を着服しようとした事に気づくとオクータ男爵に対し語気を強めた。

オクータ男爵は、懐から金袋を一つ出して机の上に置いた。

「……もしや君は、お金を着服する為に相手側に無理難題を吹っ掛けて安く技術を買い取ろうとして失敗したわけではないだろうな？」

オクータ男爵は、その指摘を受けると見る見るうちに顔に汗を浮かべる。

「この大バカ者が！　貴様がお金に意地汚い事は薄々感じていたが、これ程とは！　――オクータ男爵、その場で飛び跳ねてみよ」

マッドサイン子爵は、目の前の愚かな男にさらなる疑念を持ったのか、突然そう言いだした。

「え？」

「いいから飛んでみよ」

オクータ男爵は慎重に飛ぶ素振りをする。

「……もっと高く」

「……先日腰痛を発症してこれ以上は──」

「飛べ！」

マッドサイン子爵の強い命令口調に、オクータ男爵は観念したのかその場で大きく跳ねた。

チャリン
お金の擦れる音が所長室内に響いた。

「貴様……！　やはり、自分の懐に入れる為に、交渉を安く済ませようとしたな！　金袋一袋でこれらの商品を売ってくれただけでも相手は良心的に思えるが、貴様はその好意に泥をかけて侮辱しただけでなく、研究所の技術向上の機会を奪ったのだぞ⁉　貴様はクビだ！　恥を知れ！」

マッドサイン子爵は、外に聞こえる様な怒声でオクータ男爵を叱責すると、所長室から追い出すのであった。


しばらくすると、所長室をノックする音が聞こえてきた。

「……何だ？」

「エラインダー公爵が、訪問されました」

「……部屋にお通ししろ」

マッドサイン子爵が使用人にそう命令すると、すぐにエラインダー公爵が室長室に現れた。

「オクータ男爵をクビにすると言ったそうだな。マッドサイン子爵」

「……お耳が早いですな。ええ、あの男はこの研究所に相応しくありません」

「そう言うな。あやつは確かにお金に意地汚いが、研究員としては使える男だ。儂も長い付き合いだしな」

エラインダー公爵はオクータ男爵を庇った。

あの男、公爵に泣きついたな……。

マッドサイン子爵は、内心溜息を吐く。

「……ですが、第一助手の地位は降りてもらいます。平研究員で良ければ残ってもらってもいいですが」

「……厳しいな。第三助手くらいで勘弁してやってくれ。奴にも自尊心がある。あの歳で平研究員はかわいそうだろう」

「……わかりました。ですがこれ以上、研究に支障をきたすようなら私の方が所長の座を降りますよ？」

「そう言うな。君がいてくれているから、この研究所は持っているようなものだ。オクータ男爵にはこちらからもきつく怒っておいたから」

嘘をつけ、あの男が研究所の情報を外部に持ち出しているのはわかっている。その先があなただという事も。その為にもまだ必要なだけだろう。

マッドサイン子爵は内心でそう指摘するのであったが、もちろん直接言えるわけがない。

マッドサイン子爵は、

「……わかりました。それではそういう事にしておきましょう」

と、答えるとエラインダー公爵との面会を終わらせるのであった。


「……リュー。あんな男に商品売って良かったの？　あんな奴が偉そうにしてる研究所なんてろくなところじゃないわよ？　下手したらうちの商品を分析して真似ようとするかも」

「ふふふ。それは、出来ないようイバル君が頑張ってくれたから」

「そうなの？」

「発動するには、魔道具である鉄の筒に入れないと駄目な上に、魔石自体にも盗作防止の為の仕掛けがしてあるからね。今頃、分析しようと魔法の類を使ったらとんでもない事になってるよ」


王都の軍研究所――

ドドドドドーン！！！

研究所内で五連発の鮮やかな光と大きな音が鳴り響いた。

狭い室内での花火の為、いくら無害でも音による衝撃波がある。

薄いガラス製の研究道具がいくつか割れ、何より至近距離での大轟音に研究員達の鼓膜が馬鹿になる者も多数出るのであった。

あった。


「リュー、聞こえた？」

リーンがその特徴的な尖った耳をピクンと反応させるとそうリューに確認した。

「……王都の方から微かに音が聞こえたね。――早速、やったかな？」

リューはリーンにニヤリと笑うと、メイドのアーサが入れてくれた『コーヒー』を一口飲むので

王都近郊の軍研究所から鳴り響いた大轟音は、王都で話題になった。

もちろん、王宮にいた国王の耳にもその音は聞こえていたので、早急に確認が取られた。

「……それで、なぜ、厳命していた魔法花火が軍の研究所に流れていた？」

「それが、ミナトミュラー騎士爵に確認しましたところ、先日突然、研究所の使者が訪れ技術提供を求めてきたとか……。技術提供は断ったものの、無下には出来ないという事で、魔道具として簡易化した商品を渡したそうです。ちなみにその商品はとてもデリケートなもので、解析魔法を使用しようとすると起動するのでそれが原因ではないかとの事。――どうやら、ミナトミュラー騎士爵の手のひらの上で軍研究所は踊らされたようですな」

宰相が、笑うのを我慢しながら国王に説明した。

「くっくっくっ……。やりおるなミナトミュラー騎士爵は。――勝手に動いた研究所については厳重注意。そして予算を削減しておけ。どうやら、あそこは、儂の命令とは関係のないところで動き

過ぎている傾向がある。一度、釘を刺しておかねばなるまい」

「……エラインダー公爵でしょうか？」

宰相が、言う事も憚《はばか》られるのか小声でその名を口にする。

「わからん……。――あやつは、王位継承権の問題でも第二王子であるオウへを支持する事で王宮内での後継争いに混乱を招いているし、儂がやる事がとことん気に食わんのだろう。……今は放っておけ」

「ははっ！」

「それよりもだ。今回の事では、オウへも魔法花火について嗅ぎ回っているという報告があったな？」

「はい」

「……ふむ。今は、魔法花火については秘匿しておくつもりでいたが、ランドマーク子爵にしても、ミナトミュラー騎士爵にしても今の地位でそれをするには、少し心許ないであろう。――仕方ない、あまりに短期間でその地位が上がるのは他の貴族を刺激しかねないが昇爵させよ」

「では、ランドマークは伯爵という事で？」

「うむ。そして、ミナトミュラー騎士爵は、ランドマーク家の与力であるから、こちらからは打診になるが、準男爵の提案を。それで寄り親が納得すれば、すぐ昇爵させよ」

「わかりました。すぐにも手配させましょう。あとは領地の方ですが……」

「そうだのう……。伯爵になるのであれば、今の領地では手狭か……。――ランドマーク家周辺は

確かスゴエラ侯爵の直轄地とその与力が囲む形になっているのであったな？」

「はい。あとは魔境の森に接しております」

「スゴエラ侯爵にはまた、隣接する王国直轄地を割いて領地を分配、そこへ侯爵の与力をいくつか転封させせよ。それで空いた領地をランドマーク領とする。転封する与力も魔境の森に接している領地よりは喜ぶだろう」

「それではスゴエラ侯爵にそのように打診してみましょう」

「――そうだ。ランドマークにはさらに魔境の森の『切り取り自由』の許可を正式に与えよ。それでランドマークも伯爵としての見栄えが良くなるだろう」

「それはまた……、いいのですか？　陛下による特別許可状は異例ですが」

「元々ランドマークは魔境の森を切り拓いて領地にしているのであろう？　我が国への貢献度はそれだけでも大きい。それに切り拓くにしてもお金や人手も大変なはず。なのに領地の事であるから、他の貴族から難癖をつけられる事も今後あり得るだろう。――儂の代に限られるが、そのくらいは許可してやらんとな」

国王はそう言うと異例の決定をするのであった。

「……わかりました。それではそのように手配致します」

宰相はそう答えると、配下の官吏達に手配を命令する。

官吏達は異例の昇爵と領地の譲渡手続き、スゴエラ侯爵への打診、転封、許可状の発行など王都からはるか離れた南東部の事であるから、この作業は翌年までかかる事になるのであった。

そんな事が起きているとはつゆ知らず、リューは魔石を用いた魔法花火の商品化に満足していた。

研究を任せていたイバルと職人達のお手柄であるが、これで魔法花火を各地のお祭りで簡単に利用できるようになるだろう。

もちろん、まだ、商品として値段の方は高くつくのだが、その分は、軍に販売する予定である信号弾の改良型を商品化すれば、値段も抑えられるようになるだろう。

音だけのものや、音を無くし、光と形状を変更したものなどを、魔法花火部門はイバルを中心に開発を始めている。

すでに魔法花火自体を、商品化出来ているので、改良版が完成するのもすぐだろう。

「他にも使えそうな物はイバル君から報告が上がっているけど、それは軍研究所には渡らないようにしないとね」

リューは、先日の件を根に持っていたのだ。

「閃光発音筒？　だったかしら？　そんなに使えるものなの？」

「使い方によっては危険だからね。あの軍研究所には技術も実物も渡せないかな」

リューは苦笑いすると首を振る。

「そんなに警戒するものなの？」

「特にあれはリーンのように、耳や目が良い人にはより危険だよ。突発的な目の眩み・難聴・耳鳴りを発生させるものだから、リーンだったらよりダメージが大きいと思う」

「ちょっと、なんて物を作らせているのよ！」

リーンが自分の長所を攻撃するものと知って注意した。

「ははは。研究や開発ってこういう副産物が生まれる事があるんだよ。あとはそれをどう使うか、使用せずに封印するか判断を任されるところだけど、対策を考えるまでは今回は封印かな」

「対策？」

「うん、こういうものは悪用される事を前提に対策を講じないと、表に出したらいけないからね」

「そうね。まずは対策を考えて頂戴。私の耳や目がダメージを受けるのだけは困るわ」

リーンは真剣にそう答えるのだが、それが可愛らしく見え、何となく可笑しく感じるリューであった。

昇爵ですが何か？

その日、王家の使者がランドマークビルに訪れた事で、その近所はすぐ騒ぎになった。

使者を迎えたのはもちろん、父ファーザ、兄タウロ、そして、リューである。

前もって、王家からの使者が訪れる事は知らされていたので、リューが急いで『次元回廊』を使い、父ファーザと兄タウロをランドマーク領から呼び寄せた。

それでも急遽の事なので、父ファーザは身嗜《みだしな》みを整えていたが、その目的までは確認していなかった。

そこで、王家の使者がランドマークビルに馬車を横付けしたところで、父ファーザが、今回の使者に心当たりが無いのでリューに小声で確認を取る。

「……今回の王家からの使者は、物々しいな……。リュー、何かしたのか？」

「……もしかしたら、魔法花火の件かもしれないです」

「ああ、軍研究所でトラブルになったあれか」

父ファーザは、それを確認すると、今回の使者はもしかすると叱責されるものなのかもしれないと、覚悟を決める。

そこへ、馬車から使者が降りてきた。

「ようこそ、おいでくださいました。どうぞ、こちらへ」

父ファーザが先頭に立って、ランドマークビル五階に使者を案内する。

近所の住人達は、王家の使者に野次馬が人だかりを作っていたが、どうやら下では何も起きないと分かると、解散するのであった。

応接室に使者を通すと、また改めて挨拶をし、用件を確認する。

すると王家の使者は早速、伯爵への昇爵を提案する。

「国王陛下は、ランドマーク家の日頃の国への忠誠と貢献に大いに満足なされており、昇爵を決定なされました」

父ファーザは予想外の事に、黙って昇爵を受け入れる前に確認した。

「……貢献ですか？　先日、魔法花火について褒賞を頂いたばかりですが……」

少し前に王家からは、魔法花火について密かに金品での褒賞を頂いたばかりだったので、父ファーザには心当たりが無い。

使者はその辺りを理解したのか、一度、咳ばらいをすると父ファーザに、

「……その魔法花火の件を、隠しておく事ができなくなったので、今回、表立ってランドマーク子爵を昇爵する事にしたのですよ」

と、裏事情を告げた。

「……なるほど、そういう事ですか……。──昇爵、謹んでお受け致します」

父ファーザも、昇爵に関して慣れたものである。

恭《うやうや》しく使者にお辞儀をする。

使者はその態度に頷くと、その昇爵の儀の為に後日の王宮への参上を命じた。

そして、さらに、ランドマーク家の与力であるミナトミュラー家の準男爵への昇爵打診も行った。

父ファーザは、驚く事なくそれに賛同する。

「後日、我が息子、リュー・ミナトミュラー騎士爵の昇爵を求めようと思っていたところです。陛下におかれましては、与力である息子にも気を遣って頂きありがたき幸せ」

父ファーザはそう言うと、リューにも頭を下げさせる。

同席している兄タウロも嬉しそうに頭を下げた。

「陛下にはそのようにお知らせしましょう。それでは私も早々に王宮へ戻ってお知らせせねばなら

ないので、失礼します」

使者は、身を翻すとランドマークビルを後にするのであった。

「――ファーザ様。王家からの使者は何だったんですか？」

ランドマークビルの管理を任されているレンドは、使者が馬車に乗り込んで早々に帰っていくのを見届けると聞いてきた。

「子爵になって間もないが、伯爵に昇爵らしい」

父ファーザは他人事のようにレンドに答えた。

「――何ですって⁉　そいつは凄い！　こりゃ大々的にランドマークビルで昇爵感謝セールをやらないと！」

完全に商人脳になっているレンドが企画を提案した。

「レンド、流石に昇爵を商売のネタにするのはマズいから」

流石のリューもレンドの提案は注意した。

「そうですか？　ランドマーク家の宣伝も出来て、一石二鳥だと思ったんですけどねぇ……？」

レンドはそう答えると残念そうであった。

「……それにしてもランドマーク家がついに伯爵か……。ほとんどリューのお陰だが、王家にもその分報いないといけないな」

父ファーザは感慨深げにそう漏らした。

兄タウロも頷く。

「東の国境では隣国との紛争も増えていますし、派閥の長であるスゴエラ侯爵殿とも協力して国をお守りし、忠義で応えないといけませんね」

「え？　そうなの、タウロお兄ちゃん」

リューは初耳なのか聞き返した。

「うん。夏頃、国境で両国民同士の諍《いさか》いがあって、それが村同士の争いに発展したらしんだ。そして、それを鎮圧しようとお互い国境警備隊が出て一時緊張状態だったんだ。今は少し、落ち着いているけど、何がきっかけで再燃するかわからない状態かな」

「王都にいると、そんな情報上がってこないよ」

「ははは。東の国境は遠いからね。王都に情報が届くのは数週間後、それも過去形だから、騒ぎにならなくても仕方がないよ。普段は東部の貴族達や王都から派遣された将軍によって、解決される問題だしね」

南東部のスゴエラ侯爵派閥としては、東部は別の貴族派閥の問題という意識があるのか兄タウロもちょっと他人事のような言い方になった。

「二人とも、今日は家族で祝いの食事をするぞ。リュー、リーンを連れて夕方、自宅に寄りなさい」

父ファーザは二人のきな臭い話を遮ると、昇爵のお祝いを提案した。

二人は頷き、笑顔で返事をして五階に戻ると、待っていたリーンと共にリューの学校生活について話に花を咲かせるのであった。

リューの昇爵は、主家であるランドマーク家の与力であり、下級貴族である事からマイスタの邸宅に使者を迎え、一足先にその一室で簡単に済んだ。

流石に今回は、父ファーザに付き添ってランドマーク家の伯爵への昇爵の儀には付き従わない。

それは跡継ぎである兄タウロの役目だ。

だが、もちろん、ミナトミュラー家の家族達は、リューの準男爵への昇爵にお祭り騒ぎとなった。

ランスキーが音頭を取って祝いの席が用意されると、イバルが庭で魔法花火を打ち上げ、護衛役を自負するスード・バトラーがその席で剣舞を披露し始める。

メイドのアーサも負けじとマーセナルの執事助手である元冒険者のタンクを柱に括り付け、その頭にリゴーの実を置いて投げナイフを披露し始めた。

マルコは、静かにお酒を飲んでいるが、そのペースは速いらしく、助手の元執事のシーツにペースを落とすように諭されていた。

どうやらマルコなりに嬉しいようだ。

リーンも終始ご機嫌だ。

リュー以外を普段あまり褒めないリーンも、この日ばかりはみんなの一芸を褒めたり、お酒を勧めたりしている。

街長邸で急遽行われた、この身内だけでのお祝いは、その日のうちにマイスタの街の住人達も知るところとなり、通りでお祝いが始まった。

本当は正式に発表した後に、ミナトミュラー商会の仕切りでお祝いの式典を行うはずだったのだが、マイスタの住人達もリューの昇爵を自分達の事のように喜んでくれているようだ。

こうなると止めるのも野暮なので、そのままマイスタの街全体でのお祭り騒ぎになる。

街長邸には、住人達が祝いの品を持ち寄るので、リューは父ファーザの時を見習って、訪れる住人達に食事を持ってもてなし、感謝の意を示した。

「みんなありがとう！」

リューが直接、お礼を言って回っていると、物々しい一団が門の付近で領兵に止められる騒ぎが起きていた。

「どうしたの？」

リューが、リーンとスード・バトラーと共に赴くとそこには、『闇商会』のノストラが部下を引き連れやって来ていた。

「街長が昇爵したと聞き、お祝いの品を持ってきました。このマイスタの街で最近商売を始めました〝ノストラ商会〟の代表をしております、ノストラといいます。街長殿には〝初めて〟お目にかかります」

ノストラは恭しく頭を下げると初見であるかのように言った。

「これはこれは、ご丁寧に。わざわざのご来訪ありがとうございます。庭で一席設けてありますので、楽しんで行ってください」

リューは、急遽始まった祝いの席にまさかライバル的な相手が、祝いの品を持って訪れるとは思っていなかったので、驚きつつも街長としては歓迎されているようで嬉しくなった。

「いえ、我々は見ての通り強面の者が多いので他の住人を怖がらせるので失礼しますよ」

「そうおっしゃらず、飲んで行ってください。強面はうちの部下にも多いので住人のみなさんは誰も気にしていませんよ」

リューはノストラの背中を押すと、強引に案内するのであった。

するとそこに、さらに強面の面々を引き連れた女性がやって来た。

「あら？　ノストラじゃないかい。あんたのところがここに何のようだい？」

その女性は、『闇夜会』の頭目ルチーナであったが、自分の事を棚に上げてノストラを咎めた。

「そりゃこっちの台詞だぜ。お前こそ何のようだよ？」

「あたしはこの街で金貸しをやらせてもらっているんだよ？　街長殿にはお礼も兼ねて挨拶と、昇爵のお祝いの品を持って来たに決まっているじゃないか」

「うちは最近、商会を始めたからその挨拶も兼ねての事さ。何もやましいところはないぜ？」

今回、ノストラとルチーナは表の顔で訪問して来たのだ。

確かに、商売人として街を治める街長の昇爵を祝い、挨拶しておくのは至極当然である。

「まあまあ、お二人とも、今日は僕の昇爵祝いに駆け付けてくれたのだから、喧嘩は止めて下さいね？　さあ、庭でみんな楽しんで行ってください」

リューは、そう言って仲裁すると強引に二人を庭まで案内する。

一足先に庭で宴会を始めている住人達は、もちろん、ノストラやルチーナの事は知っている者の方が多い。

「……おお。あの二人が、明るい中、並んで歩いているの初めて見たぜ？」

「街長様の昇爵祝いだから、あり得ない事じゃないだろ？」

「……確かに、そうなんだが……、貴重な瞬間だ」

住人達は軽くざわつくのであったが、そこにランスキーがお酒の入ったグラスを二人に渡して飲むように勧め始めた。

「ランスキー殿も加わったぞ……!?」

「おい、待て。元街長であるマルコ殿も来たぞ!?」

「この状況を作り出している今の街長であるミナトミュラー騎士爵……、いや、準男爵様は凄い人だな」

この街の裏社会の〝顔役〟である面子《メンツ》が揃った事にさらに住人達はざわつくと、それを実現させたリューの株は一段と上がった。

リューはこの街の発展を成し遂げているとはいえ、余所者であるのも確かである。

住人の中には、余所者に対しての抵抗感からリューに対してどこか否定的な者もいて、ノストラやルチーナを支持する者も少なくないのだったが、この件はその否定的な者達も口を噤《つぐ》み、リューという存在の評価を大きく高める一端になるのであった。

一足先に準男爵への昇爵を済ませたリューであったが、主家であるランドマーク家の伯爵への昇爵の儀も数日後には無事に終える事が出来た。

その昇爵の儀に立ち会い、そこから戻って来た兄タウロが言うには、そうそうたる宮廷貴族が見届け人として居並んでいたとかで、かなり緊張したという。

リューが付いて行った時には、官吏達が見届け人だったので、やはり伯爵ともなるとその辺りは規模が違ったようだ。

リューは詳しくその辺りは聞いてみたかったが、父ファーザと兄タウロは早くランドマーク領に戻ってみんなに報告したいのが伝わってきたので、すぐに『次元回廊』で送り届けるのであった。

リュー達が、『次元回廊』で帰ってきて、無事昇爵の儀が終えた事を家族に報告すると、執事のセバスチャンが待機させていた使用人達に命じて、早馬を四方に出した。

前回の子爵への昇爵とは違い、ランドマーク領全体で祝う為だ。

もちろん、派閥の長であるスゴエラ侯爵、兄タウロの婚約者の父で、盟友であるベイブリッジ伯爵にもいち早く報告する事は忘れない。

ランドマーク家はこの数年で騎士爵から伯爵までの出世を果たしたのだ。

その早い出世はもちろん異例である。

だから他からの妬み嫉《そね》みもあるだろう。

だが、そうそう表立っては言える相手ではないのも確かであった。

それにランドマーク家は何より、実績がある。

騎士爵になった経緯も先の戦いで当時のスゴエラ辺境伯に付き従い、隊を率いて戦場を駆け巡り、大活躍した実績からであり、その後も寄り親である当時のスゴエラ辺境伯の暗殺計画を未然に防いだり、数々の発明で文化的貢献を果たしたりとその活躍は枚挙に暇がない。

今や、ランドマークの名は、王国南東部では知らない者はほとんどいないし、王都でもその名は、流行の最先端を意味した。

王都での成功は、地方にも徐々に伝わるであろうし、その名声に伯爵という地位がやっと追いついたと言っても過言ではなかったかもしれない。

ランドマーク家は、今や地方の成金貴族扱いするには無理があるくらいにその名を轟かせ始めていた。

それに今回、伯爵への昇爵の際に、魔境の森の『切り取り自由』の許可を、国王直々にランドマーク家に許したのだ。

これは現国王一代限りのものなので、魔境の森という危険で謎の多い特殊な未開地をどのくらい開拓できるのか怪しいものであったが、国の財産である領地というものを自由に拡げてよいという異例な事を国王自ら許可するという事は、ランドマーク家が王家にとって特別な存在である事を意味する。

それだけの実績と貢献をしていると評価されたのだ。

「……許可状を貰った時は、そんなに重大な事だとは考えていなかったぞ……。——だからあの時、列席していた貴族達が騒いでいたのか……！」

父ファーザが家族への報告時に、リューからその指摘を受けて、合点するのであった。

「あなた。どんな評価をされてもわが家が王家に忠義を尽くす事に変わりはないわよ」

母セシルが、尤もな指摘をした。

「そうだな……。何も変わらないな。——これからも王家への変わらない忠誠を捧げてランドマーク家を栄えさせるぞー！」

父ファーザは拳に力を込めて突き上げるとそう鼓舞した。

「「「おー！」」」

リューと兄タウロ、妹ハンナは父ファーザに同調するように拳を突き上げる。

そして、一同は笑いに包まれるのであった。


「お父さん、伯爵になったら領地はどうなるの？」

リューが肝心な事を思い出して、確認した。

伯爵にもなると領地はそれに相応しい広さを貰えるはずだ。

「後日、使者が出されるそうだが、うちが隣接しているスゴエラ侯爵の与力の土地を貰えるそうだ」

父ファーザがそう説明すると、執事のセバスチャンが何も言われなくても南東部の地図を広げて見せた。

「……という事は、この辺りかな？」

リューが、魔境の森に接し、ランドマーク領に隣接しているスゴエラ侯爵の与力の領地を指さした。

「そうだな。そことここだ」

父ファーザが、その隣の土地も指さす。

「南部の貴族領と隣接する事になるね。これからは他派閥ともうまく交流を持たないといけないよ」

リューが重要な指摘をした。

これまでは、領地が接していたのは、スゴエラ侯爵の与力の下級貴族、以前の同胞達だったから
トラブルらしいトラブルとはほとんど無縁であった。

今でも派閥の一員として、その与力の下級貴族とも会う事が多いし、昔の誼《よしみ》で名前で呼び合って
いた。

だから高度な駆け引きは必要なかったのだが、これからは他の貴族、それも南部の派閥貴族と領
境を接する事になるのだから事情は大きく変わってくるだろう。

「……ふむ。領地が正式に割譲されたら、挨拶の使者を立てないといけないな……」

父ファーザが考え込む。

「そうした方がいいと思う。でも、今回の領地の割譲は時間かかるだろうから、当分先の事だとは
思うけど、今のうちに領地を接する予定の貴族領の細かい事、調べておいた方がいいんじゃないか
な？」

リューは、父ファーザに指摘すると執事のセバスチャンの方を見る。

「……早速、人を出しておきます」

執事のセバスチャンは、頷くと使用人を一人呼んで指示した。

「爵位が上がり、領地が増える事は大変だな」

父ファーザはそう言うと苦笑いするのであったが、もちろんめでたい事である。

「あなた達、いつまで暗い話をしているの。今は昇爵を喜びなさいな」
母セシルが、みんなの真剣に考え込む姿を注意すると、肝心の夫と息子の昇爵のお祝いを始めるのであった。

リューの昇爵は、学園の中間テストと重なり、さほど祝われる事なく過ぎ去った。
リュー本人も、学園では隅っこグループとリューに付き従う普通クラスのスード・バトラーくらいにしか告げる機会がなかったので、他の者が知る事がなかったのが事実ではある。
リューも自慢する気はなかったし、隅っこグループはみんな、いまさら驚く事でもないという態度であった。
それより学生の本分は勉強である。
と言っても、中間テストの結果は、予想通りの順位であった。
一位　リュー・ミナトミュラー
二位　リーン
三位　エリザベス・クレストリア
四位　ナジン・マーモルン
五位　イバル・コートナイン
六位　シズ・ラソーエ
・

・・・

二十一位　ランス・ボジーン

・・・

六十五位　スード・バトラー

触れる事があるとすれば、四位のナジンと五位のイバルが接戦でナジンが四位の座を死守したという感じだろうか？

あとは、シズが、魔術大会での優勝が自信に繋がったのか、点数を伸ばし、ナジンとイバルに迫る六位に浮上、ランスも前回のテストからまた順位を上げていてその努力の成果が出ていたし、剣の実技以外では平均点だったらしいスード・バトラーがリューに勉強を教えてもらった事で少し順位を上げたという事くらいだ。

テストが終わった事で、やっとリューの昇爵について触れられる事になった。

「え？　ミナトミュラー君、準男爵に昇爵したの⁉」

「騎士爵への叙爵から数か月で昇爵って何をしたんだ⁉」

「十二歳で準男爵へ昇爵……、一部を除いてほぼ前例がないんじゃないか？」

王女クラスの生徒達はすぐにこの話で持ち切りになった。

「いまさら驚く事なのか？」

リューについて、感覚が麻痺しているランスがそう口にした。

「ランス。正気に戻れ。リューに関しては周囲の反応が正常だという事だ。自分もテスト期間中に言われてついスルーしたが、十二歳で叙爵、数か月後に昇爵なんて異例中の異例だ」

ナジンがまともな指摘をした。

「……そうだよ、ランス君。リュー君については〝異常〟の塊だよ？　私達が、その異常さに慣れてしまっているだけだからね？」

シズがナジンに同調するように頷いた。

「……言い方酷くない？」

リューがシズにツッコミを入れる。

「流石、主。良い意味で、異常です」

と、スード。

「俺としては、雇い主の出世は有り難いけど、確かに異常なのは認める」

と、イバル。

「いや……、ホントみんな。オブラートが仕事してないよ!?」

リューはみんなからの異常発言にツッコミを再度入れるのであった。

「みんな、リューは才能と努力の結果、ちょっと異常な十二歳になっただけよ？　それ以上はリューに失礼だから止めてあげて」

と、リーン。

「リーン、それフォローになってないから！」

リューは一番の味方であるリーンの悪気のないフォローにツッコミを入れるのであった。

リューの昇爵に関しては、教室で驚くレベルであったが、主家であるランドマーク家の伯爵への昇爵は、貴族社会では十分驚くに値するものであった。

何しろ騎士爵から一代で伯爵まで昇りつめたのである。

普通ならば、一代で一つ昇爵しただけでも大変な功績だが、それが短期間で上級貴族の仲間入りであるから貴族の間で話題にならないはずがない。

「ランドマーク家か……。確かに王都においてあの者の名を聞かない日は無いからな。うちもランドマーク製の馬車に乗っている。妻は『チョコ』のファンだ」

「今回の昇爵だが、噂では王都で打ち上げた『魔法花火』というものを、開発して国の士気を高め、諸外国に王国の偉大さを知らしめたからだそうだぞ」

「あれか！　確かにあれは式典で諸外国の大使達の度肝を抜いたと、その場に招かれていた上級貴族達が誇らしくしていたそうだ」

「我々も見習いたいところだな」

「見習って真似できるものか？　『コーヒー』にしろ、陶器の便器にせよ、最近売り出されたあの『自転車』などは特に、凡人では思いつけないぞ？　ああいうのを思いつくのは天才の類さ。我々で真似できるものではない」

「天才というのは変な奴が多いと聞くが、ランドマーク子爵……、いや、伯爵は、一度会って話した事があるが、とても気さくで話のわかる武人然とした、とても爽やかな男だったぞ？」

「そうなのか？　……そんなできた人物なら、これから仲良くしておきたいところだな」

こんな感じで、日頃からの名声と、父ファーザの人当たりの良さが、好印象を与え、貴族の間でも歓迎ムードであった。

その反面、もちろん嫉妬する者はいるもので……。

「地方の平民上がりの成金下級貴族が伯爵だと⁉」

「我々、伝統と格式を誇る王国貴族としては、見過ごせない事ですな……」

「国王陛下も何をお考えなのか……。商売の才能があるだけで伯爵にしていては、貴族の品位が下がるというものよ」

「子爵までなら、まだわかるのだが、伯爵とは……な」

「それも、陛下直々に、魔境の森に限られるが、領地の『切り取り自由』許可状なるものを出されたとか……」

「田舎をいくら切り拓こうがそれは好きにさせればよいさ。だが、王都で偉ぶられるのは癇に障るわ」

一部の古くからの貴族にとっては伝統と格式は絶対だけに、新興貴族の存在はいつの時代も煙たがる傾向にある。

現在の王都において、その新興貴族の代表格がランドマーク家になるのであったが、その地位が高位の伯爵だけに、陰口は叩けても直接言うには、爵位が絶対の者達にとって、それも憚られるのであった。

抗争の火種ですが何か？

裏社会の有力な組織の一つ雷蛮会のボスであるライバ・トーリッターは、資金力にものを言わせて兵隊をかき集めていた。

より優秀な者を集める為、引き抜き染みた事もしているようだ。

「もう二度と……、あんな醜態は晒さない！」

ライバは、学園祭でリューに怯えて何もできず、大人しく去った事を未だに尾を引き、我武者羅になっていた。

そんなライバの元には、その資金力に魅かれて多くの者が集まりつつあった。

そして、その中の一人が、新しいボスにある提案をした。

「いっその事、どこか王都以外の他所の組織と同盟を結んで王都内の他の組織を牛耳ったらどうですかい？　同盟を結んだとこの兵隊に仕事させれば、こちらも被害でなくていいですし」

「王都以外の他所の組織だと？」

ライバは、新しい部下の進言に少し興味を持った。

「へい。俺は元々西部の出身なんで多少詳しいんですが、西部の裏社会の大部分を牛耳る『聖銀狼会』なんかはかなりの力を持ってますんで、ボスの力になってくれると思いますよ？」

「『聖銀狼会』……。どんな組織だ？」

「西部は隣国と揉めていることもあり、治安があまり良くないんで、騎士とか兵士連中が多い土地なんですが、そんな中で土地の水に合わなかった連中が地下に潜り出来た組織で、本物の武闘派ですよ。確か過去に王都進出しようとして失敗した前歴があるので、声を掛ければすぐ乗ってくると思いますぜ」

「過去に失敗した？　なんだ、それなら大した事ないじゃないか」

「いやいや、ボス。過去と言っても、その当時、王都と言えば、『闇組織』全盛期時代の話ですぜ？　当時の『闇組織』と言えば、何でもありの巨大組織。『聖銀狼会』も、当時の『闇組織』に比べたら小さい組織だったんで、返り討ちにあったみたいですが、今は西部一帯に勢力を持つ大組織です。それに今の王都に当時の『闇組織』に並ぶ組織はありません。現在王都で一番大きな竜星組ってところも当時の組織の分裂した三つのうちの一つでしかありませんから、『聖銀狼会』とうちが手を組めば、潰せると思います。あっちも王都に手引きする強力な組織があるとありがたいでしょうから、喜んで同盟を結んでくると思いますぜ」

「……裏社会での同盟は信用できるのか？」

ライバは打算しながら、他の部下達に一番重要と思える疑問をぶつけた。

「信用は皆無でしょう。逆にうちが喰われる可能性もあるかと」

「ですが、軍人上がりの兵隊は魅力的ですぜ、ボス？」

「最初から信用せず、王都内で勝手にやらせて、肝心なところの手綱だけ握っていれば大丈夫じゃないですか？　王都内の有力組織を一つ二つ潰させてうちが漁夫の利を得るのが一番かと。それにうちは縄張りを広げる時に『月下狼』と揉めた事で、手打ち状態とはいえ、竜星組に睨まれています。余所者を利用して一番でかい竜星組辺りを潰せたら、うちも動きやすいと思います」

「……それはいいかもしれないな。余所者がいくら死のうがうちも心が痛まない。この王都のでかい組織、『竜星組』『闇商会』『闇夜会』辺りの一角を潰してもらって、うちはその後、残った縄張りを頂こうじゃないか。その『聖銀狼会』もうちを利用して王都進出を果たすつもりだろうから、精々利用されてやろう」

ライバ・トーリッターは、そう言い放つと高笑いするのであった。


「――という事を算段していたようです」

王都の裏社会の情報を収集しているマルコが、雷蛮会に潜入させていた部下からの情報をリューに報告した。

「……ははは。ここまで情報筒抜けだとは、雷蛮会も全く思わないだろうね。僕もびっくりだよ。いつの間に雷蛮会に部下を潜入させていたのさ」

リューはマルコの報告に、別の意味で驚くと聞き返す。

「最近、あちらがうちの下部組織の兵隊を引き抜こうと動いてきて、丁度いいので乗ったフリをさせました。今ではその者は幹部の一人らしいので報告も早かったです」

「そんな節操のない事、あちらはしてきていたのか。――って、幹部に!? それはその人凄いじゃない！ でも、バレる前に呼び戻してあげてね？ ――で、その『聖銀狼会』と前回ぶつかった時は、どんな感じだったの？」

リューはマルコの報告に感心すると同時に、心配したのだが、やっと本題に入った。

「『聖銀狼会』とは、前身の『闇組織』、私ではなく先代のボスの時代に抗争がありました。その当時自分はまだ、駆け出しで兵隊の一人でしたが、ランスキーが当時、一番の活躍をして幹部になるきっかけになりましたね」

「おお！ ランスキー凄いね」

リューが嬉しそうに拍手をする。

「それってうちの親父が生きていた時の話だよね？ 私も少しはその時活躍したよ若様」

横でリューのコーヒーを入れ直していたメイドのアーサが、自分も褒めてもらいたいのか言い出した。

「アーサも凄いね！」

リューはすかさず、このメイドも褒めた。

アーサは、褒めると伸びるタイプだと思っている。

そして、リューはメイドのアーサが入れたコーヒーを飲みながら、マルコに話の続きを促した。

「当時、あちらは文字通り戦争帰りの元軍人連中が主力の武闘派でしたが、うちは正面からそれに付き合う事なく、あらゆる手段を使って戦いました。流石にこっちも無傷とは行かなくなる事は予想できたので」

「そうだよね。戦闘のプロ相手に正面から戦うと、被害出ちゃうものね」

リューも前世の抗争を思い出して、マルコの話に頷いた。

「うちはそれこそ、毒殺からだまし討ち、罠を張っての急襲、暗殺と手段を選んでなかったです。当時のボスは、そういう意味では非情でした」

「……それはまた」

リューもそれには苦笑いした。

味方にはしたくないが、敵にもしたくないタイプだったらしい。

「確かに『聖銀狼会』は、当時も大きな組織だったと認識していますが、当時の『闇組織』は、それよりももっと大きく、精鋭が多かったので正面から戦っても勝てたと思います。しかし、非情な手段を用いた事で、こちらには被害がほぼなく、さらにはその苛烈さから王都で地位を確立した感じでした」

「その勝ち方だと相手の『聖銀狼会』は、正面から戦えば勝てたと思っているかもしれないなぁ。そうなると、やはり、雷蛮会から王都進出話を持ち出されると乗ってくる可能性は高そうだね」

「はい、そう思います」

「じゃあ、マルコ。緊急連絡会を準備して。『闇商会』、『闇夜会』にも相談しておかないといけない問題だから」

「わかりました」

マルコは、そう答えるとリューの執務室から退室するのであった。

「執事のマーセナルを呼んで。彼も西部に居たから、少しは事情を知っているかもしれない」

リューは、メイドのアーサにそう指示すると椅子に深く座り込む。

「雷蛮会は潰すの？」

黙っていたリーンが、リューに聞く。

「そうだなぁ。王都に余所者を招いたら他の組織も黙っていないだろうし、そうなるかもね」

リューはライバ・トーリッターを思い出し、溜息を吐くのであった。


ライバ・トーリッターがボスを務める雷蛮会が、西部の裏組織『聖銀狼会』を、王都に引き入れようと画策しているという情報を、リューは『闇商会』と『闇夜会』にすぐ伝えた。

その情報が、二つの組織にとっても意味が大きかったのか、緊急連絡会はその二日後には実現された。


「で、その情報は確かなのかい？」

席に座って連絡会を始める事を、進行役のマルコが宣言すると、開口一番、『闇夜会』のルチーナが、目の前の少年に確認を取った。

「はい。確かな情報筋から入手したので」

「……『聖銀狼会』か。当時、俺は後方で戦略練る役目だったから、色々と卑怯な策を考えて奴らを追い詰めたなぁ」

『闇商会』のボス・ノストラが、『闇組織』での出世のきっかけになった当時の抗争を振り返ってつぶやいた。

「あれ考えたの、あんた達だったのかい？　私はあの時、毒殺やら騙し討ちの実行部隊だったけど、あれはあれで中々酷いと思ったものさね」

ルチーナが、身振り手振りを混ぜて説明した。

「お二人とも出世のきっかけになった抗争みたいですね。――今回、また、その『聖銀狼会』が、王都進出を目論んだら、その規模から大抗争になると思います。相手は一度、痛い目に合った事で復讐心に溢《あふ》れ、狡猾に行動する事は必定、敵のやり方によっては、王都の主要な組織の一つや二つ潰される可能性も……。それがうちか、お二人の組織になるかもしれません」

「……確かにその可能性は大いにあるだろうな」

ノストラがリューの推測を冷静に受け止めると答えた。

「そうなる前に、その『雷蛮会』を潰せばいい事なんでしょ？」

ルチーナが、本題に入った。

そう、今回は大抗争になる火種である『雷蛮会』をどうするかという話し合いの場なのだ。

「その前にその『雷蛮会』のボスに、『聖銀狼会』の存在を入れ知恵した奴がそもそも怪しくないか？」

ノストラが鋭い指摘をした。

雷蛮会の幹部になって入れ知恵した西部出身の男、その者が『聖銀狼会』の回し者ではないかと、ノストラは睨んだのだ。

「……ノストラの指摘通りなら、すでに『聖銀狼会』は王都進出の為に動いているって事かい？」

「お二人とも鋭い読みです。うちもその読みに反論はありません。むしろ『雷蛮会』の方が、『聖銀狼会』に目を付けられ、王都進出の駒に利用されていると思っています。なので最早、『雷蛮会』を潰す、潰さないという次元の話ではなくなっているかと思っています」

「……やれやれ。『雷蛮会』を泳がせようって腹かい？」

ノストラは、リューの考えを読んだのか、探りを入れてきた。

「うちですぐに潰してもいいのですが、『雷蛮会』に資金提供している背後関係の動向も気になりますし、今、潰せば『聖銀狼会』の今後の動きが全く読めなくなります」

「……それなら、監視の下で泳がせ、『聖銀狼会』の情報を引き出す、って事だね？」

ルチーナも二人の考えている事を察して口にした。

「そういう事です。こちらでも『聖銀狼会』について情報を集めていますが、うちも青天の霹靂なので、まだ情報はほとんどありません」

『聖銀狼会』のボスは、老タイ・ナンデス。先の抗争当時から代替わりしてないはずだ。この十年以上、組織を大きくする事に力を注いできたと噂に聞いている。そしてその間、『闇組織』を意識して王都の情報は常にチェックしていたはずだから、『闇組織』が分裂して別れた今、王都進出の機会が訪れたと思って周到に準備し動き出していてもおかしくない。うちが知っている奴らの細かい情報は後で部下に出させよう」

そう言うとノストラは自分の持っている情報を約束した。

「助かります」

リューがノストラに頭を下げる。

「……ここは協力しないと単独で対抗しようとしたら、潰されるのはこちらかもしれないからな。王都はともかく、マイスタの街を火の海にはしたくない」

ノストラは連絡会の必要性を認めているのか遠回しにそう答えた。

「その通りだね。うちからは当時、どんな作戦で奴らを陥れたか戦術レベルの情報なら提供出来るわ。二度も同じ手はあいつらにも通じないだろうから、知っておいて損はないでしょ？」

ルチーナもこの連絡会での協力体制が必要な事だと理解してくれているようだ。

「お二人とも助かります。うちも情報を入手次第そちらにお渡しします」

「やれやれ……。まさかあんな大抗争を、また、やる事になるかもしれないとはな……」

ノストラは首を振る。

「ほんとさね。それも今度は組織のトップとして、あの『聖銀狼会』相手にまた、決断しなきゃいけないとは何の因果かね」

ルチーナも肩を竦《すく》めると同意した。

「それでは、三協体制で今後、『聖銀狼会』と『雷蛮会』に臨むという事で、よろしくお願いします」

こうして、緊急の連絡会は、無事終了するのであった。

「若様、ノストラ、ルチーナ両組織から『聖銀狼会』に関する情報が届きました」

執事のマーセナルが、執務室のリューに、情報書類を運んできた。

「ご苦労様、マーセナル。で、どう？　その情報をざっと見てどう思う？」

「はい。私が知る限り、ほぼ正確な情報だと思います。私も西部での傭兵、執事時代に、『聖銀狼会』については情報を集めていた経緯がありますが、内容は酷似するかと思います」

執事のマーセナルは軽くその情報書類に目を通しながら、リューに答えた。

「なら、こちらもそれなりに正確な情報が得られているという事だね。ノストラ、ルチーナの両組織との協力体制ができたのも大きい。あとは『雷蛮会』を監視下に置き、仕掛けてくる時期を図るだけだね」

リューは連絡会で情報がないと言ったのは方便であった。

ノストラ、ルチーナ両組織を頼る事で、情報の交換と協力体制の構築、そして両組織がどこまで頼れるかを計ったのだ。

多少心が痛むところではあるが、強大な敵に対峙しようとしている以上、早急な三協体制の構築は必要だったのでこれは仕方がないだろう。

「それじゃあ、細かい情報について精査していこう」

リューは、執事のマーセナルにそう声を掛けると書類の山に目を通していくのであった。

学校のない休日の昼。

リューはいつも通り、マイスタの街長邸の執務室で書類に目を通していた。

ここ最近、マイスタの街の郊外に工場を立て続けに建てたり、その稼働や運営、人材の確保などやる事が多く、その書類作成に追われていたのだ。

リューが、サインをした書類を使用人に渡し、その書類を持った者は急いで執務室を後にする。

そんな光景が続いていた。

リーンは傍で目を閉じて静かに椅子に座っている。

コンコン
「失礼します、若様」

そこへ執事のマーセナルが扉をノックして入って来た。

「若様、お忙しいところすみません。面会を求めるお客様が来ております」

「お客？」

予定にはないはずだ。

執事のマーセナルには、予約のない客は帰ってもらうように普段は言いつけているので、取り次ぎに来るという事は……。

リューは、マーセナルの言葉を待った。

「モブーノ子爵を名乗る一団です」

モブーノ子爵とは、この国の王子であるオウヘ第二王子の側近だ。

だが、それだけで執事マーセナルが取り次ぐだろうか？　それに一団というのがまた、気になる言い方だ。

モブーノ子爵個人だけなら、まだ、適当にあしらって返すところだが、誰かを連れて来ているというのが、胡散臭い。

これは面倒事を運んできたと判断したリューは、決断した。

「予約のない人は、誰も会えないと追い返して」

「承知しました」

マーセナルは、リューの判断に従うと退室する。

触らぬ神に祟りなしだ。

そもそも相手がモブーノ子爵の時点で関わりたくない。

きっとオウヘ王子辺りから何か無理難題の注文や命令、お願いを携えてきているのだろう。

一度聞けば、相手は王子だ、断りづらい。

ならば、最初から聞かなければいい。

もし、後日改めて面会の予約を取って来たとしても日程が合わないと断ろう。

リューは仕事の手を一時止めて、そこまで考えを巡らすとまた、仕事に戻ろうとした。

そこへ玄関先で、揉めていると思われる喧騒が伝わってきた。

「リーン？」

傍で静かにしていたリーンの耳の良さをあてにして、何が起きているのか確認した。

「面会を求めていたモブーノ子爵の一団が、リューに会わせろと騒いでいるみたい」

リーンは、耳をぴくぴくと軽く動かして、玄関先で起きている事をリューに伝える。

「うーん、素直に帰らないか……」

溜息を漏らすリュー。

「私が、追い返してくるわね」

リーンが立ち上がって、リューの代わりを務めようと執務室を出て行こうとする。

「いや、いい。僕が行くよ」

リューは、ペンを置くと立ち上がり、喧騒の起きている玄関先に向かうのであった。


「えーい！　話にならぬ！　ミナトミュラーを出さぬか！」

リューが玄関先に到着すると、そこには興奮気味にフードを深く被った人物がモブーノ子爵に止められているという不思議な光景であった。

てっきり騒いでいるのはモブーノ子爵だと思っていたのだ。

「何事ですか⁉」

リューが、玄関先で騒ぐ一団を叱責する。

すると騒ぐモブーノ子爵の一団と、それを止める執事のマーセナル以下使用人達はピタッと静かになった。

「ミナトミュラー！　準男爵如きの身分で我の面会を断るとはいい度胸ではないか！」

フードを被った男が、リューに威圧的に告げる。

「……誰？」

リューは、態度の大きいフードを目深に被った男（声でそう判断した）に聞き返した。

するとフードの男は勿体ぶってその目深に被ったフードを外した。

そこに姿を現したのは、仮面を付けた人物だったが、それではリューも全く分からない。

もう一度、

「本当に誰？」

と、聞き返した。

「ええい！　お忍びで会いに来た貴様の将来の主だ！　なぜ気づかない⁉　――今、謝罪すれば許してやらん事もないぞ？」

仮面の男はそう言うと、その仮面も外して姿を現した。

その男とは、オウヘ王子その人であった。

その姿を確認して、リューは内心大きな溜息を吐いた。

これはとんでもなく大きなトラブルだ。

一番、会ってはいけない相手が目の前にいるのだから最悪であった。

「……お忍びという事は、ここにオウヘ王子は公式的にいないという事ですね？　いない者に失礼を働きようがないですから、謝罪する道理がありません。ましてや面会には事前の予約は必須であり、その礼を欠いた者を相手にする必要性も感じません」

リューは、なんという事か、お忍びのオウへ王子への謝罪を拒否したのであった。

これには、側近のモブーノ子爵の方が、怒り心頭になり、剣を抜いた。

「貴様！　オウへ王子に対するその態度許せん！　ここに首を置け、私がその首を斬り落としてくれるわ！」

これには、屋敷の使用人達全員が殺気立った。

メイドのアーサも剣を抜いたモブーノ子爵を敵と判断したのか、音も無く近づいていくのを、リューが気が付いた。

「アーサ、待って！　殺しちゃ駄目！」

とっさにリューはメイドのアーサに声を掛ける。

「私を殺す、だと⁉　メイド一人に何が出来る！」

モブーノ子爵はそう息巻くと近づいてきたアーサに剣を向けた瞬間であった。

アーサの手が動いたと思ったら、モブーノ子爵は空中を舞い、地面に倒れていた。

そして、モブーノ子爵が握っていた剣は空中を回転して、倒れたモブーノ子爵の顔の真横に紙一重で突き立つ。

「ひっ！」

モブーノ子爵は思わず悲鳴を上げた。

「……モブーノ子爵、人の屋敷に予約もなく押し掛けたばかりか、剣を抜き、力を行使しようとし爵に反省してもらえますか？」

リューもこうなったら、強気に出るしかない。

オウへ王子は、公式の訪問でもないし、いないと思って扱うしかない。

今は、この目の前のモブーノ子爵の問題から片付ける事にしたリューであった。

「モブーノ子爵、今、あなたはまずい立場にいらっしゃいます。他所の貴族家に予約無しに押し掛け、剣を抜き、家人を斬ろうとまでしたのです。これは、その場で手打ちにされてもおかしくない所業です」

「それは、貴様が王子に対して失礼を――」

モブーノ子爵は、アーサに取り押さえられたまま、言い返そうとしたが、それを遮るようにリューは言葉を続けた。

「王子はこの場におられない。そうでしたよね？　ここに居ない王子に僕が失礼を働きようがなく、あなたは自分の名で礼を失して押し掛けた。そんな事をしておいて王子の名を騙《かた》るとどうなるかわかりますよね？　オウへ王子の名を汚すばかりか、自分の名も汚す事になります。――謝罪をお願いできますか？」

「――！　……す、すまなかった……」

「アーサ、客人を解放してあげて」

リューはそう言うと、立ち上がったモブーノ子爵の脇で床に刺さっていた剣を抜き、モブーノ子爵に手渡しで返した。

「それでは、改めてモブーノ子爵、今日訪れたご用件とやらをお聞かせ願いますか」

リューは皮肉も込めて、そう質問した。

その間、オウヘ王子は、その場の雰囲気に呑まれて何も言えずにいる。

何しろリューの屋敷内の使用人達は、みんな腕の立つ者達ばかりで、オウヘ王子達に対しての殺気も収まっていない。

こうした殺伐とした雰囲気にオウヘ王子が怖気づくのも仕方がなかった。

「きょ、今日は準男爵へ昇爵した理由が、あの魔法花火の制作者だからと知ったオウヘ王子が、誰よりも早くミナトミュラー準男爵に礼を尽くして我が陣営に招き入れようと判断されたから、訪れたのだ。——どうだ、ミナトミュラー準男爵。オウヘ王子の部下になれ。そうすれば、貴様の将来は安泰だぞ？　主家のランドマーク家にはこちらから何とでも理由を付けて説得しておいてやる。あとは、貴様がうんと言えば良いのだ」

モブーノ子爵はオウヘ王子の部下になる事を勧めてきた。

「何度誘われましても、僕はランドマーク伯爵家の与力です。主家を蔑ろにして直接、こちらにこられても困ります。それに今の身分があるのも現在の国王陛下がおられてこそ。主家のランドマーク家同様、ミナトミュラー家は国王陛下へ忠誠を誓っております」

リューは恭しく答えた。

「そ、その次の国王には我がなるのだから一緒であろう！」

やっと殺気に満ちたこの雰囲気に少し慣れてきたのかオウヘ王子が口を開いた。

「それは違います。現在のこの国の頂点は国王陛下であり、僕の忠誠は国王陛下の下にあります。そこは揺らぎません。誰かが次代の国王になった時、その時改めて忠誠を誓う事になるとは思いますが、現在の国王陛下への忠誠が第一です」

リューはきっぱりとオウヘ王子の言葉を否定した。

この王子は王家の力＝自分の力と勘違いしているところがある。

確かに風の噂では、次代の国王候補として、凡庸な第一王子よりもオウヘ第二王子が優位に立っていると聞いた事はある。

だが、その噂も実際のオウヘ王子を目の前にすると疑わしいものだ。

誰が教育係だったのか知らないが、かなり歪んで権力について学んでしまったようだ。

オウヘ王子がこの国の次代の王になったら、国内は怨嗟《えんさ》の声で充満しそうな気しかしない。

「オウヘ王子のお言葉を否定するとは、貴様、わかっているのか⁉」

モブーノ子爵が、オウヘ王子を擁護する為に口を挟んだ。

「……今日はモブーノ子爵が礼を失して訪れた。これは、謝罪してお認めになったはず。そんな場にオウヘ王子はおられない。おられようはずがない。それもいいですよね？　――ましてや、国王陛下がご健在なのに、次の国王の話を持ち出す事などあってはならない事かと思います。今日の事は見なかった事にしておきますのでお帰りください」

リューは、そう言うと、玄関を指し示した。

オウヘ王子は、何やらまた言い返そうとしたが、流石にこれ以上しゃべると父である国王の耳に入ると思ったのか口を噤んだ。

モブーノ子爵もそれを見て、自分がまた言い返すのも不味いと判断したのか、ここにはいないはずのオウヘ王子を伴って屋敷を後にするのであった。

「何がしたかったの、あの王子」

リーンが、王子一行を見送ると、そう口にした。

「ははは。昔の故事に従って礼を尽くして配下に召し抱えるというのを真似したかったのかもね」

「それであの礼儀知らずな態度なの？」

「大事な部分が抜けているのは、王家という特殊な立ち位置と、どんな教育を受けてきたかだろうね。エリザベス第三王女は、しっかりした方だし、学んだものの差だと思いたいよ」

リューは苦笑して答えるとそこに、メイドのアーサがやってきて、玄関先に塩を撒く。

「そうだ、マーセナル。この事は、宰相閣下に手紙で状況を知らせておいて」

「よろしいのですか？　先程は……」

「ああ、見なかった事にしておくとは言ったけど、聞かなかったとは言ってないからね。僕は聞いた事は知らせておこうかなと」

リューはいたずらっぽく笑うと、執務室に戻っていくのであった。

「陛下、ミナトミュラー準男爵から私の元に手紙が届いていたのですが……」

「そうなのか宰相？　なんだ、昇爵の感謝の手紙は儂も貰ったが違う要件か？」

宰相は、国王の執務室で、言いづらそうにすると、届いた手紙を差し出した。

「何々……。──オウへの奴、儂が注意しておいたにも拘らずまたも、ミナトミュラー準男爵にちょっかいを出したのか！　──度重なるオウへの言動には困っておったが、周囲の者達が庇うから、落ち着くまでと思っておったが……」

「……どうなさいましょうか？」

「……オウへのこれ以上の言動を見過ごすわけにはいくまい。注意して直らぬのだ。あやつは日頃から何かと言動については悪い報告を度々受けている。──そうだな、オウへの奴は王位継承権についてかなり拘《こだわ》っている様子。ならば王位継承順位を下げて己の過ちを気づかせるほかあるまい」

「よ、よろしいのですか⁉」

宰相が動揺するのも仕方がない。

王位継承権とはそれほどまでに国内における影響が大きいのだ。

ましてや、オウへ王子を推しているのはエラインダー公爵一派である。

それをわかっていてオウへ王子の王位継承権順位を下げる事は、大きな摩擦を生む事が容易に想像できる。

「……仕方あるまい。それに親として、一国の王として、この国の未来の為にも息子の過ちは正して、少しでも良い方に導くしかないだろう」

こうして、リューの報告から、オウヘ王子の王位継承順位は下がり、宮廷内では大きな騒ぎになるのであった。

報告したリューはいつも通り国王からオウヘ王子にお灸をすえてもらうつもりくらいに考えていたので、流石にそこまでは想像しておらず、数日後の公式発表を耳にして驚くのであった。

オウヘ王子の王位継承権の順位格下げは事実上、国王にはなれないと宣告されたようなものであった。

継承順位的には、第一王子（一位）、第三王子（二位）、第四王子（三位）、第一王女（四位）、第二王女（五位）、エリザベス第三王女（六位）、そして、今回、継承順位を下げられたオウヘ第二王子（七位）となる。

伝統的に男子が優先されるので、女子の王位継承権は後にされるのだが、その後に回されたという事は……、そういう事である。

「そ、そんな馬鹿な⁉　それでは凡庸な兄上が次の国王になる可能性が上がってしまったではないか！　それにこの我が、姉上や妹達よりも下なんて……。父上は何をお考えなのだ！」

オウヘ王子は、事実を理解出来ずにいた。

側近のモブーノ子爵は、ただおろおろするばかりである。

こうなると、オウヘ王子を支持する派閥の動きだが、現在、オウヘ王子にはエラインダー公爵派閥が支持している。

一部、第一王子派や、第三王子派に鞍替えする動きを見せる派閥以外の下級貴族はいたが、エラインダー公爵派閥の一致団結力なのだろうか、それともこんな事も織り込み済みだったのか全く動じる気配がなかった。

オウヘ王子とモブーノ子爵は、主従でおろおろするばかりであったが、そこへエラインダー公爵からの使者が手紙を置いていった。

「エラインダー公爵は、何と言ってきているの!?」

モブーノ子爵に手紙を読ませて、確認した。

「公爵様は、『第一王子派の工作でしょうが、一時的なものだと考えているので落ち着かれるように』、との事です。あとは、こちらでも陛下に働きかける、との事です」

「そ、そうか！　兄上のところの工作か！　――見ておれよ、兄上！　最後に笑うのは我だからな！」

オウヘ王子はエラインダー公爵からの励ましの力を得ると一安心するのであった。

王立学園、王女クラスの休憩時間――

「オウヘ王子の王位継承権が格下げされたの……、僕のせいじゃないよね？」

リューは、あまりにタイミングが良すぎる今回の王家の判断に、責任を覚えていた。

「凄い騒ぎになっているわね。貴族社会ではこの話題で持ちきりだってみんな言っているわよ。――どうかしら、きっかけにはなったのかも……」

リーンが、クラスの生徒達もこの話題で持ち切りな事をリューに報告し、リューの質問には言葉を濁した。

「……マジかー。やっぱりタイミング良すぎたよね？　僕の報告で国王陛下の背中を押したかもしれない……」

リューがうなだれていると、そこへエリザベス第三王女がシズとナジンと一緒にやって来た。

「あら？　ミナトミュラー君は今回の騒ぎ、喜んでいると思っていたのだけど……？」

「リズは今回の件、何か知っている？」

リーンが気軽にエリザベス王女を愛称で呼んだ。

魔術大会以降、リーンとシズはエリザベス王女と距離を縮め仲良くなっているのだ。

「私も詳しくは聞いてないわ。ただ、最近のオウへ兄上の言動を非常に問題視して、父上と宰相が話し合ったとは聞いている。一部では、兄上の、第一王子派が動いてそう差し向けたとも言われているけど真相はわかっていないわ」

「……第一王子派？　……でも、タイミング的には僕の可能性が……。終わったかもしれない……」

リューは、リーンとエリザベス第三王女の会話を聞いて、魂が抜けたように真っ白になるのであった。

「？　ミナトミュラー君は本当にどうしたの？」

事情を知らないエリザベス第三王女は、リューの様子を訝しむのであった。

「そんな事が……」

友人であるリーンからオウヘ王子との最近のやり取りについて説明を受けたエリザベス第三王女は、眉間に皺を寄せて考え込んだ。

「ミナトミュラー君、今後その話はしない方が良いわ。その事を誰か他の人に聞かれて噂になったら、オウヘ兄上を支持する派閥から恨みを買う事になりかねないから」

エリザベス第三王女は、真剣な表情でリューに警告した。

「……そうだよ、リュー君。貴族にとって次代の国王選びは自分達の栄達《えいたつ》に関わる問題だから、それを阻止されたと思われたら、その恨みは途轍《とてつ》もないと思う……」

シズが、本当にリューを心配して声を掛けた。

貴族にとって、誰に付くかで今後の自分の家の将来が決まる事はよくある事なのだ。

特に力のない下級貴族にとっては、それは如実に表れるから、文字通り命がけで勝ち組選びは必死である。

有力貴族であるエラインダー公爵は今でこそ王位継承権を放棄しているが、王子達の次に王位継承権を持っていたので、その人物が支持するオウヘ王子は、最も有力視されていた。

もちろん、派閥にも入れない下級貴族は我先にと、この勝ち馬に乗ろうと媚びへつらい接近した者も少なくない。

その努力が、リューの報告で流れたと思われたら……、後は想像に難くないだろう。

「……よし、忘れよう。というか、みんなも忘れてください」

リューも万が一バレた場合の、恨まれる規模を想像してぶるっと身を震わせるのであった。

今の時期、ランドマーク領、ミナトミュラー領共に主な収穫が一息つき、製造業に力を入れる時期だ。

ランドマーク領では、王都向けの製造から南東部を中心にした東部、南部向けの製造に切り替えている。

王都向けの製造はミナトミュラー領で補えるようになってきているからだ。

もちろん、まだ、補えないものもある。

それは、魔境の森・開拓の地で生産されている果物の類や、『チョコ』の元であるカカオンなどである。

ミナトミュラー領ではその生産の為に研究は始められ、施設も増築中であるが、まだ、目途はたっていない。

農業の事はさておき、リューのミナトミュラー領では、職人や従業員の奮闘の下、各施設の建築が進み、加工品の水飴から馬車の増産、ビルの建築まであらゆる方面での活動が活発化してきた。

水飴に関しても、ランドマーク印の高級品である『チョコ』は贅沢品だし、市場に出ている砂糖はもちろん高級品。さらにこれも高級品扱いで薬にもなるはちみつに比べ、水飴は安価で購入できる事がウケ始めていて、庶民の味方的な甘味の立ち位置でかなり売り上げを伸ばし始めている。

ミナトミュラー領にはすでに工場を建築し稼働しているので、生産は現在、増産に注ぐ増産だ。

「水飴の時代が来たわね」

リーンは、執務室でリューが目を通している水飴に関する書類に気づくととても満足そうに言った。

「そうだね。砂糖は高価だから。それに水飴の賞味期限は長いから、そこも強みだよね」

リューは、闇雲に増産するのではなく市場の様子を見ながら、水飴の生産を進めていた。

ランスキーもリューの考えを察したのかそれに従っている。

増え過ぎれば、値崩れを起こすから生産量は気を遣うところではある。

リューはその辺りを見定めていた。

「品薄状態の馬車の増産も急がないとね」

リーンは、リューの横に積まれている書類の上のものを手にすると、内容に気づいてそう漏らした。

「そっちはさっき、人員を沢山回す手続きしたから解決しそうかな。問題はモデルチェンジの際に導入したゴムタイヤだけど……、その材料がランドマーク領からしか手に入らないからそっちの問題を解決しないとなぁ」

「まだ、こっちでは育ってないのよね？」

「うん。こっちだと温室を用意しないといけないから建築を急がせているけど、他の建物もあるから追いついていないんだよ」

「うちの建築部門、今やミナトミュラー商会の花形部門のひとつだから忙しいのよね？」

「そう。イバル君に手伝いに行ってもらっているけど、王都で起きているビル建築ラッシュは、ほぼ、うちが請け負ってやっているから、現在の注文をこなすので手一杯かな」

「流石に何でも上手くはいかないのね」

「まあね。――あ、そうだ、マーセナル。自転車のマイナーチェンジモデルに関する報告は来てる?」

リューの傍で、決済を待っていた執事のマーセナルに聞く。

「それは、こちらに。――あと、リヤカーの一部改造と共に、自転車と組み合わせた試作品も先程表に届いています」

「え、もう試作品出来ているの⁉ 職人さん達の仕事が早いね! どれどれ――」

リューは報告書に添付されている設計図を確認しだした。

「僕が簡単に言った注文通りどころか、職人さんが良いアレンジしてくれてるね。さすが、マイスタの街の職人だ」

リューは感心すると今度は、表に届いている試作品を確認しに行くことにした。

リーンと、静かに護衛として待機していたスード・バトラーもその後に続く。

「おお! これはいいね」

リュー達の前に現れたのは自転車とリヤカーが合体したものであった。

「ちゃんと取り外しも出来るみたいだし。形も引っ張るのに適した大きさにリヤカーは少し小型化されているね」

護衛のスードは、先程までは仕事に無関心であったが、この自転車&リヤカーには興味を持ったのか何度もチラ見して確認する。

「ははは。スード君。傍で確認していいよ。良かったら試乗もしてみて。荷物を載せての乗り心地も確認しておきたいし」

リューは、そう言うと、リヤカーの荷台にリーンと二人で乗り込んだ。

「じゃあ、スード君。スタートだ！」

荷台から煽るリュー。

「……では、お言葉に甘えて運転してみます」

スードは、そう答えるとリューとリーンを乗せて、自転車に跨るとペダルを踏みこむ。

脚力に自信があるスードは、立ち漕ぎで勢いをつけてスタートすると、あっという間にスピードに乗る。

そして、すぐにマイスタの街の大通りまで飛ばし始めるのだが、住民達は初めて見る乗り物に興味津々でリュー達を凝視する。

「ありゃ、街長様じゃないか？　――また、新商品ですか⁉」

住民はリューの姿に気づいて声を掛けてくる。

「まだ試作段階です！」

とリューが答える頃にはその住民の姿は小さくなっていく。

そのくらいスードを出しているのだ。

「スピードも出るし、意外に乗り心地も悪くないね」

「この乗り心地、サスペンションを付けているんじゃない？」

リーンが狭いリヤカーのリューの後ろで答える。

「確かに。——職人さん達、ここぞとばかりに技術を沢山つぎ込んでいるね……。商品化の時は定価が上がらないように微調整しないといけないかもだけど、これはいいか」

リューは、出来に満足する。

気づくとマイスタの街の大通りを一周して屋敷に戻って来ていた。

「スード君の乗り心地はどうだった？」

「乗り始めは重いですが、一旦スピードに乗ると苦になりませんね。人力で引くものと違い、自転車だと楽に感じます」

「うんうん。後ろの僕らも乗り心地が思いの外よかったから、荷物も衝撃は吸収されていいのかも……。後は職人さん達と詰めた話をしてお父さんに商品化の相談かな」

「あと、主を乗せていて思ったのですが、馬車とまでは言いませんが、お二人を快適に乗せる椅子を取り付けたリヤカーにはなりませんか？」

「……なるほど。あ、三輪車もいいね！」

「『三輪車？』」

リーンとスードは、新たなネーミングに首を捻る。

「三輪車は文字通り、自転車の車輪を三つにした乗り物だよ。それなら後ろに人を運ぶ専用の乗り物になる！」

リューは、スードの提案から、人を運ぶ事を思いつくのであった。

現在、王国南東部におけるランドマーク家の知名度は絶大であった。

王都での成功もその短期間での伯爵までの昇爵もあり、名実ともに南東部を代表する貴族にのし上がっている。

それは派閥の長であるスゴエラ侯爵も認めるところで、派閥ではベイブリッジ伯爵家と双璧を成す存在になっている。

また、ランドマーク家の扱う商品も、南東部どころか、最近では東部、南部でもその評判は轟き、流行の最先端である王都での成功もあり、貴族達もランドマークブランドに飛びつく有り様だ。

そんなわけで、ブランド化したランドマークは無双状態であった。

元々、魔境の森の傍という事で木工製品も沢山作られていたのだが、ランドマークブランドとして家具も一通り商品化されると、これも大ヒット。

品質の良い木材を使用した商品がお手頃価格で手に入るとして他の追随を許さず一人勝ち状態である。

それに伯爵に昇爵した事で、その影響力は倍増しているから、当主である父ファーザがその気がなくても、ランドマーク家の傘下に入ろうとする下級貴族も接触してくる事態だ。

実際、南部地域では、南部派閥のマミーレ子爵、息子が代理を務める事が多くなってきたブナーン子爵などは、ランドマーク家にいろんな意味で世話になっていたから、伯爵に昇爵し、上級貴族になった事で堂々と彼らは低姿勢でランドマーク伯爵に接触し始めていた。

こうなると面白くないのは、南部派閥の面々である。

風の噂で、領地が接する派閥貴族も出てきそうだという事もあり、警戒を始めていた。

「南東部に近いブナーン子爵、マミーレ子爵などが、最近ではあまりこちらに顔を出さないな」

南部派閥の首領である、侯爵は会合の出席率が悪くなっている事に不満を漏らした。

「ブナーン子爵は息子が代理を務めて日が浅いので自領の事で手一杯とか。マミーレ子爵も同じく自領の立て直しで忙しいそうです」

会合に出席した貴族の一人がそう庇って報告する。

「両名とも、ランドマークからお金を借りているのだろう？　そのくらいは流石に儂の耳にも入っておるわ。こちらで借りられないと思ったら南東部の成金貴族に尻尾を振るとは節操のない事だ」

ご機嫌斜めの派閥首領である侯爵は、ふん！　と、鼻息を鳴らすと厳しく言い放つ。

会合に出席している貴族達は、逆鱗に触れたくないと、首を縮める。

「噂では借金まみれで首が回らなかったマミーレ子爵は、ランドマーク伯爵のところ以外の借金は返し終わっているとか……。どういうからくりでそうなったか知る者はいるか？」

「聞いた話では、ランドマーク伯爵がマミーレ子爵の借金を全て肩代わりして支払い、全ての借金を自分のところに一本化したとか。それで、マミーレ子爵は恩に感じているようです」

「肩代わりされても借金は減るまい」

「それが、借金の肩代わり以外に、領地経営の見直しも手伝ってもらったらしいという噂も聞いております」

貴族の一人の言葉に、今度は他の出席している貴族達がざわついた。

「そんな事まで⁉」

「自領の領地経営を他所の貴族に口出しさせるとは、恥知らずな！」

「……だが、それで借金が無くなるなら……」

「うん？　貴殿のところはそう言えば、最近、芳しくない噂を聞くな。領地経営が上手くいっていないのかな？」

「……ははは。例えばの話ですよ……」

貴族だからといって、どこも贅沢な暮らしをしているとは限らない。

マミーレ子爵のように、先代からの借金が積み重なり自転車操業で領地経営していたのは酷過ぎるが、それに近い者も少なからずいる。

実際、借金のかたに爵位を売って平民に落ちる者もいなくはないのだ。

そういう噂は他人ごとではない為、マミーレ子爵の成功例は、生活に困窮している貴族にとって希望の光であり、密かにランドマーク家に水面下で近づく者も人知れずいた。

ランドマーク家は、リューの指導の下、金貸し業務もひっそりだが行っている。

南部の貴族にも実は、何人か借りている貴族もいるのだが、流石にそれを口にする者はいない。

「しかし、ランドマーク製の商品は確かに素晴らしいものがあります。王都でも成功しているのが頷けますし、これから仲良くしておいて損はないかと思いますが……」

現実的な提案をする会合出席者がいた。

侯爵は、じろっと軽くその会合出席者を睨むのだが、言った本人は目を逸らして気づかないフリをした。

ちなみにこの者を含め、会合出席者にもランドマーク家から借金している者が複数名いた。

「……確かに、ランドマーク伯爵にはブナーン子爵の件で借りがある。だが、それと派閥の勢いが衰える原因になっている事とは別問題だ。マミーレ子爵、ブナーン子爵などが、万が一スゴエラ派閥に寝返ったら、こちらにもダメージがある。そうなっては困る事はみなもわかっているだろう」

侯爵の言葉に会合出席者達もざわついた。

南部は、派閥がいくつかあり、侯爵の派閥は名門であるマミーレ子爵を擁する第一の勢力である。

だが、そのマミーレ子爵や、ブナーン子爵に抜けられると他の派閥の追随を許す事に他ならない。

南部の侯爵派閥は、ランドマーク伯爵擁するスゴエラ侯爵派閥に対して、敵対心を持つのであった。


「今日もうちの領地は平和だな」

父ファーザが、暢気にテラスで仕事の合間にお茶を楽しんでいた。

傍らには、自転車とリヤカーの新モデルと、三輪車について報告に来ていたリューと、リーンがいる。

「お父さん、話聞いています？」

リューが、暢気な父に注意を促す。

「ああ、聞いているさ。三輪車か……、確かに自転車に比べたら安定して乗り易そうだな。それに二人別に乗せられるのだろう？　何か商売になりそうだな」

「はい。現在、人を運ぶ手段は、主に乗合馬車が主流ですが、馬の分維持費にお金が嵩《かさ》むので、人力のみで人を運べる三輪車は小規模な運送には持って来いです。これが完成したら新たな交通機関として利用するお客さんが増えると思います」

「そうか。ならその案を試してみよう。職人に話を持ち込むようにセバスチャンに言っておくといい」

父ファーザは、全幅の信頼を置くリューの意見を採用すると、またお茶を飲んで一息つくのであった。


剣術大会以前から水面下で燻っている問題があった。

それは、元エラインダークラスにいるマキダールのイバルへの怨恨である。

イバルが男爵家に養子に入り、イバル・コートナインとして学校に復帰、リューや王女の振る舞いによって、イバルに対する風当たり自体はほとんど無くなっていたものの、密かにマキダールの恨みつらみは積もる一方であった。

そんなマキダールも剣術大会で直接イバルにやり返すチャンスが訪れたのだが、それも返り討ちにあった事で失敗に終わった。

魔術大会では、やり返すどころか、良いところが無く、鬱憤《うっぷん》は溜まる一方となり、ついにそれが爆発する日が来た。

それは、昼休みの事、イバルが一人、職員室からの帰りであった。

マキダールとその取り巻き達、元エラインダークラスの連中と出会い頭に鉢合わせした事で起きた。

「これはこれは、元公爵家のイバル坊ちゃんじゃないか！」

マキダールは取り巻きを引き連れている勢いそのままに、目の前のイバルに大きな態度で前に出た。

「……」

イバルは、相手にしない方が良いと思ったのだろう、無視して横を通り過ぎようとする。

「おっと、待てよ！　以前、俺達がお前の話聞いていなかったら、恥ずかしい目に合わされていたのに、お前は無視して何も無しに通れると思っているのか？」

「そうだ、そうだ！」

過去の話を持ち出して、イバルを責めるマキダール達。

「……その時は、すまない事をした」

イバルは素直に謝罪した。

そして、また、通り過ぎようとする。

「ま、待てって言っているだろ！　いまさら素直に謝ったからって許されると思っているのか！　馬鹿にするな！」

あまりに呆気なく謝罪するイバルに面食らったマキダール達であったが、それに逆上して怒り始めた。

「馬鹿にしているつもりはなかった。すまない」

イバルは、また、謝罪した。

「……ふん！　剣術大会では紙一重で負けたが、俺は剣と魔法、両方を併せ持って能力を発揮するタイプだ。イバル・コートナイン、今から俺と剣と魔法両方を使って勝負しろ！」

「断る。それに私闘は禁じられている」

「別に私闘を求めていないさ。あくまで練習試合だ。──なぁ、みんな！」

「そうだ、そうだ！」

「逃げるのかイバル！　お前が逃げれば、お前が引っ付いているミナトミュラー準男爵も恥をかくぞ！」

取り巻き連中も言いたい放題だ。

「……わかった。だが、これが最初で最後だ。勝負の結果に関係なく終わりにしてくれ」

「そんな事、お前が決める事じゃない。もちろん、お前が負ければ、俺達の奴隷決定だけどな！」

マキダールは余程自信があるのか大きな事を言ってきた。

「……それは、自分が負けた時の事を考えているのか？」

「俺が負ける事は無いから考える必要もないさ。ははは！」

マキダールはそう言い切る。

「マキダール、君に才能があるのは知っている。だが、俺は負けない。もう一度聞く。君が負けた時はどうするんだ？」

「余裕じゃないか。その時は、お前の言う事を何でも聞いてやるさ！　だがな正義は俺達にある。

過去を無かった事に出来ると思うなよ！」

マキダール達の中では、イバルは絶対悪であり、自分達は虐げられた過去を持つ絶対正義だと思っているようだ。

「……それじゃあ、さっさと終わらせよう」

イバルは、職員室に引き返すと練習試合の名目で教師から武道場の使用許可を取り、マキダール達を連れて向かうのであった。


武道場に着くと、両者は早速練習試合用の剣を取り、対峙した。

「じゃあ、始めよう」

イバルが開始の合図をする。

すると、すぐにマキダールは、強化魔法を唱え、自身の身体強化を図った。

そして、すぐにイバルに斬りかかる。

イバルはマキダールの上段からの斬撃を受けるが、その想像以上の重さに軽く後方に吹き飛ばされた。

マキダールは強化魔法を使い慣れている……！

イバルが、驚く中、マキダールは、勝てると確信したのか、次々に斬撃を繰り出した。

イバルは、紙一重でその攻撃を受け流し、躱し、防ぎ耐える事で凌いでいく。

だが、マキダールの取り巻き達から見たこの展開は、一方的と思える内容であった。

マキダールもこのまま、力押しすれば勝てると判断したのかここぞとばかりに突進してきた。

このマキダールの突進攻撃には、防御しながらも派手に吹き飛ばされ壁まで到達した。

イバルは、苦痛の表情を浮かべたが、勝負は決していない。

そう、結局、マキダールの攻撃は全て、イバルが耐え凌いでしまったのだ。

取り巻き連中は、形勢はマキダールに有利だと、思ったのか声援が鳴りやまない。

「くそっ！」

魔力が足りなくなってきたのか、マキダールは荒い息をついて身体強化魔法を再度自分に唱えた。

それに合わせるように、イバルも何かを唱えた。

「今度こそ終わりだ！」

マキダールは、そう宣言して、イバルにまた剣を向けると、突進の構えを取った。

「……そうだな。終わりにしよう」

イバルは、壁の傍から、一瞬でマキダールまで距離を詰めた。

そう、イバルも身体強化魔法を使ったのだ。

マキダールは、目の前に一瞬でイバルが詰めた事に目を見開いて驚くと剣を盾にするように構えた。

ガキン
金属の鈍い音が鳴り響いた。

イバルが剣を一閃すると、マキダールの剣は、その途中からへし折れてしまった。

呆然とするマキダールに、イバルは剣先を向ける。

「そこまでだよ！」

マキダールの取り巻き達の背後から、声が上がった。

そこには、リュー達隅っこグループが、立っている。

「勝負あり。イバル君の勝利だ」

リュー達は、マキダールの取り巻きの間を通っていくと、イバル、マキダール両者の元に近づいていった。

「マキダール君、イバル君は君を尊重して勝負を受けた。そして、勝負はついた。これ以上の恨み妬み、嫌がらせは貴族の子息として恥ずかしい行為だとわかるよね？」

リューが諭すようにマキダールに問うた。

マキダールは、悔しそうに、だが、リューの言葉を理解すると、間を置いて頷いた。

「じゃあ、お終いだ。二人とも昼休みはもう終わるよ。教室に戻ろうか」

リューは、イバルの背中を押して戻るように促すのであった。

「……また強くなっているね」

リューは一部始終を見ていたのか、イバルを褒めた。

「リューには、まだまだ敵わないけどな」

と、謙遜するイバル。

「リューと比べるのはおこがましいわよ」

と、リーンがイバルに注意した。

すると、隅っこグループから笑いが起こるのであった。

こうして、マキダールとイバルの間の怨恨は万事解消されたのであった。


そのイベントは、ランドマーク家主催、ランドマークビル管理人レンド発案のものだった。

王都の大きな広場の一部の使用許可を取り、そこに大小のテントを張って会場作りが始まっていた。

「結構広い場所を借りたのね」

リーンが興味を惹かれたように、周囲を見渡す。

「当日は露店も出して盛大にやる予定だからね。ミナトミュラー家は今回、その補助だから」

大きなテントを張る作業は、ミナトミュラー商会建築部門の職人達が行っている。

リューは、その作業の初日という事で、現場の確認をする為に学校に許可を取って休んで来ている。

リーンはリューと一心同体のつもりでいるから、当然のようについて来た。

そうなるとスード・バトラーも護衛を主張してついて来ようとしたが、学生の本分は勉強である。

この日は、ついてくるのを許さなかった。

そこへ今回のイベントの発案者であるレンドが、やって来た。

「リュー坊ちゃん。お疲れ様です」

「レンド、ランドマークビルの方は大丈夫なの？」

リューは、レンドがランドマークビル以外で見かけるのが珍しいのだ。

「ええ、下も育ってきていますから大丈夫ですよ」

レンドは笑って答えると、会場の説明を始めた。

「この大きなテントが当日のメイン会場です。主に有力な選手の試合解説を観客相手に行うのが中心ですが、勝ち上がった選手の対戦も行われます。もちろん、他のテントでは予選を中心に行われます」

「初めての大会なのに、規模大きくない？」

リューがその心配をはじめた。

「俺も最初はそう思ったんですがね。意外に参加希望者が多くてこの規模になっちゃいました」

レンドは苦笑いする。

「まさか、客引きも兼ねて売り出した『ショウギ』ゲームが、大ウケするとはなぁ」

そう、今回のイベントは、『ショウギ』大会である。

リューは作った本人であるが、この人気は予想していなかった。

確かに王都のインテリ層には最初、じわじわとではあるが人気が出だしていた。

だが、駒の動きやルールの複雑性から、やる者を選ぶところがあったのだが、『ショウギ』のファンになった者の中に、有力な貴族や軍人などがいた事が、人気の火付け役になった。

王都の流行の最先端を走っているランドマーク発案のゲームという事を前面に押し出して、とある貴族が、社交界に持ち込んだ。

貴族は流行を追いかけるインフルエンサーのような立場でもある。

それに、知的な遊びというのも、貴族にとっての誇りを刺激した。

そうなったらもう、最先端を追う貴族の間で広まるのもすぐであった。

そして、それと同じタイミングで軍人の間でも広まった。

こちらの場合は、戦略的な知識を磨く事が出来ると、持ち込んだ上司がいたのだ。

軍人の世界は完全な縦社会である。

上が命令すれば、下はやるほかない。

最初は強制的に覚えさせられて始めるが、そのゲーム性に夢中になる者が続出した。

さらに軍人の方には、平民出身の者も多いのでその階級に広まる一助になる。

こうして、貴族と軍人、そして、平民と、娯楽に飢えた者達によって『ショウギ』は、絶大な人気を生んだのである。

「今回の大会の賞金はどのくらいに設定しているの？」

タウロは発案者であるレンドに聞いてみた。

「あ、坊ちゃんに伝えていませんでしたっけ？　——今回、貴族階級などから、スポンサーになりたいという申し出があり、多額の資金が流れてきまして、最終的に優勝者には、白金貨三枚（前世の価値で約三千万円）が授与される予定になっています」

「白金貨三枚⁉」

さすがにリューもこの額には驚いた。

それだけ貴族階級が期待している大会という事だろう。

だが、スポンサーとはまた、レンドも考えたな。

と思うリューであった。

「そんな額、大丈夫なの？」

リーンは、驚く前に呆れてそう質問した。

「大丈夫ですよ。貴族連中は自分が参加するには賞金もそれに見合った額じゃないと、参加しづらいと思ったようです。それに貴族はこういう流行りものには、敏感ですからね。ゲームの大会を、注目されるほど大きなものにしてもらう事で、自分達が楽しんでいる事に箔を付けたいんです。それに参加費もしっかり取るので、冷やかしはまず現れませんし」

レンドがそう分析して答えた。

「……確かに。レンドの分析は鋭いかも……。これだけ大きく騒がれるゲームを広めた自分、凄くない？　という自慢をしたがるのが貴族だからなぁ。これなら、資金も少なくて大きなイベントができるね」

「でしょ？」

レンドも鼻高々だ。

「やるじゃない、レンド。私も参加すれば良かったわ」

リーンも、感心したのか褒めると同時に悔しがった。

「ははは。さすがに今からは無理ですよ。明日の朝一番から予選が始まりますから。スケジュールは埋まっています」

「『ショウギ』は、勝敗決まるの時間掛かるけど大丈夫？」

リューはもっともな心配をした。

「予選は、一分を刻む砂時計を使った早指し勝負ですからね。あっという間ですよ」

どうやら心配は無用なようだ。

「明日から三日間を掛けた大会か。竜星組の露店部門も張り切っちゃうなぁ」

リューは、自分のところの商売を気にかける事にした。

「そうね。こんな大規模な大会の露店を全部仕切らせてもらえるのだから、みんな張り切るわ」

リーンも頷く。

「じゃあ、準備しているみんなに発破かけてくるから」

リューは、そう言ってレンドと別れると、出店の準備をしている部下達のところに向かう。

すると、すぐに自分の街の長であり、上司でもあるリューの登場に、みんなが気づいて集まり、そこに輪ができた。

そこでリューが、発破をかけたのだろう。

おー！

という気合がその輪から聞こえてきた。

その光景をレンドは遠くから見つめていた。

「相変わらず坊ちゃんの人望は凄いな……！」

レンドは感心しながら、明日からの大会に向けて、自分も人を集めて最後の説明を始めるのであった。

『ショウギ』大会当日。

大会は、三日間行われるが、そのほとんどの時間は予選会である。

予選会場は、テントがいくつも張られ、その下で沢山の参加者が所狭しとずらっと横並びし、開始の合図を待っている。

開始宣言には、ランドマーク家主催の大会であるから、父ファーザが務める。

その前にまずは、ミナトミュラー商会の興行部門から派遣された司会の男性が、ルールの簡単な説明や、マナーについての話があった。

そして、この初日の最初の盛り上がりは、優勝賞金発表の時であった。

「白金貨三枚が授与されます！」

と司会の男性が宣言すると、地の底から沸いてくるような声がどっと上がった。

「高額賞金だと、聞いていたが白金貨三枚⁉」

「き、金貨何枚だよ⁉」

「落ち着け！　金貨だと三百枚分だ！」

参加者達からは、動揺の声がいくつも上がる。

「なお、参加者は、貴族様から、平民までおられますが、この大会は実力勝負です。気兼ねなく相手に勝つ為に、みなさんベストを尽くしてください」

司会者は、そう注意する。

確かに、対戦相手が貴族とわかって委縮している平民の参加者もいる。

緊張するなと言われても無理な話かもしれない。

「それでは、今大会の主催者であるランドマーク伯爵から、ご挨拶を」

父ファーザが、舞台に登場する。

すると拍手が上がった。

意外に、父ファーザは人気があるようだ。

リューは、舞台の袖からそれを眺めて、安心する。

「ここで、今大会が開催出来るまでの苦労話でもしたいところですが、息子が短い挨拶を求めているので、早々に開始宣言をしたいと思いますが、いかがでしょうか？」

登場した父ファーザは、自己紹介をする事も無く、そう言うと、会場がどっと沸いた。

この父ファーザの冗談で緊張していた参加者もリラックスできたようだ。

父ファーザは、その反応に満足すると、

「それでは、これより『ショウギ』大会を、開始します！」

と、宣言した。

その瞬間、会場から駒を盤上に打つ音がパチンと鳴り響きだす。

参加者達は、賞金もかかっているので真剣そのものだ。

時折、特殊な砂時計をひっくり返し、考慮時間をスタートするのを忘れた選手が慌てる場面がいくつも見られたが、それ以外は順調に時間が経過していく。

先程の父ファーザの冗談で沸いた会場であったが、今は、駒を指す乾いた音だけが、会場内には鳴り響いていた。

机を挟んで対戦者と盤の睨み合いは続いていたが、考えるのに集中し過ぎて時間が経過し、相手の指摘で負けが決まる瞬間がついに訪れた。

そこからは、次々に同じような指摘で試合がストップしたり、「……負けました」と、敗北宣言をする者も現れる。

「いや、俺は負けていない！」

と、負けを認めず、盤をひっくり返そうとする者も現れ、中々混乱を極めたが、すぐに審判が駆け寄り、取り押さえる事態に。

その場面を呆然と眺めている間に、考慮時間を過ぎてしまい、負けるという判定も起きたが、ランドマーク家、ミナトミュラー家の用意した審判団が、一度中断して打ち直しさせる事で、上手く取り仕切り試合は進行していった。

やはり、大金がかかった勝負という事で、みんな真剣さに拍車が掛かったようだ。

リューは、試合会場で時折起こるトラブルを舞台袖から、今後の参考にしようと観察するのであった。

大きなテントの会場には、大きな盤のような板が用意され、そこで観客を相手に注目選手の試合結果を解説する者がいる。

「ケイマン男爵のこの手は、素晴らしいですね。一分という限られた時間でこの手を思いついたのは、凄いとしか言いようがありません」

優勝候補の一角と思われる注目選手の試合を解説員が、分かり易く説明すると観客が感心して頷く。

「なるほど、そういう事か！」

「ひぇー。俺にはあの手は思いつかないな」

「さすが優勝候補！」

解説員の説明に観客が感心する中、その傍では、沢山の露店が商売を始めている。

観客のみならず、試合を終え、次の試合までの腹ごしらえに露店で食べ物を購入する者もいた。

「あっちで優勝候補の一角、ギョーク侯爵を破った奴が現れたぞ！」

「なんだって⁉」

「しかも、平民みたいだ！」

この情報に静かに試合が行われていた会場にどよめきが起こる。

「ケイマン男爵と並んで強いと言われていたのに、本当か⁉」

初戦で敗退し、見学に回っていた貴族達も大慌てだ。

そして、その試合内容が、メイン会場の解説員によって解説が始まると、その一手一手に観客、試合が終わった参加者達の声が上がる。

「対戦相手の平民、凄いな」

「相手のギョーク侯爵も相当強い。これは名勝負だったな」

「予選一回戦でこのレベルか！」

会場は予想外の白熱した試合の解説に大盛り上がりである。

「これは、大成功間違いなしだね」

リューは、予選一回戦の段階での様子を見て、リーンに予想を告げた。

「そうね、この感じなら最終日まで良い感じかも」

リーンも頷く。

こうしてリューとリーンの予想通り、途中でダレる事無く試合は決勝が行われる最終日まで順調に進むのであった。


『ショウギ』大会三日目最終日。

「大会準決勝の勝者は……、大会前から優勝候補の一角に上げられていた男爵であるケイマン選手と、今大会のダークホースである商人のフナリ選手です！　この二人によって決勝戦が行われます！」

その日の午前に行われた準決勝は、引き続き大盛り上がりであった。

リューとリーン、護衛のスードは、昼から様子を見に会場を訪れていたが、メイン会場に押し寄せた観客の数に驚いた。

まさに人だかりである。

メインの大きなテントには入りきれない人たちが、押し寄せてテントを囲んでいる。

解説員の声だけでも聴こうと、聞き耳を立てている者も多かった。

決勝戦は、両者持ち時間が一時間ずつ与えられているので、特注の砂時計が二つ対戦者の傍らに置かれ、駒を盤上に指す音が鳴るたびに、審判が砂時計を横にして止めたり動かしたりする。

その試合展開を解説員が伺い、会場の大きな盤の駒を指す。

その度に、会場からは、「おお！」という低い声が響くのであった。

リューは、決勝進出して真剣に駒を打つこの両選手の様子を窺おうと、舞台袖から眺めた。

すると、ケイマン男爵の対戦相手に見覚えがあった。

「あれ？」

見間違えかと首を捻るリュー。

「どうしたの？」

リューの反応に疑問を持つリーン。

その時、

「参りました……！」

というケイマン男爵の負けを認める敗北宣言が会場に響いた。

その瞬間、会場は一瞬の沈黙の後、一気にどっと沸いた。

司会の男性に勝ち名乗りを受けて勝者の商人が舞台に上がり、優勝した感想を司会の男性に求められ、それに答え始める。

その光景を見たリューとリーンは、一人の男の姿形で一致した。

「「『闇商会』のノストラ!?」」

二人は同時に同じ名前を口にするのであった。

そう、優勝者は、『闇商会』でボスを務めるノストラであったのだ。

「まさか、他所の組織が関係している興行にボス自ら参加してくるとは……」

リューは、ノストラが優勝を純粋に喜んで観客に手を振っている姿を見て、苦笑いするのであった。


無事、『ショウギ』大会は、日程通り行われ、表彰式になっていた。

トラブルはあったものの、想定内の出来事であった。

もし、想定外があるとしたら、この優勝者の商人〝フナリ〟の存在だろうか……。

今回の興行主はランドマーク家であり、ミナトミュラー家はサポート役である。

だから表彰式には父ファーザが立ち、賞金の授与を優勝者であるフナリ氏、準優勝者であるケイマン男爵にしている間、舞台袖でリューは眺めていたのだが、ちょっと優勝者であるフナリ（『闇商会』のボス・ノストラ）を、驚かせたい気分になった。

そこで、優勝者に対して、記念の盾を渡す段取りがあり、それはレンドがする予定であったのが、リューが急遽変わってもらう事にした。

今大会の発案者であるレンドの華々しい役割を奪うようで悪かったが、こんな面白い状況は無い。

それに、一応、他所の組織の興行に偽名を使って参加して優勝をかっさらっていく行為を行ったのだから、釘を刺す意味でもこれくらいはやっておいた方が良いと思ったのだ。

司会の男性が、大会スタッフに授与式の予定変更を耳打ちされる。

「では続きまして、優勝者に対して、今大会の記念盾の授与に入ります。授与してくれる方は、この『ショウギ』の発明者であり、ランドマーク伯爵のご子息であるリュー・ミナトミュラー準男爵です！」

司会者は、何事もなく最初からその予定であったとばかりに進行した。

その中、優勝を観客に祝福されてそれに応えていたフナリ（ノストラ）氏は、予想だにしなかったリューの名前を聞き、驚いて司会者の方を振り返る。

そして、すぐに舞台袖の方を急いで見ると、壇上にリューが上がってきた。

ここでノストラは、最近熱を上げていた『ショウギ』の発明者が、他所の組織の組長であるリューだと初めて気づいたのであった。

リューは、ノストラの笑顔が引き攣《つ》り始めているのを確認すると、記念盾を持って、優勝者である商人の〝フナリ〟氏に歩み寄る。

そして、

「優勝おめでとうございます。フナリさんでいいのかな？　僕が知っている知人にそっくりなので、勘違いしそうになりましたよ。ははは！　――僕が考えた『ショウギ』を、ここまで好きになって頂き光栄です。それではどうぞ」

と、リューは告げると、〝フナリ〟氏に記念盾を渡す為に急接近した。

「（他所のシマに乗り込んできて、優勝するって、正気ですか？）おめでとうございます！（ニッコリ）」

と、リュー。

「(し、知らなかったんだよ！) ありがとうございます！ (笑顔、引き攣り)」

と、ノストラ。

「(これは、『貸し』にしておきます) 次回も開催する事ができましたら、参加お待ちしていますよ♪」

リューは、歓声に包まれる中、ノストラと握手しながら耳打ちする。

「(わ、わかった……) 予定が合いましたらぜひ」

ノストラは、終始笑顔を引き攣らせながら答えて記念盾を受け取った。

「それでは、みなさん。最後にまた激戦を制し、記念すべき『ショウギ』大会第一回優勝者になりました〝フナリ〟氏に盛大な拍手を！」

司会者がそう言うと、観客を盛り上げた。

何も知らない観客は、舞台に立つ『ショウギ』の発明者であるリューと、優勝者であるフナリに対して拍手と喝采を送り続けるのであった。


「リュー、何を耳元で話していたの？」

リーンでもこの歓声の中では聞き取れなかったのか確認してきた。

「ふふふ。釘を刺しておいただけだよ。さすがに舞台上ではあちらも言い訳の言葉は思いつかなかったみたいだけど、どうやら、本当に『ショウギ』が好きで参加したみたいだね」

リューは、リーンにそう答えた。

「なんだ、うちの興行を荒らしに来たわけじゃないのね」

リーンは、抗争に発展するかもしれないと思っていたようだ。

「とはいえ、優勝して賞金と記念盾を奪っていったわけだから、あっちはうちに借りが出来た感じかな。ははは！」

「でも、どうするの？　今後は」

当然の疑問だ。

出入り禁止にするのか、それとも……。

「さすがにあんなに楽しそうにしていたノストラにこれ以上は嫌がらせする気はないよ。次回も本人が参加したいなら、してもらうよ。それに、ノストラの『闇商会』は、組織の運営に四苦八苦しているみたいだから、賞金がその足しになるのであれば、まあ、いいかな。自分で勝ち取ったものだし」

「そうね。大会も盛り上がったし、いいかもね」

リューが納得しているのであれば、リーンも満足であった。

こうして、『ショウギ』大会は大成功の中、全ての日程を終了したのであった。


「ボス、お帰りなさい！」

『闇商会』の本部事務所で仕事をしていた部下達が、ノストラの帰りを出迎えた。

「おう、ご苦労様」

満面の笑みのノストラを前に、部下達は付いてくるなと言われていた『ショウギ』大会の結果を知りたがった。

「結果は、どうだったんですかボス。それにその鉄の板は？」

「これはな。大会の優勝者に与えられる『記念盾』ってやつだ！」

ノストラは、誇らしげにその記念盾を部下達に見せつけた。

「おお！　さすがボス！　熱心にやっていましたもんね！　俺達も誇らしいっス！」

部下達も最近ずっと仕事に忙殺され笑顔が少ないボスの事を心配していた。

そんな中、『ショウギ』の時は笑顔が見られるようになっていたので、暇がある時は、部下達も進んで対戦相手をしていたのだ。

それだけにその結果が実って嬉しいのであった。

「そうか、そうか！　賞金も入ったし、今日はお前達の普段の労も労って飲み会でも開こうかい」

ノストラがそう告げると、

「よし、野郎共！　ボスの祝勝会だ！　竜星組に人を走らせて、最近美味いと有名な『ニホン酒』を大量に買ってこい！」

と、部下達は急遽準備を始めるのであった。

竜星組の名に、一瞬固まるノストラであったが、気を取り直して自室に戻ると、一番目立つところに優勝の記念盾を飾り始め、満足した表情を浮かべるのであった。

今年一年の学園生徒の集大成とも言える期末テストの時期が訪れた。
リューやリーンはもちろんの事、エリザベス王女も密かに上位二人の一角を崩す為、このテストには気合を入れて臨んだとか。
一週間に及ぶテスト期間を経て、今日はついにその結果発表がされる事になった。
結果は以下の通り。
一位　リュー・ミナトミュラー
二位　リーン
三位　エリザベス・クレストリア
四位　イバル・コートナイン
五位　ナジン・マーモルン
六位　シズ・ラソーエ
・
・
・
十六位　ランス・ボジーン
・
・
・

五十五位　スード・バトラー

前回の中間テスト同様、上位六位まで王女クラスが独占するという結果に終わった。

こうなると上位四人が注目されがちであったが、今回のテスト結果は六位のシズまで注目の的であった。

一位と二位のリューとリーンはもちろん圧勝という形であったが、点数は表示されていないので、生徒達にはそれはわからない事だったのだが、何となくこの二人は不動なのだという暗黙の了解が生徒達の間では出来つつあった。

そういう意味では、三位のエリザベス王女にも言える事であったが。

生徒達としては、この三位まではもう、卒業まで変わらないだろうという、感覚が麻痺した状態になっていた。

そうなると、その下からの順位が気になるところで、四位に今回、そこを守り続けていたナジンを抜いて、イバルが滑り込んできた。

これには、張り出された結果を見た生徒達に注目される事になった。

「イバル君、本当に優秀なんだな」

「ナジン君は、剣術大会でも、魔術大会でも好成績だったし、イバル君も凄かったからな……。どちらが上になってもおかしくない順位だ」

「お前ら、六位にも注目しろ。あの魔術大会優勝のシズさんも凄いだろ！　上位を脅かすのはシズさんかもしれないぞ？」

生徒達は自分の成績の事をさておいて、この上位グループの熾烈《しれつ》な順位争いを解説し始めるのであった。

確かに、シズの魔術大会における王女を破っての優勝は鮮烈で、観戦した者の度肝を抜くには十分であった。

シズは前回の中間テストも六位だったのだが、注目はされていなかったので今回は一番目立っていた。

「僕はもう注目されなくなったか……」

がっくりと肩を落とすリュー。

「リューの場合、弱冠十二歳で準男爵の爵位持ちだからな。それだけでも驚く事なのに成績まで段違い、魔術大会は圧倒的過ぎて外されるレベルだし。リーンもエルフの英雄の娘の肩書でも十分なのに美女で同じく桁外れの能力持ちだから、二人には他の生徒はみんな驚き疲れたんだよ。あははは」

イバルが、落ち込むリューを指摘すると笑うのであった。

「そうなのかな……？」

リューは残念そうにした。

「それより、イバルとナジン、シズの三人が今、普通クラスでは人気らしいぞ！」

ランスはそう指摘すると羨ましがった。

「むむっ。確かにそれは羨ましい……」

同意するリュー。

「主は別格です」

と、背後で聞いていたスードがフォローする。

「どうでもいいよ、そういう人気とかは」

と、達観するナジン。

「……そうなの⁉　ちょっと恥ずかしい……」

と、照れるシズ。

「俺はリューのところでお世話になっているからな。成績もそれで上がってるし、そういう意味では人気とかは全てリューのおかげでしかないから、興味ないかな」

イバルは、リューへの義理に拘っているようだ。

「私はこのままだと万年三位のままで卒業しそうだけどね」

と、ここにエリザベス王女が話題に入ってきた。

「なんだかすみません……」

と、謝るリュー。

「それは、リズに対して失礼だから言わなくていいのよ」

と、リーンが珍しくリューを強く注意した。

「ふふふ。ありがとうリーン。私は大丈夫よ」

とエリザベス王女は笑顔で答えた。

「最近の王女殿下のこの隅っこグループでの馴染み方が凄いな」

と、ランスが指摘した。

「リズは、私達の友達なんだからいいじゃない」

リーンはそう指摘する。

「……リズは、友達」

それに強く頷くシズ。

その言葉にエリザベス王女はまた、嬉しそうに「ありがとう」とお礼を言った。

「そうだね。それに平等というのがこの学校での校風だからね。良い事じゃない」

リューはそう言って、さっきの失言を取り戻そうとするのであった。

年末年始ですが何か？

年末はどこもかしこも忙しい。

そんな中、学園も年末年始の休み期間に入る事になった。

リューもマイスタの街の街長として、ミナトミュラー商会の代表として、そして、竜星組の組長として、年末は忙しくなる。

「酒造部門、建設部門、製造部門もだけど、興行部門は年末、王都やその近郊で行われるイベント行事が多くて人手が足りないなぁ」

リューは書類に目を通しながら、人事について頭を悩ませた。

「それなら、一旦、魔境の森に行かせている人達、呼び戻したら？」

リーンが、リューがすっかり忘れていた（？）若い人材の指摘をした。

「ああ！　彼らか……。そう言えば、ミゲルは一人長い事あっちに残っているよね？　年末だし、また、評判の悪い若い衆を送り込むついでに、呼び戻そうか」

リューは気軽に言っているが、若い衆にとっては、地獄へ送り込まれる重大事態であった。

「主、魔境の森とは何ですか？」

スード・バトラーが聞き慣れぬ単語に、興味を惹かれた。

「ああ、スード君にはまだ言った事がなかったかぁ。ランドマーク本領に接する魔物が沢山潜む森の事だよ。魔境の森の奥には何があるのかわからないくらい深い森が続いていてね。うちの若い衆の根性を一から叩き直す矯正施……じゃない。自転車の材料となる魔物を狩る為の施設があるんだ。とても厳しい環境だから、みんな強くなれるし、素材も集められて一石二鳥の場所だよ」

リューは少し、失言しつつ、オブラートに包んで説明した。

「……それって、以前、主が言っていた強くなる為の環境ですよね？　自分もその施設に休みの間だけでも行きたいのですが、駄目でしょうか？」

スードは、強くなる為に貪欲であった。

普段はリューに手合わせを願い出る事も多いのだが、ここのところはリューが忙しくしているのでそれも言い出せずにいた。

「……そうだなぁ。休み期間中なら……、まあ、いいか！　あっちにはうちのおじいちゃんやお兄ちゃん達もいるから、色々と学べると思う。じゃあ、マーセナル、今日、魔境の森に運ぶ予定の若い衆を庭に集めておいて」

リューは、書類を読むのを止めて立ち上がると、リューがサインした書類を運ぼうとしていた執事のマーセナルにお願いする。

「承知しました」

頷くと書類を助手の元冒険者タンクに渡して、手配の為に使用人達に指示を始める。

「毎回、若い衆を集める時、言う事聞かない連中がいたんだけど、最近、落ち着いてない？」

リューは、ふと思い出したように、リーンに聞いてみた。

「ああ、それは、魔境の森から帰って来た第一号のアントニオが、送り込む連中の人選を、今、任されているからじゃない？」

「アントニオが？　『スモウ』大会の優勝以来名前聞かなかったけど、そっちに配属されていたのか」

自分が許可状にサインして異動になっていたのだが、リューは覚えていなかったようだ。

「そのアントニオが、こっちで言う事聞かない連中の一時的な教育も受け持っているから、若い衆はリューに対して反抗的な態度を取らなくなっているのよ」

リーンはどうやらその事を知っていたらしい。

もしかしたら、アントニオに命令したのはリーンなのかもしれない。

「なんだ、最近の若い衆は丸くなった人が多いのかと思っていたよ」

やっと合点がいったリューであった。


しばらくすると、マーセナルから庭に若い衆が集まったという連絡が来た。

「スードも準備出来た？」

リューが、スードの確認を取る。

「はい、主。こちらはいつでも大丈夫です」

スードは、肩に担げる革の袋をポンと軽く叩くと、準備万端のアピールをした。

「じゃあ、庭に行こうか」

リューは、手にしていた書類を、机に置くと立ち上がるのであった。


街長邸の中庭――

「あれが、噂のうちの組長……！」

「本当に若いな……！」

「アントニオさんの言う通りなら、あの人は大幹部達が束になっても敵わない人だぞ……！」

リューが庭に出ると、集められた若い衆達がひそひそとリューを見て、生の組長に興奮気味であった。

アントニオ君、僕の事変な風に言ってないよね？

ちょっと、アントニオの教育に少し疑いを持つリューであったが、その場に待機していたアントニオに目配せする。

「全員静かに！　これから組長の指示に従って、ある施設に向かう事になる。お前らはそこで竜星組の為に働くんだ。さっきサインした書類の通り、命がけだからな。お前らの根性を見せてみろ！」

アントニオは、若い衆を叱咤した。

「「「へい！」」」

若い衆は、反抗する事無く、アントニオの言葉に返事をする。

どうやら、教育が行き届いているようだ。

ミゲルのような反抗的な奴がいた頃が懐かしい……。

リューは、自分に絡んでくる若い衆がもういない事に少し残念な気になるのであった。

「じゃあ、行くよ」

リューは、そう言うと、スードから次々に若い衆をランドマーク領に送り込んでいくのであった。


「おお、来たかリュー。今回も見どころがありそうなのが何人もいるのう！」

祖父カミーザが、領主城館の前で待ってくれていて、嬉しそうに言う。

「おじいちゃん、今回もよろしく。そうだ、ミゲル達を回収したいのだけど？」

リューが、そう言うと周囲を見回す。

「ミゲルはもう少し、残りたいそうじゃ。最近では、あいつも下の人間を世話する余裕ができてきてのう。儂も助かっているぞ」

祖父カミーザはミゲルを褒めるのであった。

あのミゲルが⁉　また、成長したんだね……！

親の気持ちになってリューも嬉しくなった。

「今回なんだけど、このスード君を、休み期間中だけだけど、鍛えて上げてください。僕の護衛役で才能豊かだからお爺ちゃんのペースでいいよ」

「よろしくお願いします！」

スードは、リューのカミーザに対するお願いが何を意味するのか、この時は、まだ、わからないのであった。


ランドマーク本領で人員の入れ替え整理が済むと、リューとリーンは早々にマイスタの街に戻って来た。

スード君、一皮剝けた君に出会えるのを期待しているよ！

リューは、そう告げると涙をぬぐいながら別れたとか、別れなかったとか。

そういう事で、一皮も二皮も剝けて戻って来た若い衆の新しい配属先を決定して一時的な人員不足を少し解消するリューであったが、まだ、完全とは言い難いところであった。

それに、今は年末である。

やはり、人手不足は解消できない。

そこに、ここぞとばかりに、仕官を求めてやってくる有象無象が多かった。

街長であるリューの元にも、そんな自分を売り込みに来る連中が増えている。

「執事助手のタンクに士官候補の選考は任せているけど、マーセナル、どんな状況？」

リューは、人手不足の解消の一助にならないかと、執事助手の元冒険者タンクに人員補充について色々と仕事を任せていた。

「タンクから報告が上がっていますが、あまり芳しくありません」

執事のマーセナルが、報告書に軽く目を通すとリューに渡した。

「どれどれ……、うわっ。他所の貴族の間者混ざっているじゃん！　それに、こっちは、ライバ君のところの間者だし……。それも不合格レベルって……！　もう少し、良い人材送り込もうと思わないのかな？　多少優秀だったら、年末の間使い回してその後、クビにするのに！」

リューは、忙しければ猫の手も借りるような口ぶりで愚痴をこぼした。

「うちも舐められたものね。人材なら誰でもいいわけじゃないのに」

リーンも後ろから報告書を見て、呆れるのであった。

「使えるレベルでは、エラインダー公爵側から送られてきたと思われる間者が、合格ラインにいますがどうしましょう？」

マーセナルは、とんでもない名前を出してきた。

「エラインダー公爵にも本格的に目を付けられたかぁ……。今までは、小者扱いで相手されていなかった感じなんだけどね……。間者を送り込むほど、マークされてきたとなると、今後は注意しないといけないね。その、人材は、どんな人？」

リューは、なんだかんだ言いながら、その間者に興味を持つのであった。

「メイド希望の女性ですね。アーサの下に付けておけば、問題は無いと思いますが……」

それはつまり、下手な動きを見せた瞬間、即、処分を意味する。

「ボクの下に付けてくれるの？　何日持つかなぁ」

メイドのアーサがワクワクしながらつぶやいた。

「それはそれで、その間者が気の毒だなぁ……。まあ、短期間雇ってエラインダー公爵に対して悪く思っていないアピールでもしておこうか」

「ちょっと、若様！　敵の間者に同情するってボクはなんなのさ！」

メイドのアーサは、怒る素振りを見せながらも、手はリューに出すコーヒーを丁寧に入れる動きをしている。

アーサも完全にメイドが板について来たなぁ。

リューは内心感心した。

「アーサの下に付けるから、監視しておいて。こちらの都合が良い情報を、あっちに流す時に利用するから、お願いね」

リューが、お願いすると、

「……わかったよ。若様にお願いされたら断れないもんね」

アーサはそう答えるとリューの前にコーヒーをスッと出す。

「ありがとう。じゃあ、よろしく。――他に採用希望者に優秀そうなのはいるかな？」

リューは出されたコーヒーを飲みながら、聞いた。

「こちらではありませんが、マルコ殿から、竜星組の王都事務所の方に西部の裏社会勢力、『聖銀狼会』の間者が数人、身分を隠して潜り込んできていると、報告が上がってきました」

「お？　早速、来たね。うちはマイスタの身内で固めているから、余所者はすぐバレるのになぁ。そっちはマルコに任せておこうか。ランスキーのところには来ていないのかな？」

「ランスキー殿の方は、間者ではなく、勧誘があったそうです」

「引き抜きかぁ。それは困るね」

「こちらは、貴族から職人に対して二件、王都の大手商会からも同じく六件、『聖銀狼会』からランスキー殿本人を勧誘するものが一件です」

「引き抜きをしようとした人達には、後日、それなりの対応をするとして、こっちも『聖銀狼会』か。ミナトミュラー商会と竜星組との繋がりに気づいたのかな？」

リューは、疑問を口にした。

「そういうわけでもないようです。ランスキー殿が足を洗って堅気になっていると思ったようで、それを勿体ないと考えた様子です。勧誘も『近々、聖銀狼会が王都に進出するからその事務所のボスにならないか？　過去の事は水に流すからどうだろう？』との誘いだったようです」

「なるほどね。確かにランスキーが配下に入ったら『聖銀狼会』は、自分達を苦しめた相手が一人減る事になるから、欲しがるかぁ。ランスキーはもう断ったの？」

「はい、即答したみたいですね。さすがにそこはランスキー殿も引けないところだったようです」

「あはは。さすがにランスキーをあっちに送り込んで情報を引き出すわけにもいかないか」

リューは職人気質のランスキーには間者のような仕事は向かないだろうなと想像して笑うのであった。

「どうするの、リュー。うちもあっちには間者を送り込まないと、いけないんじゃない？」

リーンが、大事な提案をする。

「そうしたいけどね。下手に送り込んでこっち側が警戒している事を教える事にもなりかねないから、今は、ライバ君のところに幹部として入っているこちら側の人間の下に、数人送り込むくらいでいいと思うよ」

「わかったわ。じゃあ、マルコにその辺りは任せておけば大丈夫ね」

リーンはリューの意見に納得すると、椅子に座り直して、アーサが淹れてくれたコーヒーを一口飲むのであった。


リューは年末の忙しい最中、ふと執務室で今年一年を振り返っていた。

ランドマーク領から出て来て王都入りし、王立学園に合格。

ここまでは当初の予定通り。

ランドマーク家の王都進出も、当初から予定にあったので、これも想定内。

だが、その後は想像をはるかに超えていたかもしれない。

沢山の友人も出来たし、ランドマーク家が伯爵まで昇りつめるとは全く想像していなかった。

自分も準男爵という爵位を貰ってランドマーク家の与力として貢献する事になったのも想像していなかったし、竜星組の創設も想定の範囲外ではあったが、結果的にはとても良かった。

ランスキーやマルコ達は強面だが気の良い連中だから、自分にとっても自慢の部下達だ。

街長としてミナトミュラー家の下、執事のマーセナルや、友人であるイバル、スード、メイドのアーサ達と人材に恵まれ、尽くしてくれている。

もちろん、傍には常にリーンが付いてくれているから、大変な事も一人でやっているという感覚に陥らない事が大きいだろう。

リューにとって、今年一年はタイミングに恵まれ、王都という場所でマイスタの街という土地を得る事ができた。

そして人にも恵まれた事は、大きな財産であった。

「リュー、手が止まっているぞ？　俺も手伝っているんだからしっかりしてくれ」

と、声を掛けたのはイバルであった。

普段は、魔法花火開発部門や、興行部門、露店部門などの裏方として仕事を任せているので職場で会う事も少ないのだが、リューが忙しいだろうからと、休み期間に入ってからリューの手伝いに来てくれていた。

「ごめん、ごめん。ちょっと今年一年を振り返っていてね。色々あり過ぎたから、気が遠くなっちゃったよ、ははは」

リューは、そう答えて笑う。

「今年一年か……。そう考えると俺もリューと揉めて色々あったからな」

イバルは、エラインダー公爵家の嫡男からリューとのトラブルで、廃嫡、養子に出されてどん底を味わった一年だった。

それが、今やリューの腹心としてミナトミュラー家の表の仕事の裏方として活躍しているのだ。

イバルにとっても、そういう意味ではかなり濃い一年を過ごしたと言える。

「それを言ったら、リューに関わった人達はみんな忙しい一年を過ごしたんじゃないかしら？」

リーンが、そう指摘した。

「違いない！　リューに関わった奴は、色んな意味で濃い一年を過ごせただろうな」

「僕が、嵐の目みたいな言い方するのは止めてよ！」

リューが、不満を口にする。

「一番傍で私がリューを見てきたんですもの。間違った事は言っていないと思うわ。私的には、おかげでリューと一緒にいるといつも楽しいから、全然問題無いわよ。ふふふ」

リーンは、リューに、彼女なりの最大の賛辞を贈ると笑うのであった。

「それ褒めているのかな」

リューは、喜んでいいのかわからなかったが、リーンが問題ないというのなら問題ないのだろうと、思い直すのであった。

「はいはい。まだ、仕事は残っているんだからリューも手を動かしてくれよ」

イバルは、この二人の関係性がいつも不思議であったが、どうやら本当に家族に近いのかもしれないと考えるようになっていた。

自分もミナトミュラー家の家族の中に入れてもらっているようなので、それに応えていこうと思うのであった。


「――イバル君が助っ人に来てくれたおかげで、思ったよりも早く仕事が終われたね」

リューは、書類の山から解放された事に、喜ぶと背筋を伸ばしてそう感想を漏らした。

「それに執事のマーセナルや、メイドのアーサ、他の使用人達にもお礼を言わないとね。みんな頑張ってくれたわ」

「うん、ちょっと早いけど、今年の仕事納めとしようか」

「『仕事納め?』」

リーンとイバルは、聞き慣れぬ言葉に首を傾げる。

「うん、みんな自分の事もあるでしょ? 今年の仕事は今日で終わりにして、自分の家の事とかもやる時間にしてもらおうかなって」

「じゃあ、屋敷の人間を集めて、労いの言葉でも言ってもらうか?」

イバルが、提案する。

「……それは恥ずかしいけど。それも大事か。この数日、かなり忙しかったし……、――そうだ、臨時ボーナスもみんなにあげよう!」

リューはそう決めると、使用人達を集めて、今年一年の労を労うと、一人一人にお金を配っていった。

使用人達は、思わぬボーナスに喜んでいる。

「給金を貰っているのに、ありがたいお言葉と臨時のボーナスまで貰えるなんて！」

「それに、仕事納め？　で、今日はもう家に帰っていいなんて、こんな扱い、今までされた事ないよ！」

「若様は、本当に素晴らしい主だよ！」

使用人達は口々に自分達に対するリューの扱いが素晴らしい事に心から感謝するのであった。

「じゃあ、来年もみんなよろしくね。良いお年を」

リューは、そう話を締めると、解散するのであった。


「じゃあ、イバル君。年末年始はうちに来る？」

「え？」

リューの誘いにイバルは素直に驚いた。

「そうね。イバルは友人だし、ミナトミュラー家の家族の一人だもの」

リーンも頷く。

「俺が行ったら家族団らんが台無しにならないか？」

イバルは、リューの好意に戸惑った。

「何を言っているのさ。家族なんだから全然大歓迎だよ。それにランドマーク領にはスード君も実家に帰らず修行中だからね。イバル君がいてくれる方が、スード君も助かると思うよ」

リューは、そう答えるとイバルを連れて、ランドマーク本領がある実家まで『次元回廊』で帰郷するのであった。


リューの年越しはランドマーク本領で過ごす事になった。

この日ばかりは、魔境の森に毎日通っている祖父カミーザもスードや若い衆、領兵達に休みを与えてランドマークの城館に祖母ケイと共にゆっくりと一家団らんで過ごす事に。

父ファーザは、長男タウロと共に、書類整理にギリギリまで奮闘していたが、リューの指摘で作業を止めてみんなと過ごす事にする。

そしてリューは、そんな家族にイバルとスードを改めて紹介した。

「二人とも僕の友人であり、ミナトミュラー家の屋台骨を支える将来有望な人材だよ」

リューの紹介にイバルもスードも畏まるのであったが、ランドマーク家の面々は大歓迎する。

「イバル君は、うちの息子とは色々あったが、リューに学園復帰時の一部始終は聞いている。己を見つめ直し、謝罪した事は実に立派な行為だと思う。私は君のような若者は嫌いじゃない。過ちは誰にでもある事だからな」

父ファーザは、イバルを褒めると頭をわしゃわしゃと撫でる。

「あなた、イバル君の髪型が滅茶苦茶になるから止めて上げて」

母セシルが、父ファーザを止める。

「スード君は自分で休みの間の修行を願い出たのだから偉いわね。夫も筋が良いとよく褒めているわよ」

今度は、祖母ケイがスード褒めた。

「こいつは見所がある。根性もあるし、早くもリューが連れてきた若い衆達をまとめる人間になりつつあるしな。ミゲルの仕事も楽になるというものだ」

祖父カミーザも祖母ケイと一緒にスードを褒める。

「二人とも僕の大切な友人だからね！」

リューも二人が褒められて鼻が高い。

「わはは！　リュー坊ちゃんが自慢してどうするんですか！」

領兵隊長スーゴが、嬉しそうなリューに茶々を入れた。

「いいじゃない。ミナトミュラー家の家族なんだし、部下でもあるんだから」

今度はリーンが領兵隊長スーゴに言い返した。

「これは失礼。確かにうちの領兵達が褒められると俺も自慢していたな！　わはは！」

領兵隊長スーゴはそう答えるとまた、大笑いするのであった。

「リューお兄ちゃん、こっちのお兄ちゃん、魔法の才能が凄そうね」

妹のハンナが、リューの袖を引いてイバルの事を指摘した。

「やっぱりハンナは鋭いなぁ。イバル君は全魔法適正を持つ天才だからね。ハンナほどではないけど、凄い人物なんだよ」

リューはイバルを評価しつつ、その上の才能を持つハンナも評価した。

「リューが自慢していた妹さんか。……確かに、まだ、十歳なのに雰囲気がある子だね」

イバルが、同じ魔法使い系の才能持ちという事で感じるものがあるのか、ハンナをまじまじと見る。

そして、

「それに、リューのお母さん似で美人さんだ。将来は魔法の才とその容姿で人を魅了するだろな」

と、イバルは歯に衣着せぬ美辞麗句で妹ハンナを褒め称えた。

「お嫁にはあげないよ？」

リューが、冗談なのか本気なのか答える。

「それは、私もリューの意見に賛成だ」

今度は父ファーザが、地獄耳で聞きつけやって来た。

「あなた。ハンナはまだ、十歳よ。本人の意志もあるんだから勝手な事を言わないの。それにリューもね？」

そう注意すると父ファーザの耳を掴み、軽く引っ張った。

「イタタ！　――まぁ、娘が欲しければ、うちの家族を倒してからにしなさい」

父ファーザは、完全に無茶なハードルを用意してイバルに注意すると母セシルと共にその場を離れる。

「……リューのところの家族って、みんな凄過ぎるから、ハンナちゃんは結婚できないのでは……」

イバルが呆れてそう漏らす。

スードも、イバルの意見に賛成なのか横で激しく頷いている。

「うちの家族を珍獣みたいに言わないで！　――まあ、確かにうちの家族が凄いのは認めるけどね」

リューは、嬉しそうに答えた。

いや、その中でも君（主）が一番、凄いんだけど？

イバルとスードは、リューに対してツッコミを入れたいのだが、それは心の中に留めるのであった。

「こちらが、長男のタウロお兄ちゃんで、こっちが次男のジーロお兄ちゃん。――お兄ちゃん達、イバル君とスード君。僕の友人だよ」

リューは談笑していた兄達にも友人達を引き合わせた。

「スード君は、魔境の森で一緒しているから知っているよ、リュー。イバル君は、魔法の才能があるとか。羨ましいなぁ」

兄タウロが、イバルの才能を羨んだ。

「僕は、回復魔法に特化しているからなぁ。イバル君の様な全魔法適正持ちは確かに憧れるね」

ジーロも、イバルの才能を褒めた。

「いえ、リュー君から聞く限り、お二人の才能はかなり優れていると想像できます。俺なんかは足元にも及ばないかと……」

イバルは謙虚にそう答えた。

その脇でスードが、力強く頷いている。

スードは、魔境の森でタウロとジーロ二人の実力をまざまざと見せつけられているから、その頷きにも力が入っていた。

「お二人は主のお兄さんだけあって、凄い実力を持っています。ジーロ様と自分は歳が同じなので、その実力差に主との剣術大会での試合以来のショックを受けました」

スードは、どうやらぐうの音も出ない程に兄達に負けたのかもしれない。

リューは、
お兄ちゃん達も容赦ないなぁ。

と、自分の事はさておき、呆れるのであった。

そんな家族団らんでやり取りが沢山行われていると、夜も深まり年越しの瞬間が訪れた。

そのタイミングで、外で花火が上がる。

新年を迎えた合図の花火だ。

「「「新年あけましておめでとう！」」」

年越しまで起きていた家族と共に、新年の挨拶をする。

リューにとって、愛するランドマーク家で十三回目の新年を、今年も家族と共に迎えるのであった。


新年初日、ランドマーク家はみんなゆっくり一日を過ごした。

だが、二日目からは一転して新年の挨拶に領民達が訪れる。

一応、各ギルドの代表や各村の村長、工房の長や各責任者などが挨拶に来るのだが、城館前は人だかりである。

挨拶とは関係ない領民達が、前世の神社仏閣のお参りの様に城館前でランドマーク家の安泰と、一年災いが起きずに過ごせるように拝みに来ているのだ。

特に昨年の大豊穣祭での山車が領民達に影響を与えたようで、領主ご一家の有難みを再認識したようである。

だから、新年に拝むならランドマーク家の象徴である城館の前でと、人が集まったのだ。

「前世のお祭りを真似しただけのつもりが思わぬ波紋……」

城館前の人だかりを上から見て、リューは苦笑いするしかなかった。

「俺が公爵家にいた頃は、こんなに領民に慕われた覚えがないな……」

イバルが、リューの横で、ランドマーク家の宗教的とも思える人気ぶりに素直に驚いていた。

「さすが、主の本家。崇拝されていますね」

スードは、魔境の森で祖父カミーザ達が、領兵からの慕われ方を見ているから、驚く様子はない。

「当然よ！　ランドマーク家は、常に領民と共にあるのだから！　——あ、ミナトミュラー家もこのくらいマイスタの住民に慕われるといいわね」

リーンが怖い事を言う。

「いや、さすがにここまで慕われると、大変じゃないかな……」

リューはリーンの願いにツッコミを入れるのであったが、マイスタの街にこの翌日戻ったリューとリーン、イバルの三人（スードは修行の為に魔境の森に戻った）は、リーンの願いが叶ってしまった事を目撃する事になった。

リューが、この日、戻る事はランスキー達も知っていたのだが、それは街の住民も承知で、新年の挨拶をする為に、街長邸の前に押し寄せていたのだ。

ランスキーとマルコは、この住民達を排除するのではなく歓迎していた。

それは、リュー達の馬車が街長邸前に到着すると、その脇で炊き出しの準備をしていたのだ。

「これは何事なの⁉」

リューは、炊き出しの準備をしているランスキー達に説明を求める。

「若、お帰りなさい！　これは、住民達が街長に挨拶をしたいと集まって来たので、食事の一杯でも出してもてなそうという事で、炊き出しを始めています」

ランスキーが、部下達に炊き出しの準備の指示を出しながら、リューに向き直ると、説明した。

「これ、みんな僕への挨拶の人達なの⁉」

「はい、全ては若の人望ですね。ははは！」

マルコが、誇らしげに笑うのであった。

「……じゃあ、挨拶しておくか」

リューは、仕方ないので街長邸前に集まっている人々の前に進み出ると、拡声魔法で声を大きくすると集まってくれた住民達にお礼の言葉を述べた。

「マイスタの住民のみなさん。新年明けましておめでとうございます！」

「「「おめでとうございます！」」」

住民達がリューの声に応える。

「そして、わざわざ挨拶の為にここに訪れてくれて、ありがとうございます。今年もこのマイスタの街の為にもよろしくお願いします！」

リューがお礼を言うと、住民達からは、

「こっちが感謝していますよ！」

「若様のお陰で、この街は生き返ったんだ、俺達の方が感謝ですよ！」

「若様、万歳！」

と、四方で感謝の声が上がる。

それは最後、若様万歳の大合唱になる。

リューは胸に熱く込み上げてくるものを感じながらその大合唱を手で制すと、話し始めた。

「僕にとって、マイスタのみなさんは家族同然です。こうして余所者である僕の事を受け入れてくれてありがとうございます。これからも、この街の発展の為に力を貸してください。よろしくお願いします！」

そのリューの腰の低いお願いに、住民達も感極まったのか、

「当然だぜ、この野郎！　俺達は若様にこれからもついて行くぜ！」

「そうだー！　この街の街長は、若様以外には考えられねぇー！」

「若様ー！　これからもよろしくお願いします！」

と、口々に答えると感動の涙を流す者も多くいた。

「ありがとう！　それでは、うちの者達がみなさんに食事の準備をしていますので、順番で受け取

って冷えた体を温めてください！」

リューが、そう感謝の意を示すと、住民達は順番に綺麗に並んでランスキー達から炊き出しの食事を受け取っていく。

こうしてリューとリーン、イバルは、マイスタの住民達と今年一年の繁栄を願って一緒に食事をし、和気あいあいとして、談笑するのであった。

住民達は街長邸前でひとしきり盛り上がると、家に帰っていく。

それを見送りながら、リューは思う。

今年もいい年になりそうだ、と。

「来年からは、露店を出していいかもね？　それなら、急遽用意した出来合いの物よりもっといい物をみんなに提供出来るわよ」

リーンが、そう提案する。

「そうだね。年の初めはお祭りのように騒いでいいかもね。来年からはそうしよう」

リューはリーンに納得する。

「この街は幸せだな。街長がとても住民思いだ。ははは」

イバルが、リューをそう賞賛すると、笑うのであった。

「僕は住民に応えているだけだよ。どちらかというと僕の方が幸せなのさ」

リューはイバルの言葉に少し照れると、そう答えるのであった。

いい形で新年を迎えたリューであったが、今年は色々と予定が入っているから、忙しい年になりそうだと、思わずにはいられなかった。

主家であるランドマーク家からして、伯爵に昇爵した事により、領地の加増が新年早々行われる。

元々、隣接する領地は派閥の長であるスゴエラ侯爵下の与力の土地であったものを移譲される形での加増なのだが、これによりランドマーク領は初めて同派閥以外の貴族の領地と領境を接する事になる。

それだけでも与力としては心配なところである。

年末には移譲される土地の領境の村と、そことわずかに隣接する南部派閥の伯爵領の村とが初めて揉める事態が起きているそうだ。

元スゴエラ侯爵の与力仲間の騎士爵がその事を父ファーザに警告してくれた。

どうやら、うちではなくここを引き継ぐランドマーク家を狙い撃つ為の言いがかりっぽいから気を付けろ、と。

父ファーザは、どうやら伯爵として警戒されつつも南部派閥から舐められているらしい。

頭が少し良くて成功した成金貴族と。

その情報を聞いてリューはかなり怒りを蓄積させたものだが、ランドマーク家がバリバリの武闘派貴族だとは知らないらしい。

この感じだと近い内に一悶着有りそうだが、物理的な揉め事に関してスゴエラ侯爵派閥に勝てる派閥はそういないだろう。

ましてや、その派閥一の武闘派与力であったランドマーク家である。

何かあったらこちらからも兵隊を送れる準備くらいはしておこう。

まぁ、必要ないだろうけど。

リューは、そう思いながら、初仕事である書類整理を行っていく。

「新年早々、『ニホン酒』の注文が凄いね……。ほぼ断らないといけないじゃない」

リューが驚くのも仕方がない。

年末年始のお酒の需要は当然なので、それに伴いかなり高めに値段を上げたにも拘わらず『ニホン酒』の需要は富裕層をはじめとして貴族に対して人気があった。

「え？　これ、王家御用商人からの注文じゃ？」

一枚の書類に目が止まったリューは固まった。

「はい、若様。昨年王家に贈ったものがかなり気に入られたご様子で、商人を通して注文がありました」

執事のマーセナルが新たな書類の山をリューの前に置きながら、説明した。

「それは、断れないね。作戦の第二弾にも関わるしこれは優先して」

リューはそう言うと、書類にサインをして執事のマーセナルに渡す。

「承知しました」

執事のマーセナルは書類を受け取ると、すぐ、外で待機する使用人に渡して、ミナトミュラー商会に人を走らせた。

「それとこのマーセナルが持って来た書類の山は何？」

先程、執事のマーセナルの持って来た書類の山にリューはうんざりしたように聞き返した。

「それは、建築部門から上がってきたものです。今年から始まる建築の契約書や建築許可の申請書、予算の承認手続き書類など色々あります」

「うちの商会の一番の柱だからこっちも優先しないと駄目だね。目を通してサインしておくよ」

リューは書類の山にへこたれそうであったが、アーサの入れたコーヒーを一口飲むと、気合を入れ直す。

「よし！　リーン、半分目を通して、僕に横で伝えてくれる？　頷いたらサインもお願い。僕のサイン、完全に真似できるよね？」

「了解」

リーンは、否定する事無く、書類を手に取ると読み始めた。

若様、それ有りなの⁉

横でリューがつまむ為のお菓子を用意していたアーサは、思わず心の中でツッコミを入れた。

リューとずっと一緒にいるリーンにしかできないサインの完全再現である。

無頓着なアーサでもサインの偽造が問題なのは知っている。

バレたらシャレにならないのだ。

アーサは思わず、リューのサインとリーンの真似したサインの書類を見比べた。

完全に一緒だ！

アーサもこれにはびっくりした。

真似するというレベルではない。本当に同じ筆跡なのだ。

「ふふふ。アーサ、びっくりしたでしょう？　リーンと僕は一心同体だからね！　こんなズルも可能なのさ！」

リューは、忙しさを理由に不正を自慢するのであった。

「何を自慢しているのよ、リュー。それよりも手を動かしなさいよ。判断はリューがしないといけないんだからね？」

リーンは、リューの頭にチョップをすると、書類の内容を読んでいく。

「ははは。ごめん。――うん？　今なんて言った？」

「え？　――ああ、この下請けの書類の事かしら？」

リーンが、手を止めてリューに渡す。

「……ふむふむ。これって、西の城壁の補修のさらに下請けの話か……。城壁の補修用になっているけど、この注文の石の大きさ小さすぎない？」

「あら、本当ね。この大きさだと、城壁ではなく、家なんかの壁面用だわ」

リーンも、リューの指摘によっておかしい部分に気づいた。

「受注元は……、王都の大手建築商会か。ここは確かエラインダー公爵家とパイプがある商会だった気が……。小さいのは下請けに出したのを、うちが偶然受けられた感じなのかな。まぁ、ちょっと気になるけど、これもサインっと」

リューは何か引っ掛かるものを感じながらも支障がないと判断してサインするのであった。

「……気になるなら、ランスキーに調べさせるわよ？」

リーンが、リューの勘が大切だと判断したのか提案した。

「うーん……。じゃあ、使い道だけ調べさせておいて。うちが準備して提供するものだし、問題なく使用されていればいいから」

リューはリーンの気遣いに、一旦ほっといておこうとするのを止めて、調べさせる事を許可するのであった。

全面抗争ですが何か？

新年早々、動きが気になっていた『聖銀狼会』が、ついに動き出すようだ。

『雷蛮会』に幹部として入り込んでいる竜星組の部下から、マルコに連絡があったらしい。

先兵として兵隊を百人程送り込んでくるそうだ。

マルコから執務室で直接連絡を受けたリューは、

「意外に多いね」

と、想定よりも数が多い事に驚いた。

「それだけ王都進出が本気って事じゃない？」

リーンが、リューの後ろで指摘する。

「予想の倍か……。これはいきなり何か仕掛けてくる為の布石かも。潜伏先はわかっているの？」

「『雷蛮会』が準備した王都内の隠れ家に入る予定みたいです」

「そっか。それなら動きも監視できるか……。念の為、リーダー格には一日中監視できる体制を作っておいて」

「一日中ですか？」

「うん。百人もの兵隊はともかく、リーダー格さえ押さえておけば、他はなんとでもなるからね」

「……確かに。承知しました」


その翌日——

西部の裏社会のドンである『聖銀狼会』が王都入りしたという情報がマルコからもたらされた。

先兵隊を率いるのは、『聖銀狼会』の大幹部の一人、ゴドー。

平民から元王国騎士まで一時は昇りつめた生粋の武人だ。

以前の『闇組織』との抗争時にも、先陣を切った人物で、茶色の短髪に黒い隻眼の偉丈夫《いじょうぶ》らしい。

「分かり易いぐらい、人選が抗争する気満々だね」

執務室でマルコの報告を聞いたリューは、相手の王都進出が力任せのようだと察した。

「そのゴドーの右腕が結構頭が回る奴みたいです。雷蛮会の事務所に現れたのはゴドーとその右腕の部下であるラーシュという男ですが、兵隊は自分達で用意したアジトに散開させた後だったらしく確認できなかったそうです」

「……ゴドーの存在は僕達の目を引く為の囮かぁ。やられたね……。念の為、うちの連中にはもちろんの事、『闇商会』と『闇夜会』にも警戒するように連絡しておいて」

「はい、早速」

「『雷蛮会』は自分達が用意したアジトを使ってもらえなかったから大恥だよね？　反応はどうだったの？」

「最初、怒っていたんですが、ラーシュという男が、結構な額の詫び料を用意していたとかでボスのライバはご機嫌だったようです」

「……どちらも狸だね。ライバ君は、わざと怒ってお金を多く出させた可能性が高いし、ラーシュという男も『雷蛮会』の一連の流れの反応で、ライバ君という人物を測ったのだと思う。どちらが上手だったたって事はないだろうけど、仲違いはしなかったみたいだね。──そうだ、ラーシュの特徴だけ聞いておこうか」

「兎の獣人族です。毛並みは白。身長は平均より低め、体格は普通、前髪で目を隠しているので表情を窺うのが難しかったそうです」

「兎人族か。聞く限り、参謀タイプかな……。──その事もみんなには伝えておいて、うちで対応する事になるかもしれないから」

「はい」

「今回の件、うちの対応はどうしますか？」

「竜星組の方針は変わらないよ。やられたら徹底的にやり返す。ただし、相手の計略が予想される時点で、喧嘩を売られたと判断し、行動する。先の先、後の先を取るのが兵法の基本だから、やられるまで完全に待つ気はないよ。また、連絡会の同胞である『闇商会』、『闇夜会』が助けを求めてきた時点でもまた、同じ対応で。街長的には、みんなマイスタの住人だから、守る義務があるし」

「わかりました。その方針で部下を動かします」

マルコは、そう答えると執務室を出て行った。

「『聖銀狼会』って、以前の『闇組織』との抗争で痛い目にあっているんでしょ？　かなり慎重に色々仕掛けて来るんじゃない？」

リーンが、ここで初めて口を出した。

「そうかもしれない。もしかしたら、『闇組織』にやられた事を、そっくりやって来るんじゃないかな？　毒殺、奇襲、罠、人質を取っての脅迫や、仲間内で争わせるなど色々ね」

「じゃあ、対応出来るように対策しないと駄目ね」

「それはマルコがやってくれると思う。問題は、『聖銀狼会』が、王都進出の為にどこを的にしてくるかだろうね。王都の全ての組織を狙う可能性もあるけど、それだと王都進出しても旨味が少ない。今回はどこか一つ大きなところを潰して実力を見せ、確実に各個撃破していく算段じゃないかな。となると、狙われるのは積年の恨みがある『闇組織』から分かれたうちか、『闇商会』、『闇夜会』の三つだろうね」

「じゃあ、もっと警戒しないといけないじゃない」

「うちは、その中でも一番標的にはされないかも」

「そうなの？」

「うん、うちは、大幹部のルッチを潰して勢力の一部を切り取った形だからね。『聖銀狼会』的には、抗争の際、色んな計略で徹底的に自分達に被害を与える策を練った当人である『闇商会』のボス・ノストラか、実行部隊を当時率いて暴れ回った『闇夜会』のボス・ルチーナ辺りを潰したいと思うんじゃないかな？　復讐も出来て、組織の士気も上がり、王都にも進出できるから。でも、そこまで読んで、王都で一番大きい『竜星組』を狙ってくるというパターンもなくはないけど、現実的じゃないかな」

　リューは考えを巡らした。

「うちを狙うのは現実的じゃないの？」

「だって、うちを狙ったら、抗争が長引く可能性が高いでしょ？　その分王都進出という悲願も遠のくし、長引けば現実的に費用もかさむ。それに復讐も果たせない。『聖銀狼会』的には、『王都進出』、『利益の確保』、『積年の恨みの解消』の一石三鳥を狙うのが自然かな」

　リューは指を折って数えながら説明した。

「じゃあ、『闇商会』と『闇夜会』のどちらかね」

「そうなると思う。――僕だったら、計略に長けているノストラの『闇商会』を先手必勝で真っ先に狙うかな。その後、『闇夜会』を潰し、王都で最大勢力になったところで、『竜星組』を正面から潰すだろうね。『黒炎の羊』は、潰すなり脅すなり、いつでも料理できるし、そうなったら協力者の『雷蚕会』は自然消滅かな」

リューは、そう答えると、アーサの入れたお茶を飲んで一息吐くのであった。

リューがマルコから西部の『聖銀狼会』が動くという報告を聞き、『闇商会』と『闇夜会』の双方にその情報を伝える為に伝令を走らせようとしていた頃、王都の『闇商会』と『闇夜会』の関係各所では同時刻にあらゆる問題が起きていた。

「ぐはっ！」

突然、『闇商会』王都事務所の一つを任されている幹部が吐血して倒れた。

「兄貴が突然苦しみだして倒れたぞ！」

「誰か医者を！　――こりゃ毒だ！　誰だ幹部の飲む酒に毒を盛りやがった奴は⁉」

慌て、疑心暗鬼になる部下達。

さらにその近くの別の事務所でも不審な事が起きた。

それは事務所の火事であった。

「事務所の裏から急に火の手が上がったと思ったら一気に燃え広がりやがった！」

「中にはまだ、人がいるぞ、早く消火しろ！」

「火の回りが早い！　誰か近くの事務所に消火の為の人手を頼んでこい！」

騒ぎはこの二件では済まなかった。

取り立ての為に出ていた部下が通行人の何者かに刺されたという報告が上がってくる。

「何⁉　次から次へとどうなってやがるんだ⁉」

『闇商会』のボス、ノストラはそんないくつも上がってくる報告に驚くと幹部の一人に問い質した。

「わ、わかりません！　ただ、これも関係しているのかわかりませんが、先程うちの家族が襲撃されて何者かに誘拐されたと、部下から報告を受けました……。護衛の連中も重傷です。ボス、どうしましょう⁉」

幹部は自分の家族の安否が心配で、ボスであるノストラに的確な助言をするどころではない。

「……これはどこかの組織から攻撃を受けているな。『聖銀狼会』は、まだ、王都にも入ってないはずだ……。──情報を集めろ。こんなに用意周到にうちに仕掛けてくるところは限られている。王都だと『竜星組』、『闇夜会』、『黒炎の羊』、『雷蛮会』くらいだ、すぐに調べろ！」

幹部の動揺を見てノストラが落ち着きを取り戻すと、部下達に指示を出した。

だが、冷静沈着とまではいかなかった。

まさか王都以外の組織が仕掛けてきているとまではこの時想像できていなかったのだった。

その時間の『闇夜会』でも同じような事が起きていた。

縄張りである飲み屋街で立て続けに火の手が上がり、騒ぎの中で冷静に指示を出していた幹部が刺され、駆け付けた用心棒も同じく刺され重傷、『闇夜会』の大きな収入源の一つであるいくつかの金貸し屋には、武装強盗が押し入り死傷者を出すなど計画的としか言いようがないタイミングで事件が多発した。

『闇夜会』のルチーナも、ノストラと同じく平静を保ってすぐに対応し、指示を出していたが、それは表面だけで、何者かがこちらに仕掛けてきている事にはらわたが煮えくり返っていた。

「情報では、『聖銀狼会』は、まだ、王都進出前のはず……。そこに便乗して、うちに喧嘩を売るところは、『竜星組』か『闇商会』、『黒炎の羊』、『雷蛮会』くらいだ。——兵隊を集めな！　どこが仕掛けてきたかわかったら、すぐ報復を開始するよ！」

ルチーナは元々、『闇組織』時代は武闘派で知られていただけに、この辺りはノストラよりも決断が早い。

情報次第では、すぐに大きな戦争になりそうな勢いであった。

リューが送った使者は、この騒ぎでノストラとルチーナの近辺には近づけなくなっており、一度、引き返してきていた。

その使者達が、「自分達下っ端では、混乱して臨戦態勢の二つの組織への接触が難しくなっていると判断して、引き返してきました」と、現場が殺気立っている事を知らせてきた。

リューは、まさかこんなに早く『聖銀狼会』が王都に兵隊を入れて、仕掛けて来るとは思っていなかった。

こちらは情報を早くから掴み、先手を握っていると思っていただけに後手に回っている事を、部下達の報告でこの時知ったのであった。

すでに夕方になっていた。

そこへ『闇商会』と『闇夜会』から確認の使者が来た。

「どちらの使者とも同時に会おう。別々にあったらいらぬ疑いを抱かれそうだ」

リューは、そう判断すると、使者を大きな応接室に通した。

面会するとすぐに、

「仕掛けてきたのは、そっちか？」

という短い内容の手紙を渡されたが、ほとんどは使者の口上で問い質された。

両者とも相当殺気立っている。

「その事でうちからも使者を出したが、現場が混乱していて使者が会えずに引き返してきた」

リューは、そう答えると今回の件について、想像よりもはるかに早く『聖銀狼会』が動いている事を伝えた。

「当初こっちが掴んでいる情報では、先兵隊の規模は百人くらいだと考えていたけど、その倍はすでに王都に入り込んでいたようです。完全に裏をかかれました。どうやら敵は、情報が漏れた場合を想定して迅速に初動で大ダメージを与える行動に出たようです。ただ、二つの組織を同時に狙ったという事は勝つ算段も付いているという事だと思います」

使者達は、リューから語られる想定外の情報に驚き、殺気立った。

リューは話を続ける。

「お二方とも落ち着いてください。『聖銀狼会』は、ノストラ、ルチーナのお二人には因縁のある相手だと聞いていますが、事は王都で起きた問題、うちとしても他人事ではないです。我々『竜星組』も、いつでも協力するとお伝えください」

「ボスにそう伝えます」

「申し出ありがとうございます」

双方の使者は、リューの申し出に感謝し、詳しい情報の書かれた書類をリューの部下から渡されると、急いで各自、ボスの下に戻るのであった。

「この感じだと、敵は同盟相手である『雷蛮会』に内緒で、兵隊を次々に王都に入れている可能性あるわよ」

と、リーンが指摘した。

「うん。今回は敵の動きを甘く見ていたよ。じっくりと王都進出を目論むものだとばかり思っていたのけど……。まだ、色々と策を用意している可能性があるね」

「『雷蛮会』はいい面の皮ね。多分、情報吸い上げられたらお払い箱じゃない?」

「そんな感じだね。『聖銀狼会』か……。うちも、すぐ『闇商会』、『闇夜会』に協力出来るように部隊を編成しておこう。——マーセナル。アントニオ達、魔境の森組を集めてくれる?」

「はい、承知しました」

執事のマーセナルは頷くと、応接室から出て行く。

「問題は、敵が今どこに潜伏しているかだね。ランスキーに敵が潜伏してそうな王都の物件について調べてもらおうか」

リューは忙しい中、また問題が増えた事に頭を悩ませるのであった。

『聖銀狼会』と思われる勢力の謀略により、『闇商会』と『闇夜会』は夜中までその収拾に追われていた。

日を跨ぎ、落ち着きを取り戻しつつあったが、両組織のボスであるノストラとルチーナは共に寝る事無く動き続けている。

あまり目立った動きをすると察知され、今後狙われるリスクも大きいのだが、それもお構いなしであった。

いや、両者とも逆にその瞬間を狙っている。

ノストラはお抱えの精鋭部隊を密かに動かし、自分の周りを監視させていた。

ルチーナも、腕利きの用心棒や部下達を自分から遠巻きに配置している。

そう、二人とも敵の本命である自分を直接狙わせる事にしたのだ。

『竜星組』からの情報で、敵が『聖銀狼会』である事は、夜の段階ですでに把握している。

敵が、王都に拠点を持たないとなると、手っ取り早く仕留めるには罠を張って引っ掛かるのを待つしかない。

そして、この罠は、自分達が大ダメージを受けた直後だからこそ、敵が掛かる可能性が高いと踏んだのだ。

この辺りは、元『闇組織』で大幹部を務めていた百戦錬磨の二人である。

肝が据わっていると言うほかなかった。

敵も流石にこの短時間で自分達の正体がバレているとは思わないだろう。

それにこの絶好の機会を目の前にして、今日の大成功の体験の後だけに、狙わない手はないはずだ。

そして、その時は訪れた。

ノストラが被害の出た事務所を確認するとの名目で訪れたタイミングで、敵は襲撃してきた。

明け方前の夜襲であった。

「やはりこのタイミングで来たか！　――野郎共、昨日の鬱憤を晴らせ！」

ノストラが声を上げると、襲撃してきた敵の精鋭三十人はアッという間に、ノストラの部下達に囲まれていた。

「殺して構わんが、何人かは捕らえておけよ。どこの人間か詳しく吐かせる」

もちろん、ノストラはリューの情報から『聖銀狼会』の仕業だとわかっているが、逃げられた場合を想定して、敵に嘘の情報を与えておく事も大事な事であった。

最初から全滅させる意図はない。

敵は、罠だと気づくとすぐに標的のノストラを早々に諦め、一点突破で脱出を図った。

「……判断が早いな。これは数を減らしておく必要がある。一人一人囲んで確実に仕留めろ」

ノストラは、部下達にそう指示をすると自らも剣を抜いて参加した。

それからは『闇商会』側の一方的な戦いであった。

敵は、一人、また一人と仕留められていくと、逃げられたのはわずか二人という戦果であった。

捕らえたのは重傷を負った三人。

「貴様らはどこの人間だ。素直に吐けば楽にしてやるぞ」

「……はぁはぁ。……俺達は竜星組だ」

敵は死ぬ寸前にも拘らず、大胆な嘘を吐いてきた。

「……ほう。なるほどな。捕虜になった場合の対処法も最初から用意していたわけか」

「……はぁはぁ。ど、どういう意味だ……？」

敵の兵隊は苦しそうにしながらノストラの真意に戸惑っている。

「お前らが『竜星組』だったら、うちの連中が全く顔を知らないわけがないんだよ。上手い事、西部出身者と判りにくい編成をしてきたんだろうが残念だったな。『聖銀狼会』の兵隊諸君、死ぬ寸前まで上の作戦通りに従うのは立派だが、バレバレだ」

「ば、馬鹿な……！　お、俺は『竜星組』だ！」

そう言うと敵兵は何か奥歯でガリっと噛み締めると、口から一筋の血を吐いて死んでしまった。

自殺であった。

他の二人もそれに続くように自害する。

「『竜星組』から事前に情報が来てなかったら、少しは騙されていたかもな。――『聖銀狼会』か。前回、散々痛めつけてやったのに懲りないやつらだ……。いよいよ王都再進出を狙ってきたな」

ノストラは、捕虜が三人とも死んでしまったので、溜息を吐くと部下達に命令する。

「死体はとっとと処分だ。住人も起きてきた。警備兵もさすがに動くだろうからいつも通り、金を握らせておけ！　――あと、ルチーナに使者を出しておけよ。敵は『竜星組』と争わせる気満々だとな」

ノストラは、さすがにルチーナも事前の情報があるから騙されないだろうが、と思いつつ、最悪の状況にならないように配慮するのであった。

その時、夜明けを迎えながらルチーナ側も同じように襲撃を受けると、それを返り討ちにしていた。

「意外に強いじゃないかこいつら。それにしても、死ぬまで『竜星組』のフリをし続けるとはね……。『竜星組』にはまた借りができちまったよ。そうだ、誰かノストラに使者を出しておきな！　敵は『竜星組』と争わせる気だってさ。――連絡会が無かったら鵜呑みにしていたかもしれないね」

ルチーナは、剣の血を敵の服で拭うと腰の鞘に納めた。

「あんた達、これから『聖銀狼会』と戦争よ！　『闇商会』と、共闘する事になるだろうけど、『闇夜会』の意地を見せな！」

「「「へい！」」」

朝日が昇り始め、その死闘の後を照らし出す。

ルチーナは、その朝日を背に、部下達に後始末を命令するのであった。

「若、朝早くすみません」

ランドマークビル五階の住居スペースにランスキーが血相を変えてやってきた。

「……おはよう、ランスキー。もしかして……、『闇商会』と『闇夜会』がまた襲撃でも受けた？」

リューは眠そうにしながらもランスキーの顔を見てすぐにピンと来たのか指摘した。

「さすが若、その通りです。襲撃は『聖銀狼会』側の失敗に終わったようですが、どうやらうちの名を騙ったようです」

「……なるほど。そういう筋書きで事を進めようとしていたのかあちらは……。まあ策の一つなんだろうけど色々やってくれるね。——あ、リーン、おはよう。ランスキーが来ているよ」

リューは起きてきたリーンに気づいて声を掛けた。

「……ランスキー？　何か緊急なの？」

不機嫌そうなリーンであったが、まだ、起きたばかりで状況が掴めないでいた。

「姐さん、おはようございます」

ランスキーは、挨拶するとリューの方を確認するように見る。

「リーンには僕から説明しておくから大丈夫。それより、両組織に改めてこちらは力を貸すと伝えておいて」

「へい、それなんですが……、自分達が売られた喧嘩なので手出しは無用との事です」

「ははは……。怒っているね……。でも、マイスタの街の住民に関わる事だからうちも独自に動くよ。——例の件調べておいて」

リューはランスキーに敵の調査について念を押すと、ついでに朝食に誘うのだったが、「さすがにお邪魔はしたくないので」と、言って断られた。

ランスキーは足早に馬車に乗り込むと、ランドマークビルを去り、仕事に戻るのであった。

王都における『闇商会』と『闇夜会』の縄張りへの襲撃は裏社会に激震が走った。

もちろん、騒いだのは裏社会だけでなく、王都を守護する警備隊、騎士団もこの騒ぎを見過ごすわけがない。

火事だけでも何件も起きている上に、死傷者も続出している。

表向きは商会として登録してあるところも襲撃を受けたり、強盗による殺傷事件も同時に何件も起きているのだ。

『闇商会』や『闇夜会』からは、身内の揉め事だから大騒ぎにしないでほしいと付け届けも来ているが、この規模の騒ぎとあっては放っておくわけにもいかなかったから、警備隊も騎士団も最初から厳戒態勢で動き始めた。

この結果、動きにくくなったのは、地元の裏社会の組織である。

警備隊や騎士団は、王都内に跋扈《ばっこ》する地元の裏組織同士による抗争と判断し、徹底的にマークし始めたのだ。

警備隊や騎士団は、地元の悪い連中の顔は大体把握しているので、襲撃を受けた『闇商会』、『闇夜会』は特に動きづらくなっていた。

これには、さすがの『闇商会』と『闇夜会』も予想以上に身動きが取れなくなる。

だが、相手は『聖銀狼会』だ。

王都内を自由に動き、警備隊や騎士団の裏をかいては、『闇商会』と『闇夜会』を襲撃し始めたのだった。

「最初から派手に動いたのはこれも狙いだったのかもしれないね」

リューは、マルコからの報告書を読みながら、『聖銀狼会』の立ち回りに脱帽した。

「これじゃあ、ノストラとルチーナはじり貧よ。今に、このマイスタの街も襲撃対象に入るかもしれないわ」

リーンが後手後手に回っている『闇商会』と『闇夜会』の心配をした。

「敵は、余程この時の為に、色々と策を練ってきたんだろうね。僕達『竜星組』も『闇組織』時代からの古参組員達は警備隊や騎士団に顔が割れていて動かしづらいんだよね」

「じゃあ、どうするの？」

リーンは不満そうな顔になった。

「そこでうちにはこんな時の為に、魔境の森で頑張ってもらっていた若い衆がいるからね。彼らでいくつか部隊を作って動いてもらおうかな。顔も割れていないから大丈夫だと思う」

「なんだ、対抗策はあるのね？」

「その為に、ランドマーク本領まで行こうか」

リューは、執事のマーセナルに今回送り込む予定の若い衆を急遽集める様に告げると『次元回廊』を開いて早速、ランドマーク領にリーンと共に向かうのであった。

ランドマーク領、魔境の森——

リューとリーンは二人、整備された道を通って魔境の森の中を通っていく。

「かなり、奥地にも入り易くなったわね」

リーンが、馬車の車中で揺られながらリューに話しかける。

「そうだね。これはタウロお兄ちゃん辺りの案かも。——あ、煙が上がっているからあの辺かな?」

リューは、馬車から身を乗り出して外を指さした。

確かにリューの言う通り、煙がいくつか上がっている。

近くまで行くと馬車には道で待機してもらい、リューとリーンは魔境の森に分け入った。

十分ほど進むとこちらに気づいた祖父カミーザが待っていた。

「誰かと思ったらリューとリーンじゃったか。なんじゃ、少し早いがスードの迎えか?」

祖父カミーザはそう言うと、脇に立っているスード・バトラーの背中を叩いた。

この森にくると誰しもが劇画タッチのシリアスな顔つきになる。

スードも、それに漏れる事無く引き締まった影を帯びた顔つきになっていた。

「久しぶりスード君。良い顔つきになったね」

「主、お久し振りです。お陰様で大分腕を磨く事が出来ました」

スードは、劇画タッチの顔からいつもの笑顔に戻ってリューに答えた。

どうやら、リューに会った事で緊張の糸が解けたらしい。

「それは楽しみだね。——そうだ、おじいちゃん。ミゲル達も連れて帰りたいのだけど大丈夫かな?」

「なんじゃ、何か起きたのか？」

勘のいい祖父カミーザはリューの言葉にすぐに反応した。

「うん、王都の方でちょっとね。顔が割れていない若い衆に仕事をしてもらおうかと思って」

「ほう……。——ミゲル！　ミゲルはどこだ⁉」

森の奥に向かって祖父カミーザが大きな声で声を掛ける。

すると奥の方から、「自分はこっちです、師匠！」という声が聞こえてきた。

「全員を連れて戻ってこい！　リューが来とる！」

「若様が⁉　——わかりました！」

奥でミゲルが若い衆に集まる様に声を掛けているのが微かに聞こえる。

そして、沢山の気配が集まり、こちらに向かってくるのが分かった。

「動きが良いわ。ちゃんと組織的に動けている」

リーンが感知系で若い衆の動きを察知してリューに教えた。

「さすがおじいちゃん。かなり厳しく教育してくれたみたいだね」

リューは祖父カミーザに笑って言う。

「この森で生きる為の、最低限の事を叩き込んだだけじゃわい。一人一人ではまだまだじゃが、協力して動く分には困らん程度までは来とるぞ？　わはは！」

祖父カミーザはそう自慢すると、大笑いするのであった。

そこに、ミゲルをはじめとした若い衆が約五十人程集合した。

夏からこれまで、入れ違いで魔境の森に若い衆を送り込み続けていたので、この更生施……、職場出身の連中は百五十人以上になる。

「みんないい顔つきになったね。実は王都の方で、騒ぎがあってみんなの力を借りたくて、一度、あっちに戻ってもらう事にしたから」

「騒ぎ……、ですか？」

ミゲルが代表して、リューに聞き返した。

リューは、今回の抗争勃発を簡単に説明した。

「二つの組織にはマイスタの住民が多くいます。この連中の中にもその知り合いや知人、親族もいますから、その為にも全員、命を張ってでも頑張りますよ！　なあ、みんな！」

ミゲルは、そう答えると、背後の若い衆も一斉に頷いた。

ミゲルはどうやら若い衆達からの信頼も厚そうだ。

「じゃあ、戻ろうか。あ、その前にみんな、体洗ってからにしてね？」

返り血を浴びて獣臭に包まれている若い衆の姿を見て、リューは笑ってそう指摘するのであった。

リューとリーンはスード、ミゲル、そして、若い衆を引き連れて魔境の森から一番近くの村まで移動した。

そこで全員に水浴びと着替えをさせてすっきりさせるのであったが、リューはそれが一段落してランドマーク領都に戻る前にある確認をする。

それは、スードとミゲル、そして、若い衆の実力を測る為であった。

祖父カミーザからは、ＯＫが出ているが、個人差もあるだろうし、見誤れば行く先で死ぬ事もあるかもしれないのだ。

みんなが魔境の森から戻って和気あいあいと話しているところに、いきなり殺気を放ってみせた。

これにはスードが本能的に放たれた殺気の前に飛び出すように出て注意を取ろうと動く。

タゲを取るというやつだ。

それに連動するようにミゲルが、殺気と若い衆の間に入ってみんなを守ろうと動く。

そしてここで若い衆が気づいて周囲の者でとっさに五人編成で陣形を組んで構えた。

「主、この殺気は？」

スードが、殺気の主が、リューである事にいち早く気づくと、怪訝な顔をして聞いてきた。

「みんなの反応を簡単に確認しておこうと思ってね。これから危険が待ち受ける場所に送り出すからには僕にも責任があるから」

リューは、そう答えるとみんなを見て確認し、頷いて続けた。

「みんな、良い反応だった。反応が遅い人は外すつもりでいたのだけど、大丈夫そうだね。スード君はもちろんだけど、ミゲルも良い動きをしているのは感心したよ。かなり成長してるから、これなら安心だ」

「……合格という事でしょうか？」

ミゲルがリューの真意をまだ掴めていないようで聞き返した。

「君の先輩であるアントニオの下で副官として、動いてもらう事にするよ」

「アントニオの兄貴の下で？　……わかりました。若様の為にも恥ずかしくない活躍をしてみせます！」

こっちに来る時は生意気盛り、こっちに来てからは自信喪失気味で臆病に見えたミゲルだったが、完全に自信を取り戻し、責任感を持った部下に育ってくれたようであった。

リューは満足気に頷くと、今度はスードに向き直る。

「おじいちゃんがまだ、スード君は伸びしろがあると褒めていたから、今の実力をちょっと確認してみようか」

リューが突然、そんな事を言い始めた。

「それは主、ここで腕試しって事ですか？」

スードが軽く驚きながら、リューに確認した。

「うん。みんな強くなったという自負もあるだろうし、その中で一番強いスード君の実力がどんなものかで、自分達の立ち位置も変わって来るんじゃないかな」

リューは彼らが当初の自分よりかなり強くなったという実感があるだろうから、慢心しないようにスードの実力を測ると言いながら、その実、上には上がいる事を教える目的があった。

「……わかりました。自分もどのくらい主に近づけているか確認してみたいです」

スードはリューの真意を悟る事は出来なかったようだが、リューの提案を承諾した。

「じゃあ、スード君、いつでもいいよ」

リューは、剣を抜く事なくスードの前に立つ。

スードは、剣術大会を思い出したのか少し、怯んだ様子だったが、剣を抜いて構える。

スードは自分の間合いに入れるように、じりじりとリューとの距離を詰めた。

なるほど、スード君の今の間合いはこれくらいか。……短期間の割には強くなっているね。

リューはスードの慎重な動きからそれを確認すると、不意に動いた。

「！」

スードは、リューの姿が一瞬消えたように感じたので後ろに飛び退《しさ》る。

その一瞬消えたリューが間合いを詰めて現れたのでスードはそのリューに斬り付けた。

「お！　よく反応したね！」

リューは嬉しそうに褒めるとスードの斬撃を瞬時で抜いた剣で跳ね上げ、空いている左手でスードのお腹を殴りつけた。

スードは体を捻ってかわそうとするが間に合わず、そのまま殴られるとその威力に白目を剥いてうつ伏せに倒れ込んだ。

倒れたスードは動かない。

どうやら完全に失神しているようだ。

「あらら。加減したつもりだったけど、力入っちゃったかな？」

ミゲルと若い衆は、魔境の森での滞在期間中、自分達の中でも強かったこの十四歳のスードに対して一目置いていたのだが、自分達のボスであるリューがそのスードに対して圧倒的な強さで勝った事に唖然としていた。

スードにしたら、みんなに釘を刺す為の見せしめみたいな立ち位置であったが、リューに起こされて正気に戻ると、

「やはり主は強いです……。一瞬でも今の自分なら少しはやれるかもという考えが甘かったです」

と、スードは、お腹を押さえながらそう反省の弁を述べた。

「この短期間での修行で結構よくなっていたと思うよ。これならこれまで以上にスード君には護衛を任せられそうだね」

リューは笑顔でスードを褒めた。

「す、すげぇ……」

「さすが、若様だぜ……！　あのスードさんをパンチ一発で失神させるとか普通はありえねぇ……！」

「強くなったと自信をもっていた自分が恥ずかしい……」

若い衆達は二人の戦いを見て驚いたり、感心したり、反省したりと反応は色々であったが、これで慢心する事無く『竜星組』の為に尽くしてくれるだろう、とリューは一安心するのであった。

「主……、ところでポーションとかお持ちではないでしょうか……？　思ったよりもお腹痛いです……」

意識を取り戻したスードが、顔を青ざめさせてリューに嘆願した。

「ああ、ごめん！　――リーン、回復魔法をかけてあげて！」

リューは驚いて謝罪すると、慌ててスードを介抱するのであった。


休みが終わり新学期を迎える前日、ランドマーク本領では、領地の移譲が滞りなく終了した。

元々スゴエラ侯爵の与力の土地を、ランドマーク領に変更したので、揉める事は一切なかったのだ。

スゴエラ侯爵配下である与力が不満を漏らしてもいいところではあるが、元々が魔境の森に接した土地で危険と隣り合わせだったものが、移転先の土地は、元王都直轄の豊かな土地であったから、逆に与力達は喜んで元々の友人でもあるランドマーク伯爵への移譲を快く受けたのであった。

この辺りは、父ファーザの人柄も大いにあるだろう。

そして、移転する与力から直接、忠告を受けた。

それは、土地の移譲で境を一部接する事になる隣領のモンチャイ伯爵についてである。

「ランドマーク伯爵にこの土地の移譲が決まってから急に、時折起きていた領境の村同士の小さい争いに口を出し始めてきた。昨日などは、領兵の一部を出して、こちらの村人に威嚇する始末であった。あちらが何を考えているのかわからん。私は転封の身だから今回の事をスゴエラ侯爵様に報告する事無く新天地に移るが、ファーザ殿はランドマーク伯爵としてこれからその問題に当たらないといけないからな、気を付けてくれ」

元々、与力時代の仲間である父ファーザを、心配してくれての忠告であった。

「モンチャイ伯爵は、確か南部の侯爵派閥だったたか？」

「そうだ。今までは領境の村同士と言えば、よくある小さな諍いだから、上が動く事もなく放置されていたのだが、わざわざ今回、口を出して話を大きくした気がする。モンチャイ伯爵は、南部派閥でも武闘派だから直接的なトラブルは避け、話し合いで解決した方がいいが、あっちは最初からやる気満々のようだ」

父ファーザは、その忠告を受けて、すぐに領境の村に人を派遣し、事実確認を行う事にした。

ランドマーク家は南部派閥の貴族とも最近は誼を通じているところは多い。

多くは金策に困って泣きついてきた事がきっかけになって、領内の立て直しのアドバイスなどをしていたところから感謝されたりして距離を縮めていたのだが、その貴族達からは今回の事では何も言われていない。

普段なら噂話程度に、誰かが手紙を寄越してくれるのだが……。

父ファーザは、何やら嫌な感じを受けながら、領境の確認に出した者の持ち帰る情報を待つ事にするのであった。

リューは、休みの最終日であるこの日、ランドマーク本領の加増地の確認をしたいと思って『次元回廊』を使って訪れていた。

父ファーザは一足先に加増地に赴いて元与力仲間と会っているはずだ。

「リューにリーン。休みは確か今日までだったよね？」

兄タウロが、リューとリーンに気づいて声を掛けてきた。

「タウロお兄ちゃん、ジーロお兄ちゃんとシーマは、もしかして学校に戻ったの？」

朝に運搬の為に来た時は、まだいたのだ。

「あの後、出発したよ。二人ともこの時間に来るなんて珍しいね」

兄タウロが、いつも忙しくしているリューを労うように言った。

「今日は領地の譲渡日だからちょっと気になったんだ。あっちにはお父さんとセバスチャンが行っているんだよね？」

「うん、だから僕が、お留守番さ。——うん？」

二人が話していると、ランドマークの城館にやってくる馬車があった。

「お客さんかな？　今日はその予定はなかったと思うのだけど……」

タウロが首を傾げていると、訪れた馬車から現れたのは、借金まみれのあまりランドマーク家にお金の無心を頼みに来て領地改革をやってもらったマミーレ子爵の執事であった。

「ああ、執事さんお久し振りです。——お兄ちゃん、この人はマミーレ子爵のところの執事さんだよ」

リューは、懐かしい執事に挨拶すると兄タウロに紹介した。

「おお！　これはリュー殿。お久し振りです。その節はお世話になりました……。ご嫡男のタウロ様は初めまして……。——ところで、ランドマーク伯爵様は、おられますでしょうか？　主より、手紙を預かってきております」

執事は、恩人であるリューに挨拶すると兄であるタウロに手紙を渡した。

「父は今、留守にしていますので、嫡男の僕が拝見します」

兄タウロはそう答えると封をされている手紙を開けた。

「……これは……。この話は真でしょうか？」

兄タウロは手紙を読むと険しい表情になって執事に質問した。

「我が主も聞いた話になるので事実かは掴めておりません。ただ、南部の貴族派閥の間ではまことしやかに語られています。主は最近、派閥の長である侯爵とは距離を取っておられましたので、正確な情報を掴めていないのです」

執事は兄タウロにそう答える。

リューは、二人の真剣なやり取りから何やら重大な情報のようだと察した。

兄タウロは、リューの視線に気づくと手紙を渡す。

受け取ったリューは早速手紙に目を通すと、驚いた。

その内容は、領境を接する事になるモンチャイ伯爵がランドマーク家に仕掛けて痛い目に遭わせ、その家名に泥を塗る算段を計っているらしいから気を付けてくださいと綴られていたのだ。

「これは、モンチャイ伯爵という人物の単独ではないという事でしょうか？」

リューが不穏な情報を確認した。

「ランドマーク伯爵家は、今や単独でも勢いがある上級貴族です。南部派閥の中でもランドマーク伯爵家にはお世話になっている貴族も少なくありません。そんなランドマーク家が領境を接する事に危機感を持ったモンチャイ伯爵家とその派閥の長である侯爵家、そしてそれを支持する貴族達が水面下で動いていると思われます」

執事は憶測の域を超えないがとしつつも、教えてくれた。

うちが西部の『聖銀狼会』と揉めるタイミングでこれは、間が悪いなぁ。

リューは、珍しく渋い表情を浮かべた。

数日前にミゲル達を引き上げさせたばかりだが、また、こちらに兵隊を送らなければならないだろう。

なにしろ本家であるランドマーク家あってのミナトミュラー家である。

こちらが揉め事に遭いそうならこちらを優先させないといけないだろう。

こちらも相手が相手だけに兵隊の数は必要であったが、仕方がない。

「お兄ちゃん、万が一に備えて、うちからも部下を出しておくよ」

リューは、兄タウロにそう提案した。

「でもいいのかい？　リューのところも忙しいんじゃないの？」

兄タウロは、リューのところの竜星組が、今、大変な時期である事を知らないが、何となく察して聞き返すのであった。

「忙しいからあんまり人数は送れないかもしれないけど、必要な数を送るよ」

リューは、そう答えると、頭の中で計算を始めるのであった。


リューはランドマーク本領のもしもの為に備えて、早速、ミナトミュラー商会、竜星組両方から合計二百人規模の兵隊を出す事にした。

どちらとも古参の腕利きの猛者ばかりだ。

その指揮はランスキーに任せる。

ランスキーは当初、リューの傍から離れる事を渋ったが、僕の代理だからランスキー以外はあり得ないと言われると、断れなくなった。

「わかりやした。このランスキー、本家の為にも、若の顔に泥を塗らないよう粉骨砕身、全力で務めを果たしてきます！」

ランスキーはみんなを代表してそう答えると、その日の夕方にはリューの『次元回廊』でランドマーク本領に出立するのであった。


「それにしてもリュー。こっちは大丈夫なの？　ランドマーク本領の人不足も問題だけど、うちも『聖銀狼会』の問題をはじめ、ミナトミュラー商会と竜星組も仕事だけで人不足だったと思うのだけど？」

執務室に戻ると、リーンが心配を口にした。

「……大丈夫じゃないよ。これで仕事だけで手一杯になったから、『聖銀狼会』への対応はちょっと難しいかもしれない……」

リューは本当に困っているのか頭を抱える仕草をした。

「ちょっとそれが一番問題じゃない！　どうするの⁉」

リーンは驚いてリューに迫った。

それはそうだ。

現在、『闇商会』と『闇夜会』が『聖銀狼会』と抗争を始めているが、身動きが取れない二つの組織に対し、地の利で負けるはずの『聖銀狼会』が、自由に動いて二つの大きな組織を手玉に取っているのだ。

一度の反撃で膠着状態にはなっているが、『竜星組』が助けに入らないとじり貧なのは目に見えていた。

その為に、竜星組は王都に潜む『聖銀狼会』を探しているのだが、ランドマーク本領に人数を割いた為それも難しくなっている。

そういう事から、いつもの情報戦も難しくなっており、下手をすると『聖銀狼会』の王都進出を許してしまう事になるかもしれないのであった。

「作戦を練り直さないといけないね。少ない数で『聖銀狼会』を見つけ出し、叩き潰すにはどうするべきか……」

リューは、正直困り果てていた。

『聖銀狼会』は、土地勘がないはずなのに上手い事王都内に潜伏している。

『雷蛮会』の手引きなら、潜り込ませている部下から情報が流れて来るはずなのだが、どうやら完全に『雷蛮会』は最初の情報収集に利用された後は、そのまま無視されているようだ。

リューは敵がかなり策を練ってやって来ているのは察していたものの、今回は後手に回り続けていた。

ある程度は、リューもその策を見透かしているのだが、それを推測でしかなく事実かどうか確認するには情報が少なすぎた。

情報収集はランスキーとその部下が上手いのだが、それも今はランドマーク本領に出しているから、少ない部下で情報収集と敵を叩く為の物理的な行動を行わなければならない……。

リューが悩んでいると、メイドのアーサが、コーヒーを入れてリューに出す。

「なんだい若様。敵の先兵隊を指揮する幹部二人の居場所はわかっているのなら、ボクが始末してきてもいいんだよ？」

そして、アーサはそう提案してきた。

「……それで済むならいいのだけど、敵は実行部隊の指揮者と接触する行動を一度も取っていないみたいなんだよね。それどころか連日王都観光を楽しんでいるみたいだし……」

リューはアーサの提案を否定した。

「でも、その幹部二人が、先兵部隊の親分なのよね？」

リーンが、リューに質問した。

「うん、そのはずだよ。大幹部のゴドーと、兎の獣人族のラーシュの二人だね」

「本当に誰とも接触していないの？」

「監視している部下からは、そう報告を受けているよ」

「じゃあ、間接的には？」

「それも、厳重に監視しているから難しいかな」

「連日、王都観光しているのよね？」

リーンは、敵の動きにどうやら疑念を持っているようだ。

「僕も怪しいからずっと監視させているんだけど、能天気に王都のいろんなところを巡っているんだよね……。たまに同じところにも行くくらい満喫している……、——って、まさか!?」

リューは監視の報告書類を探すと机の上に並べた。

「……観光先の地名の頭文字を取ると、こっちは『タ』、『イ』、『キ』……待機？　こっちは、並べると……、襲撃？　……そういう事だったのか！」

リューは大幹部ゴドーとその参謀、ラーシュの行動先に意味がある事に気づいたのであった。

「敵も相当最初から、作戦を練っていると思ったけど、ここまでとはね……。きっと敵の実行部隊は幹部二人を遠目に監視して、観光地を確認するだけで良かったんだ。これでは、うちの監視が気づくはずがないよ……。やるな『聖銀狼会』。——これで敵の出方がわかるようになったけど、潜伏先はわからないままか……」

リューが考え込むと、リーンも一緒に考え込んだ。

「二つの組織には、ちょっと耐えてもらうしかないんじゃないかしら？」

とリーンが提案した。

「……『闇商会』と『闇夜会』には悪いけど、敵には何度か襲撃してもらってその実行部隊の後をうちの部下に尾行してもらうしかないかもね」

リーンの言いたい事を察したリューは、そう口にした。

「そうね。それでうちが少数精鋭で隠れ家を襲撃して確実に潰していくしかなさそう」

リーンもその案に頷くのであった。

「そうなると、人手不足だからボクも参加だよね？」

アーサも乗り気である。

「本当に人手不足だから、僕も参加しないと駄目かも……」

アーサの立候補にいつもなら否定しそうなリューも、駄目とは言わず、それどころか自分の参加も匂わせた。

「それでは自分も参加ですね」

ずっと黙って聞いていたスードがそう口にした。

「意外に総力戦ね？」

リーンももちろん、リューのいくところには参加である。

「まずは敵の隠れ家を見つけてからだから、みんな気が早いよ？」

リューはみんなに釘を刺すのであったが、なんとか対応策が見つかりそうだと安堵するのであった。

新年から前途多難な状況になり、仕事が忙しいリューであったが、日は無情に過ぎて新学期が始まった。

「リュー久し振り！」

教室に入るとランスが、去年同様元気に出迎えてくれた。

「おはようランス。みんなもおはよう！」

「「「おはよう」」」

シズやナジン、イバルもリューの挨拶に答えた。

「二人とも新年早々忙しそうだな。シズから聞いたぜ？」

ランスが、二人に探りを入れてきた。

ドキッ
「え？」

ちょっと動揺するリュー。

シズがなぜ僕が忙しくしているのか知っているのだろうか？　まさかラソーエ侯爵家の情報網で何か掴まれていた!?

リューは色々な考えが脳裏を過ぎった。

「……新年にあった『チョコ』の新作発表会の時にランドマークビルに行ったけど、二人共マイスタの街にずっと行っていたんでしょ？　全然いなかったよ」

シズはどうやら、リュー達もイベントに現れると思って楽しみにしていたようだ。

「ああ、それか！　――実は、朝一番ですぐマイスタの街に通っては仕事に追われていてね。休みの間はほとんどマイスタの街で過ごしていたんだ」

と、リューは答えた。

どうやら、ラソーエ侯爵家の情報ではなかったようだ。

ほっと安心しながらも、新年早々、ランドマーク家の領境でいざこざが起きたり、西部の裏社会の組織が王都に進出してきて抗争の為、対抗策を練っていたという事実は流石に言えないなと思うリューであった。

事情を知りながらも、本当の事を言わずに、先にシズ達と話していたイバルが、仕事で忙しくしているると説明してくれていたようだ。

イバルも新年からミナトミュラー商会の各部門を出入りしては忙しくしていた。

それは、人手不足が一番の理由であったが、イバルのお陰で商会の方は滞りなく動いている。

ただでさえミナトミュラー商会の現場責任者であるランスキーが、ランドマーク領に部下と共に遠征中であったから、その代わりとしてイバルはかなり頑張ってくれていた。

リューにとって仕事面での右腕として将来が楽しみな存在だ。

問題があるとしたら、裏の顔である竜星組の方である。

こちらは、マルコと元執事シーツ、若手のホープ・アントニオに、ミゲルなどが人手不足を補う為に動いてくれているが、全ての対応となると流石に無理があった。

今は、最低限の情報収集以外は、全て事業が滞らないように動いてもらっている。

「ミナトミュラー君は、実家も今忙しいのよ」

と、そこへふと綺麗な声が聞こえてきた。

そちらを向くとそこにはエリザベス王女殿下が立っている。

領境の揉め事が、もう伝わっているわけじゃないよね？

実家と言われて緊張するリューであったが、そういうわけはないなと思い直した。

「王女殿下の言う通り、実家の本領は今、新領地を譲り受けて大忙しです」

リューは、みんなにもわかるように答える。

「……リズ、おはよう！　新作発表会楽しかったね！」

と、シズが、王女殿下の愛称であるリズと親しく呼んで答えた。

え……、もしかしてお忍びでランドマークビルに来ていたの⁉

まさかの会話の流れに、驚くリューと一同。

慌ててそれを証明出来そうなナジンに視線を向けて確認した。

リューの視線に気づいたナジンは、ただ静かに頷く。

王女殿下がランドマークビルに……、これは、一大事だったのでは⁉

もちろん、もし、自分が現場にいても、王女殿下の存在について気づかないフリをするのが精一杯の対応であっただろうが、これが前世であったら、嫌いな行為だが、写メの一つも撮っていたかもしれない。

それぐらい大きな出来事だ。

「ランドマークビルはとっても楽しくて、シズとも話が盛り上がったものね。以前にも王都内の商店街をお忍びで巡った事があったけど、あそことは全く違う雰囲気で、見るものが新鮮だったわ」

王女殿下は、どうやらランドマークビルに満足してくれたようだ。

王女殿下のこの言葉を、そのまま宣伝に使いたい！

と思うリューであったが、そんな事をすれば、王女殿下に距離を取られるであろう。

ぐっと我慢するのであった。

「喫茶『ランドマーク』にも寄ってくれた？」

リーンが、王女殿下の感想にご機嫌になり、話に入ってきた。

「ええ。初めて食べる料理ばかりで驚いたわ。シズが勧めてくれた各種パスタにお好み焼きもどき（ピザ）、各種うどんも美味しかった」

「気に入っていただけたのなら、良かったです。沢山注文してくれたんですね。って、……うん？」

王女殿下の言う各種だと、本当にかなりの量を頼んだことになるのだけど……。

途中でその疑問に辿り着いたリューは、全部食べるのは無理だろうから……、処理したのはナジン君!?　と、驚いてナジンの方に視線を送った。

それに気づいたナジンは、黙って首を振る。

え？　違うの？

リューが、首を傾げると、ナジンは黙って王女殿下に視線を向ける。

え？　もしかして王女殿下が食べたとか言わないよね？

リューは、ナジンにまた視線で確認を取る。

ナジンはまた、黙って頷く。

王女殿下は実は大食い!?

再度驚くリュー。

もうすぐ学園生活は一年経つけど、王女殿下はまだ未知の存在だな……。

と思うリューであったがさすがにその指摘は出来ないのであった。

そこへ、「リズは意外に沢山食べるのね」と、リーンが遠慮せずに指摘した。

リーン、そこはやんわり流して指摘しちゃ駄目なところだよ！

と、内心ツッコミを入れる男性陣一同であった。

すると王女殿下は、少し顔を赤らめ、

「どれも美味しかったからちょっと食べ過ぎただけよ……！　普段は少食だからね！」

と、拗ねたように答えるのであった。

意外に可愛らしい反応に、場の雰囲気は一気に和み、男性陣一同は一安心するのだったが、それと同時に、王女殿下の意外な素顔に不謹慎ながらちょっとかわいいと思うのであった。


人手不足で困窮するミナトミュラー家では、色々と問題を抱えている。

現在、街長邸にはエラインダー公爵から送り込まれた間者と思われるメイドが一人、竜星組の王都事務所には『聖銀狼会』の間者が数人入り込んでいる状態だ。

当初の予定では、適当に嗅ぎ回らせて、雇い主に偽情報を掴ませるなど、色々と選択肢があるからと放置していたのだが、人手不足となった現在では間者を放置して監視して置く余裕はない。

それにこちらの人手不足が発覚して、攻め時と思われるのも困るところである。

あちらも一度に三つの組織を敵に回して立ち回る余裕はないと思うが、万が一もあるからだ。

だから、間者は特定してあるので、処理しておいた方が良いのではないかという話になっていた。

「マルコ、そっちの処理は大丈夫かな？」

リューは、執務室で報告に来たマルコに確認を取った。

「間者は一つの事務所に集めて監視させているので、いつでも大丈夫です」

「ごめんね、忙しい時に」

「いえ。それよりも若。エラインダー公爵の間者がこの屋敷に入っているそうですが、そちらの方が処置は難しいのでは？　うちは、失踪しても問題はないですが、使用人が一人消えるとなると、悪い噂の元にもなりかねませんぜ……」

「それは色々と理由をつけてクビにすればいい話だから。失踪はさせないって」

マルコの裏社会の人間らしい発想に苦笑を浮かべるとリューであった。

「そんな簡単な対応でエラインダー公爵は納得しますか？」

「普通に考えたらまた、誰か送り込んでくるだろうね……。まぁ、今の間者についてはメイドのアーサが、任せてほしいって言っているんだけど……」

「それこそ、消すつもりでは……？」

マルコはアーサについてはよく知っている。

なにしろ、『闇組織』のボス時代、その暗殺技術を見込んでアーサを雇おうとしていたのだ。

「それが、僕のやり方を見習って穏便に済ませるとは言っているんだよね。まぁ、監視はアーサに任せていた事だし、最後まで任せてみるよ」

街長邸の敷地外の木の陰に怪しい人影があった。

一人は、黒ずくめの男で周囲を警戒している。

その男と接触しているのが、リューの下で働いているメイドであった。

そう、エラインダー公爵のところから潜入している間者メイドである。

「……これが、ここ数日分のミナトミュラーの情報です」

「……わかった。――主は、お前の働きを買っていらっしゃる。今後も頼むぞ。それと万が一の場合は……、わかっているな？」

「……はい。主の為にも家族の為にももちろん裏切りません」

「では、また、数日後に」

男は間者メイドから紙の束を受け取ると、その場を去った。

「……ふぅー。私もすぐ戻らないと先輩メイドに疑われるわ」

間者メイドはそうつぶやくと、街長邸に戻ろうと振り返った。

するとそこには、メイドのアーサが一切の音も、気配も無く立っていた。

「あ、アーサさん⁉」

「こんなところで何しているのかな？　――って、一部始終見させてもらったよ。毎回この場所で何度も続けて接触するのは頂けないなぁ」

「あ、すいません。彼とは恋仲で――」

「違うでしょ？　毎回、うちの情報を若様とは違う主に流しているんだよね？」

アーサは間者メイドの言葉を遮って追及した。

「！」

アーサの指摘に間者メイドは言葉に詰まる。

そして、瞬きをして開いた次の瞬間、アーサが目の前まで接近し、喉元にはナイフが当てられていた。

「ひっ！」

間者メイドはあまりの一瞬の事に、息を呑む。

「どっちがいい？」

アーサが、喉元にナイフを当てた状態で質問した。

「ど、どっちとは……？」

間者メイドは身をのけ反らせ、冷や汗をかきながら聞き返す。

「あなたの大切な家族と幸せなまま過ごすのと、あなたが突然失踪して家族も不幸になるの」

「！　──わ、私には家族はいません……よ？」

「うちに就職した時は、そういう届け出にはなっているけれど、君、どこぞの公爵領の片田舎に両親と小さい弟と妹がいるじゃない」

アーサは、感情の無い声で淡々と指摘する。

「！　──なぜそれを……」

間者メイドは、自分の情報が筒抜けである事に愕然とした。

「さっきの続き。――ボクも忙しいから決めてくれる？　（ニッコリ）」

アーサは、ここで初めて無表情から笑顔になった。

だが、目が笑っていないのは火を見るよりも明らかで、間者メイドはそれだけで失禁しそうなほど怯えた。

「み、み、見逃してください……！」

間者メイドは勇気を振り絞って懇願した。

「こちらはよくても君のところの主は甘くないんじゃないかな？　家族を人質に取るような人間だし、このまま戻っても処罰されるだけだよ？」

アーサは、間者メイドの未来を予言してみせた。

「……！」

薄々自分でもわかっていたのだろう。

間者メイドはその言葉に、息を呑み込んだ。

「そこでボクから提案だよ。若様の側に付くなら、家族に災いが降りかからないようにしてあげる。その代わり、君は公爵側に適当な情報を流してもらってこれまで通り普通に働くだけで好待遇だよ。どうかな？」

アーサはここでやっと笑顔で提案してきた。

目も先程と違って笑っている。

ただし、ナイフは喉元に当てたられたままではあったが……。

「……私に二重間者になれと？」

「別にあっちの情報を寄越せとは言ってないよ？　こっちの情報を無闇に流さず、うちでしっかり働けと言っているだけだからね？」

アーサの提示する条件は、自分にとっては都合がいい、だが、そんな美味しい条件があるだろうか？

「……断ったら？」

「家族と共に失踪かな？」

選択の余地がない！

絶望する間者メイド。

エラインダー公爵家への忠誠心もあるが、それよりも家族の身が一番心配であった。

「君の実家って、エラインダー公爵領にあるイスパの村、村長宅から右に向かって三軒目だよね？」

何で!?

間者メイドは、目を見開いてアーサを見た。

「嘘の住所を若様に申告しちゃ駄目だよ。すでに君の身辺調査は終わっているからこれからも嘘ついちゃいけないよ？」

アーサの言葉に、エラインダー公爵家側が用意した住所は完璧だったはずじゃ!?　と、血の気が引く間者メイド。

「若様を欺こうとしても駄目だよ。それはボクが許さないもの」

アーサはそう告げると、殺気を放つ。

その殺気に間者メイドは腰を抜かして座り込んだ。

そしてついに失禁してしまい、地面に水溜まりが広がっていく。

ここで初めて、アーサがナイフを引っ込めた。

間者メイドは、観念するしかなった。

エラインダー公爵家を敵に回す事は考えられない事であったが、ミナトミュラー準男爵家は、その上をいっている。

忠誠心も大事だが、それよりも、家族と自分の命が最優先であった。

「……家族は、守ってもらえるんですね……？」

間者メイドは勇気を振り絞って、確認する。

「もちろん！　ボクと違って若様は寛大だからね。約束は守るよ」

アーサは腰を抜かしている間者メイドの手を取って腰のツボを突くと強引に立ち上がらせて続けた。

「ほら、戻って着替えないと、お昼終わっちゃうよ」

屈託のない笑顔でアーサが間者メイドに告げると、二人は街長邸に戻るのであった。


ある日の昼頃。

一人の痩せた長身に額が少し後退した銀髪の男性が、マイスタの街長邸を訪れていた。

身なりからして、貴族のようだ。

だが、その服は皺だらけであまり、身なりに気を遣っているとは言い難い。

青い目に片眼鏡《モノクル》をしているのが特徴的で、同じく銀色の髭を無造作に伸ばしている。

「先触れも無しに訪れた非礼はお詫びする。私は、マッドサイン子爵という者。ミナトミュラー準男爵にお会いしたいのだが、居られるかな？」

マッドサイン子爵は、街長邸の玄関先で対応した使用人にそう告げた。

「マッドサイン子爵ですね？　少々お待ちください」

使用人は知らない名に、執事のマーセナルを呼びに行った。

執事のマーセナルは報告を受けると、記憶を辿ってみた。

「……聞いた事があるような、無いような……。もしかすると宮廷貴族かもしれない。——応接室に通して、待ってもらってください。その間に身元を確認してみましょう」

執事のマーセナルは、使用人にそう答えると、他の使用人にマッドサイン子爵について調べるように告げるのであった。

十五分後——

使用人から、執事のマーセナルに報告が上がってきた。

それは、軍の関係者らしくその身元については、秘匿されているようだとの事であった。

「……軍関係者……か。——そう言えば、イバル殿が、商会の仕事の報告に若様と面会していたな、軍関連ならば何か知っているかもしれない、聞いてみるか……」

執事のマーセナルは、そう判断すると、執務室に向かった。

執務室の扉をノックした。

「マーセナルです。よろしいでしょうか？」

「いいよ、入って」

リューの声が聞こえてきた。

執事のマーセナルは、「失礼します」と、返答すると執務室に入った。

そこには、主であるリューが大きな机を挟んで椅子に座り、その傍の椅子にリーンが腰かけているのがわかる。

出入り口の傍にはスードが、静かに立っている。

そして、リューの向かい側の椅子にイバル・コートナインが座ってリューと談笑していた。

「若様、少しイバル殿にお聞きしたい事があるのですが、よろしいでしょうか？」

執事のマーセナルが、仕事の邪魔にならないように気を遣いながら、確認した。

「——イバル君に？」

リューは、意外な言葉に「？」となってイバルに視線を送った。

「俺なら、別にいいですよ？　マーセナルさん、どんな事でしょうか？」

「はい、実は、今、若様に面会を求めてマッドサイン子爵を名乗る者が訪れています。ですが、軍関係者ということ以外素性が掴めないので、イバル殿が何か知らないかと、確認に上がりました」

「マッドサイン子爵!?　——知らないも何も、マッドサイン子爵は、俺の元父、エラインダー公爵のお気に入りで軍研究所の所長ですよ！」

イバルが驚いて指摘した。

「ああ！　そうでした！　どこかで聞いた事があると思っていましたが、その方と同一人物でしたか！　……これは失念していました……。若様、そのマッドサイン子爵が面会を求めていますがどういたしましょうか？」

「……もしかして、以前に渡した魔法花火の件かな？　派手に研究所でさく裂したみたいだから、そのクレームか、また、技術を寄越せと言ってきたのか……。あんまり会いたくないけど、子爵だからなぁ……」

リューは少し考え込んだ。

するとイバルが、首を傾げている。

リューはイバルの反応に気づくと、聞いた。

「イバル君、何か気になる事があるの？」

「うん？　──ああ、マッドサイン子爵は、研究畑の人間でその才能から子爵の地位を得たんだけど、研究以外の事には興味を持っていない人物なんだ。だから自分から相手にクレームを言う為や、交渉する為に赴くようなタイプじゃないんだよね。だから、面会を求めている事自体が不思議なんだ」

イバルは、多少マッドサイン子爵の事を知っているようだ。

「俺が、リューの前に会って目的を聞いてみるよ」

「それじゃあ、お願い。──マーセナルもよろしく」

リューは、二人に頼むと仕事に戻るのであった。

イバルが、マッドサイン子爵を待たせている応接室に入ると、

「イバル坊ちゃん!?　……まさか、こんなところまで……。私は、戻る気はありませんよ？」

マッドサイン子爵は、イバルの姿を見るなり、何か勘違いしたのかそう口にした。

「？」

イバルも何の話だかわからず、マッドサイン子爵の反応に戸惑った。

「御父君であるエラインダー公爵には、ちゃんと辞めると言って出てきています。いまさら坊ちゃんが説得に来ても応じる気はありません」

マッドサイン子爵は、イバルに対して完全に誤解しているようだ。

「……辞めた？　――マッドサイン子爵、貴殿は何か勘違いしているようだ。俺は、すでにエラインダー公爵からは勘当され、男爵家に養子に出されているから全く関係ないぞ？　それに今はこうして、ミナトミュラー家の下で働かさせてもらっている」

「坊ちゃんが、勘当？」

「呆れたな。本当に何も知らないんだな。エラインダー公爵から縁を切られてもう結構経つのに、知らなかったのか？　本当に研究以外に興味がないのだな、マッドサイン子爵は」

イバルは、そう答えると笑って見せた。

「……それでは、引き止める為ではない、……のですね？」

警戒しながらマッドサイン子爵は答える。

「よくわからないが、多分そうだ。ところで、子爵はさっき辞めたと言ったが、もしかして……？」

「はい、軍研究所所長を辞めてきました」

マッドサイン子爵の言葉にイバルは、「……これは……」と、絶句した。

軍研究所はマッドサイン子爵にとってとても良い環境であったはずだから、その地位を降りるとは子爵を知るイバルとしては想像も出来なかったのだ。

「イバル坊ちゃん、出来れば、ここの主であるミナトミュラー準男爵にお執り成しして頂けないでしょうか？」

マッドサイン子爵のまさかの懇願にイバルは驚き、思わず執事のマーセナルに助けを求めるように視線を送るのであった。


イバルからマッドサイン子爵について簡単に説明を受けたリューは、忙しい時間を割いて会ってみる事にした。

「初めまして、マッドサイン子爵。ところで今日ここを訪れたご用件とは、なんでしょうか？」

リューは、マッドサイン子爵がエラインダー公爵のお気に入りという事で、多少警戒はしていた。

「……あなたが、ミナトミュラー準男爵？」

マッドサイン子爵は、リューが子供である事が意外だったのか、イバルに視線を送って確認した。

「はい。僕がリュー・ミナトミュラーです。イバル君とは、同じ学校という事で、知り合った仲です」

リューは、簡単にイバルとの関係性を説明した。

「……これは、いきなり想定外で困っております……。きっと同年代の発明家だろうと思っていたので……」

マッドサイン子爵は見たところ、四十代といったところだろうか？

「それは、ご期待に応えられず、すみません」

リューは、マッドサイン子爵の戸惑った様子から、何が目的なのかよくわからず、頭に、「？」を浮かべながら答えた。

「あなたが、魔法花火を考えた方で間違いないですかな？」

マッドサイン子爵は、本題と思われるものを口にした。

あ、やはり、話はそっちか！

リューは、当初の想定の質問が来たので少し安心した。

やはり、技術の要求ということだろう。

「はい。僕が考えて魔法という形にし、それをうちの開発部門で魔石を使って魔道具として商品化しています」

「おお、やはり！　――実は私、軍研究所で所長を務めておりました」

「ええ、うちのイバルから聞いています」

うん？　務めておりました？

過去形になっている事に引っ掛かったリューは、イバルに視線を送る。

視線を送ってきたリューに対してイバルは、首を振る。

「実はその軍研究所を辞職しましてな。同じ発明や研究に熱心と思われる、自分と同じタイプでは と思っていたミナトミュラー準男爵の下で一緒に働けないかと思ったのですが……」

マッドサイン子爵は、どうやら魔法花火を考えたリューと、意気投合出来ると思って頼ってきたようだった。

え？

技術の提供を求められると思っていたリューは、別の方向に話が向かっている事に肩透かしにあった状態になった。

「それはどういう……？」

「ミナトミュラー準男爵の下で働かせてもらえないだろうか！」

マッドサイン子爵は、勇気を振り絞って目の前の年端もゆかぬ少年貴族に頭を下げた。

やっぱり、そういう事なの⁉

リューは驚いて、リーンや、イバルに助けを求める視線を送った。

リーンは、肩を竦め、イバルは驚きで目を大きくしている。

「えっと……、マッドサイン子爵、あなたは僕より地位も年齢も実績も遥かに上の方です。準男爵の僕が、子爵であるマッドサイン子爵を部下として雇うには流石に問題があるかと……」

リューの言う事はもっともだ。

子爵であるマッドサインを部下にするには、地位が絶対である貴族社会において問題が多すぎた。

軍研究所で所長を務めていたという実績は大きく、喉から手が出るほど欲しい人材ではあるが、リスクも大きいだろう。

「研究成果から宮廷貴族として子爵の地位を貰っているが、元々は平民上がりでしかなく、部下として働く事に抵抗はないぞ！」

「いえ、そういう問題ではなく、貴族としての――」

「それならば、この地位を返上すればよいのですな！」

マッドサイン子爵は、とんでもない事を口走った。

「え？　ちょっと、待ってください……。返上って子爵位ですよ⁉」

「問題ない。ミナトミュラー準男爵の元で研究が続けられるのならば、今の地位は必要ない。――いや、貴族である事に辟易していたので丁度いいくらいだ」

マッドサイン子爵は、目から鱗が落ちたとでもいうように、一人で納得すると立ち上がって続けた。

「それでは今から、子爵位を返上してきますので、これからよろしく頼みますぞ！」

「ちょ、ちょっと待ってください！　本当にいいのですか⁉」

リューは、暴走気味のマッドサイン子爵を引き止めるのに必死になった。

「いやはや、やはり、魔法花火を考えた御仁だな。一緒に少し話すだけで、得るものが多い。それでは、数日後、改めて参りますのでその時はよろしくお願いしますぞ！」

マッドサイン子爵は一人リューを過大評価して納得すると、屋敷を後にするのであった。

全く人の話を聞かない人だ！

リューは、愕然とするのであったが、

「マッドサイン子爵は、昔から暴走気味の人だったからなぁ。こうなると止められないから諦めた方が良いぞ？」

と、イバルが助言した。

「……これって、大丈夫なのかな？」

子爵位を返上して準男爵の下に仕えるなど前代未聞である。

心配せずにはいられなかった。

「本人が決めた事だから仕方ないんじゃない？　でも、雇うかどうかはリュー次第よ？」

リーンが、淡々と助言する。

「……これで雇わなかったら僕が酷い人になるじゃん……。まぁ、凄い人物なんでしょ？　ちょっとネジが外れている感じがあるけど、優秀な人材は大歓迎だし、今は人手不足で大変だから働いてもらおうか」

「研究者として優秀なのは保証するよ。俺が学園でリューに使った、魔石を装填して魔法を放つ『魔法筒』を発明したのはマッドサイン子爵だしな」

イバルはマッドサイン子爵を評価した。

「ああ！　あれ、あの人が考えたんだ？　――これは本当に優秀な人がうちに来てくれるね」

イバルの思わぬ情報にリューは喜ぶのであった。

こうして、ミナトミュラー商会の研究部門の部長に後日、マッドサインが任命され、これからリューの無茶な発想を彼が形にして行く事になるのであるが、それはまた少し後の話である。

新年になってからも王都内での謎の酒造銘柄、『ドラスタ』は、酒好きの間で人気を博していた。

正規の酒造メーカーであり、王都で絶大な力を持っていたボッチーノ侯爵のボッチーノ酒造商会は、このドラスタに対抗するべく、ドラスタと同じ価格近くまで引き下げたり、営業を小さい業者にまでかけるなど、あの手この手で商会のお酒を売ろうと必死になっていた。

これはきっと、ボッチーノ侯爵にとっては初めての努力だったかもしれない。

だが、品質、価格等全てにおいて、ドラスタに勝てる部分がないボッチーノ酒造商会に勝算はなかった。

その為、以前から画策していた取り締まりの強化を、警備隊や騎士団に届け出ていたが、これも実は上手くいっていなかった。

なにしろその警備隊や騎士団がドラスタについて調べると良い噂しか流れてこないのだ。

お客からはドラスタの良い評判ばかりで、逆に正規の飲みなれていて愛着があるはずの酒造メーカー、ボッチーノの悪口の方が圧倒的に多い。

「なんだいあんたら。もしかして『ドラスタ』を取り締まる気でいるのかい？」

「馬鹿を言っちゃいけねぇ。ドラスタは我々庶民の味方だよ？」

「そうだ、そうだ！　高いばかりで、味も品質も大した事がない正規のボッチーノよりも、密造酒のドラスタの方が断然いいぞ！　あ、ミナトミュラー商会の『ニホン酒』は美味いけどな」

調査をすればするだけ、この調子である。

いくらボッチーノ侯爵以下、酒造ギルドの強い圧力でも、これだけ支持を得ているお酒を取り締まるとなると、自分達へのリスクも大きい。

消費者は一度美味しいものを知ると、そちらを選ぶのは当然の摂理である。

ましてや、価格も安いのだ。

誰が、高くて味も大した事がないお酒を、好んで飲む必要があるだろうか？

警備隊、騎士団共に、そんな支持が厚いものを取り締まるのには限界がある。

強引に取り締まって、反感を買い、暴動でも起きたらそれこそ取り締まりの意味がない。

もちろん、密造酒でありながら、大量に生産していると思われるので、その点は、取り締まりの余地はあるのだが、ここまで消費者に浸透しているとなると厄介であった。

それに、ここだけの話、警備隊、騎士団の面々も実は『ドラスタ』の消費者が多かった。

「どうしますか隊長？　うちで取り締まると後で問題になるのは確実ですから、理由をつけて騎士団に任せた方がよくないですか？」

「……そうだな。警備隊レベルでは対応できる問題ではないという事にしておくか……」

こうして問題を警備隊の上司にあたる、騎士団に押し付ける事にしたのであったが、騎士団も考える事は同じであった。

騎士団にもドラスタの消費者は多数いて、同じような話になっていた。

「これをうちで取り締まったら騎士団の名誉は一気にガタ落ちになりますよ？」

「……ここは警備隊に泥を被ってもらうか……」

問題の押し付け合いが、警備隊と騎士団で行われている中、ドラスタ＝庶民の味方というイメージがつき、なおさら取り締まりが難しくなっていった。

そこにリューは、畳みかける。

勝負とばかりに高品質の銘柄を出す事にしたのだ。

ドラスタによる高級酒は、すぐに注目を集めた。

貴族にもドラスタの美味しさに気づき、ボッチーノから、乗り換える者も多かったのだが、庶民向けのお酒であったので、隠れて飲む者も多かったのだ。

だが、そのドラスタが高級酒を出すのである。

飲まないわけがない。

もちろん、このドラスタの高級酒はすぐ人気に火が付いた。

元々、密造酒ではあるが、実績のある銘柄である。

だれも疑う事なく大金を払って飲んで満足した。

「これを飲んだらボッチーノの出している高級酒は、お酒じゃないな……！」

「今まで飲んでいたお酒は何だったのだ……！」

「これこそ、お酒だ！　なぜこれほどのお酒が、今まで密造酒として販売されているのだ？」

貴族達からは疑問の声が上がり始めた。

ボッチーノ侯爵の手前、表立って言えるものではないが、確実に貴族の間でもその意見は広まりつつあった。

そこに、狙いすましたようにミナトミュラー商会の三等級の『ニホン酒』の問題が話題に上る。

ミナトミュラー商会の『ニホン酒』という新酒は、すでに王家でも評判になっており、絶賛されていたのだ。

そんな王家が絶賛するお酒が三等級扱いというのは、問題なのではないかという雰囲気が王宮では漂い始めていた。

『ドラスタ』に『ニホン酒』、正規の酒造ギルドはこの二つの扱いについて、ギルドとして機能していないのではないかという疑問が投げかけられるのだが、酒造ギルドはこの事について沈黙を通していた。

反論すればぼろが出る。

沈黙は金である。

だが、その沈黙を破らなければいけない事態に酒造ギルドは陥った。

『ニホン酒』を絶賛した国王が、

「この品質で三等級扱いは、不釣り合いではないか？」

と、王宮会議の中で口にしたのだ。

同席していたボッチーノは、血の気が引いた。

国王直々の指摘である。

「恐れながら陛下。その『ニホン酒』の製造元であるミナトミュラー商会はまだ、できたばかりで、安定して製造を続ける体制が整っておりませんから、安定したら二等級に――」

「なんと？　あの美味さで二等級なのか？　……ふむ。そなたのところの酒造ギルドの仕組みは複雑だのう」

国王は、ミナトミュラーの肩を持つわけでもない言い方で疑問を呈すのであったが、ボッチーノは心穏やかではない、国王からの酒造ギルドの印象が悪くなると思ったのだ。

「陛下、申し訳ありません。私が記憶違いしておりました。ミナトミュラー商会には、安定し次第、一等級に上げる予定でした！　ははは、歳を取ると記憶がはっきりしなくなることがあって困りますな！」

ボッチーノはそう言い逃れをした。

「そうか。ならば、ミナトミュラー商会をすぐにでも一等級に格上げしてやるとよい。あの『ニホン酒』が、少量しか製造できないとあっては、儂も困るからなぁ」

「！」

ボッチーノは、どう答えるべきか脳内で計算する。

ミナトミュラー商会は、こちらの調べでは大した製造規模の施設を持っていない。一等級を与えても、今の代で我々を脅かすほどの規模にはなりえないだろう。今は、謎の密造酒銘柄『ドラスタ』以外は脅威にはなるまい。

そこまで一瞬で判断すると、

「左様ですな。陛下の言う通り、ミナトミュラー商会には異例ですが、私の判断で一等級に格上げして『ニホン酒』とやらを沢山作らせましょう！」

と、ボッチーノは恩着せがましく答えるのであった。

「よし！　王家に『ニホン酒』を継続的に献上しておいて良かった！　狙い通りだよ！」

執務室で、リューは執事のマーセナルから渡された酒造ギルドより届いた一等級の証明書を確認して大喜びした。

そして続ける。

「これで、酒造ギルドに堂々と止めを刺せるよ」

リューは、リーンにニヤリと笑って告げるのであった。


リューは早速動き始めた。

というより仕込んでいたものを動かす事にしたというべきか。

ミナトミュラー商会の酒造部門は、一等級の許可証を得た事で、酒造ギルドの幹部入りが自動的に決定している。

酒造ギルドは、準男爵であるリューのミナトミュラー商会が幹部になる事だけでも屈辱的であったが、だがそこはまだ、製造施設規模も小さく、まだ、脅威にはならないと思っていた。

実際、一等級の許可証を発行する際にも使節を送ってその確認、再調査も行っていたのだ。

だが、突然、ミナトミュラー商会が、謎の密造酒銘柄である『ドラスタ』を製造する酒造商会を傘下に入れた事を宣言した。

現在、王都内でボッチーノを抜いて、一番のシェアを誇っていた『ドラスタ』を傘下に入れるという事は、名実ともに王都で一番の酒造商会という事になる。

「そ、そんな馬鹿な⁉　準男爵如きの商会が、我がボッチーノ酒造商会よりも上になるなどありえない！　これは、いかんぞ！　絶対に認められない！」

ボッチーノ侯爵は、愕然としながら、事実を否定する態度を取った。

酒造ギルドの副会長であるヨイドレン侯爵も同意見で、根拠のない陰謀論を唱え始めた。

その内容は、ミナトミュラー商会が、第三国から差し向けられた商会で、王都のお酒にダメージを与えて国内から瓦解させようと目論んでいるという荒唐無稽なものであった。

まあ、リューが計った策略なのは確かであったが、この陰謀論はもちろん誰にも相手にされなかった。

そして、緊急の幹部会が行われる事になる。

会長のボッチーノ侯爵と副会長のヨイドレン侯爵は、ミナトミュラー準男爵の不正を追及するのが目的であったが、リューの方でも、ある目的の為に緊急幹部会の招集に賛同して参加した。

「今回、緊急幹部会を招集したのは、ミナトミュラー商会における陰謀があったと思われるからである！　一等級の許可証を私の温情で与えたら、急に、憎き密造酒銘柄『ドラスタ』の製造元を傘下に入れるなどタイミングが良すぎる！　これは、完全に背後で暗躍していたとしか思えない！

私はここに、ミナトミュラー商会の酒造ギルドからの永久追放と共に、大きな犯罪の可能性から騎士団に突き出すべきだと思う。皆の者もそう思うであろう⁉」

会長のボッチーノは開口一番、そう宣言し、幹部連中に賛同する事を求めた。

「ボッチーノ会長の言う通りだ！　これは、陰謀だ、それ以外考えられぬ！　我々は酒造ギルドの未来を守らねばならない！」

副会長であるヨイドレン侯爵もすぐに賛同した。

「ちょっとよろしいですかな？」

そこへ、古参の幹部であるメーテイン伯爵が、手を挙げた。

「どうした、メーテイン伯爵？」

ボッチーノ侯爵は、自分の意見に賛同するであろう伯爵に、発言する事を認めた。

「実は私の元に、会長と副会長が酒造ギルドを私物化していたという証拠が届いておりましてな。他の幹部のみなさんともその内容について精査した結果、どうやら事実で間違いないという結論に至りました」

「「は？」」

ボッチーノ侯爵とヨイドレン侯爵の二人は寝耳に水という表情で聞き返した。

「今から、ボッチーノ会長とヨイドレン副会長の任を解くと共に、これらの証拠を持って騎士団にお二人を訴える決議を行いたいと思います」

メーテイン伯爵は、淡々とそう告げた。

「賛成です」

ずっと静かにしていたリューが、ここで初めて手を挙げて発言した。

「ちょ、ちょっと待たぬか！　今、我々は、この小僧の永久追放について話し合いを行っていたのではないか⁉」

「お二人の意見には根拠となる証拠がなく議論するに値しないと思われます」

メーテイン伯爵は、そう切って捨てるように告げた。

そして続ける。

「それよりも今は、酒造ギルドの信用を取り戻す為にも、ギルド内の不正を正して、新たな体制作りをする事が求められていると思いますが、みなさんどう思いますかな？」

他の幹部達は、息を呑んだ。

これまで、ボッチーノ、ヨイドレン体制の中、何も言えずに唯々諾々と従ってお酒を造ってきていた。

それが普通になっていたし、そうする事で、利益を得てきたのだ。

それが、今、古参の幹部であるメーテイン伯爵と、新参者であるミナトミュラー準男爵が、ボッチーノ、ヨイドレン両侯爵に嚙みついている。

それも、証拠を持ってだ。

幹部会前に、実際、その証拠について、不正の事実があった事は確認している。

なんとなくやっているのだろうなとは思っていたが、証拠の書類を見せられて、やはりな！　と納得している自分がいた。

これは、酒造ギルドが変わる時なのかもしれない！

「……賛成です。不正は明らかであり、責任を取ってもらわなければいけないと思う」

一人の幹部が挙手して、発言した。

すると、次々に幹部達が挙手する。

「賛成！」

「責任は重い。会長と副会長の解任を要求する！」

「今こそ、変わるべき時だ！」

会長と副会長を除く、幹部達は全員賛同した。

「ボッチーノ侯爵、ヨイドレン侯爵。幹部会全員の賛同を得られたようなので、ここに解任を決定します。そして、この証拠を持って騎士団へ被害届を出す事にします。お二人は、陛下への弁明の為にも、もっともな言い訳を考えておいた方が良いでしょうな」

メーテイン伯爵は、両侯爵に宣告するのであった。

「ぐぬぬ……！　貴様ら我々は侯爵だぞ！　それに、誰のお陰でここまでギルドを大きくして利益を得てきたと思っている！　ただで済むと思っているのか！」

ボッチーノ侯爵は顔を真っ赤にして吠えた。

「ボッチーノ侯爵、あなたの最大にして唯一の利権がこの酒造ギルドにおけるものだった事は調べが付いていますよ。それが無くなった今、誰もあなたに怯える者はいませんよ。ましてや、その侯爵の地位も安泰と思っておられるのですか？　脅す前に自分の心配をした方が良いですよ」

リューが、立ち上がると、ここぞとばかりに発言した。

「！　――くそっ！　準男爵風情が舐めた口をきくな！」

ボッチーノ侯爵は、怒りに身を震わせながら言い返した。

それとは対照的にリューの言葉に、ヨイドレン侯爵の顔は青ざめている。

「その準男爵の商会にあなたは負けたのですよ、ボッチーノ侯爵。あなたはいろんなところから恨みを買っているみたいですね。これまではその地位と権力を恐れてみなが手を出せずにいたのでしょうが、それを失った今、あなたの身は危険かもしれません。夜道には気を付けた方が良いですよ？」

リューが指摘すると、ボッチーノもさすがに自分の置かれた状況がやっと見えてきたのか顔を青ざめさせた。

思い当たる節が沢山あるのだろう。

両侯爵は、こうしてはいられないと、慌てて部屋を飛び出すと馬車に乗り込み、真っ直ぐに自分の屋敷に戻ると、身を潜める事になるのであった。

「それでは、みなさん。僕は新会長にメーテイン伯爵を推薦します」

最早、王都でトップのシェアを持つ酒造商会の会長であるミナトミュラー準男爵の発言に反対する者はいなかった。

逆に、自分が会長に名乗り出ない事に驚く幹部もいたくらいである。

その謙虚な姿勢に幹部達も好感を持ち始めた。

「それでは、副会長にはミナトミュラー準男爵を推したいのだが？」

幹部の一人が提案した。

「賛成だ。私もそれが良いと思う」

会長に推薦されたメーテイン伯爵も賛成すると、全会一致でリューは異例であるが、幹部就任数日で、さらには準男爵でありながら、酒造ギルドの副会長に推薦される事になったのであった。


ボッチーノ、ヨイドレン両侯爵の酒造商会が、酒造ギルドから追放されたという一報は、貴族社会に激震をもたらした。

なにしろ上級貴族な上に、王都の貴族社会に出回っている高級酒はボッチーノ、ヨイドレン酒造商会の銘柄がほとんどだったのだ。

それが、最近、出回っている『ドラスタ』と、『ニホン酒』の攻勢により、押され始めていた。

とはいえ、知名度はもちろん、会長、副会長として酒造ギルドに君臨し、貴族社会でも絶対的地位にあったので、他の貴族達もこの二人を、恭しく扱っていたのだが、一夜にしてその絶対的地位を守るための酒造ギルドの地位を追いやられ、それどころか不正の疑いで訴えられている。

これには、王家も遺憾の意を示したので、どうやら本当のようだと、一層、騒ぎになった。

これをきっかけにボッチーノ、ヨイドレン両侯爵家は没落していく事になるのだがそれはこれから先のお話である。

その話はさておき、さらに驚いた事には、その両侯爵のギルド追放劇の立役者が、酒造ギルド幹部で老舗の商会を経営するメーテイン伯爵と、今、飛ぶ鳥を落とす勢いであるランドマーク伯爵の与力であるミナトミュラー準男爵という下級貴族だったらしい事だ。

「ミナトミュラー準男爵？」

「ランドマーク伯爵のところの三男で、魔法花火の開発者だそうだ」

「ああ、あの！　——だが、なんでその準男爵如きが、両侯爵を追い出せたのだ？」

「知らないのか？　ミナトミュラー準男爵の経営する商会は、『ニホン酒』を造っているところだ。最近、陛下の鶴の一声で、三等級から一等級に格上げされて勢いに乗っていたからな。それを内心快く思っていなかった両侯爵の立場は悪くなっていた。きっと、酒造ギルド内での発言力が増していたんだろう」

「……うーんしかし。準男爵など、その地位はあってないようなものだが？」

「その準男爵とメーテイン伯爵が幹部会で両侯爵の罪を追及した結果、全会一致で追放が決定したそうだから、両侯爵も幹部達から日頃、恨みを買っていたのかもしれんな……」

「なるほど、そういう事か……。ミナトミュラー準男爵は、そのきっかけになったのだな。——ならば理解出来る」

貴族達は憶測も交えて、入ってくる嘘か本当かわからない情報を基に、両侯爵の去就と下級貴族であるミナトミュラー準男爵を話題にするのであったが、この数日後、下級貴族と甘く見ていたミナトミュラー準男爵について新たな情報が飛び込んできた。

ミナトミュラー商会が、謎の密造酒銘柄『ドラスタ』の製造元になっていたのである。

それはつまり、王都における正規の酒造シェアが事実上、一番である事を意味した。

お酒というものは、人類においてとても重要な位置を占めている。

人によっては人類史上最大の発明と言う者もいるであろう。

失脚した両侯爵がそうであったように、そんなお酒の実権を握るという事は、あらゆる所への影響力を持つ事になるのだ。

今や王都は突然、彗星の如く現れたこのミナトミュラー準男爵の話題で持ちきりになるのであった。


「――という事で、全会一致で僕を酒造ギルドの副会長に任命して頂きましたが、今回、辞退したいと思います」

リューは、連日行われていた酒造ギルドの幹部会で、開口一番そう、宣言した。

「ど、どうして⁉」

幹部達は一様に驚いた。

当然である。

副会長の座はどう考えても、権力の中枢に食い込めるほどの力を持つ地位である。

準男爵という低い地位を考えると、副会長の座はそれだけで魅力的なはずであったから、辞退する意味が分からないのだ。

「僕の地位が準男爵と低い以上、副会長の座は相応しくありません。今後の酒造ギルドの立場を悪くする可能性もあります」

「だがしかし、今回のボッチーノ、ヨイドレン両侯爵の追放劇の立役者は、メーテイン伯爵とそなただ。それに、王都内での酒の販売シェアもミナトミュラー商会が一番だ。酒造ギルドの伝統で、一番のシェアを持つ商会のトップは、要職に付くのが習わしでもあるのだぞ？」

「それは、幹部会入りさせてもらった事だけで十分です。準男爵という立場上、これ以上の地位を求めるのは、強欲が過ぎます」

リューは笑ってそう答えると、改めて副会長の座を辞退するのであった。

「なんと無欲な……」

「うちの養子に欲しいくらい謙虚で誠実な人物だな」

「うちの子にこの話を聞かせたいくらいだ」

幹部達は一様に、リューの無欲な態度に感心し、改めて酒造ギルドの未来は明るいと思うのであった。


というのが、リューの表向きの発言であったが、実際は色々と断りたい理由が他にもあった。

まず、現在、ミナトミュラー商会の人手不足がある。

その為リューも忙しい身であり、これから酒造ギルドの悪くなったイメージの回復や、立て直しなど沢山の仕事が山積している状態の酒造ギルドを受け持つ気はないのだ。

副会長になってしまったら、それを一手に任される事になるのは目に見えている。

そんな事、今のリューには無理な話であった。

それに、主家であるランドマーク家以上に目立つ事は避けたい。

主家あってこその与力である。

この立場は絶対だ。

もちろん、主家であるランドマーク家の当主である父ファーザは、そんな事は気にしないであろうが、世間は違う。

寄り親より目立つ与力がいては、他の貴族に示しがつかず、他の貴族もそれを放置しているのを見たら、快く思わないだろう。

それは、ランドマーク家の評判を落とす事にもなるので、リューは断固副会長の座を、拒否するのであった。

「……ならばどうだろう。酒造ギルド会長付き顧問という地位を作り、その地位にミナトミュラー準男爵に付いてもらっては？」

酒造ギルド新会長であるメーテイン伯爵が、そう提案をしてきた。

「……なるほど、それならば、準男爵殿でも会長に付き添って色んな場にも出られますし、王都内一番のシェアを誇る商会の会長である立場としても悪くないですな」

「「「会長の意見に賛成！」」」

幹部達は、この意見に賛同した。

名誉職か、それなら目立たないし、仕事もないし、良いかもしれない！

リューは、メーテイン新会長の配慮に内心で感謝するのであった。

リューの提案を基に試作品がいくつか作られていた三輪車がついに、二種類完成した。

自転車の成功があったので今回はかなりスムーズにいくだろうと思われていたが、意外に完成型になるのには手間取っていた。

何で手間取っていたかというと、動力部分である。

これは自転車と違い、人や荷物を載せられる形のものを作っていた為、耐久性が求められた。

そこで、ベルトドライブより、耐久性に優れているシャフトドライブというものを選んだのだが、それだと駆動性能が落ちるという壁にぶち当たった。

そこで、リューがさらに提案したのが、アシストシステムを作れないかという事だった。

つまり、前世で言うところの電動アシスト自転車の仕組みである。

それをこちらの強みである魔法でどうにか出来ないかと提案したのだ。

これには職人達もかなり悩んだ。

リューの言う代物がよく理解出来なかったのだ。

だが、その無理難題を聞いて俄然やる気を出した男がいた。

それが、今回、ミナトミュラー商会研究開発部門の部長に就任したマッドサイン元子爵であった。

マッドサインは、子爵位を国に返上するとすぐリューの下で働き始めた。

そこで、ミナトミュラー商会で扱う商品の数々に心躍らせていたのだったが、リューの誰も思いつかないような案に、子供のように目を輝かせると、すぐに開発にかかった。

マッドサインの頭の中で、何となくあった彼なりの理論や魔法式などは、活用される事なく脳内で沢山埋もれていたのだが、リューの元ではそれが形になろうとしていたのだ。

その一つが、魔石の活用術であり、一部は研究所時代に『魔法兵器』という形になっていたが、完成型と言える代物ではなかった。

今回のものも、リューの案を聞くまで利用価値が無いと勝手に思っていたのだが、補助するだけでいいのなら使える事に気づいたのである。

魔石の力をメインに考えていたのだが、人がペダルを回転させる力で、魔石の魔力を活性化させ、それによって発生した魔力で回転する力を補助するのだ。

すぐにマッドサインは、それを形にして見せた。

徹夜で、目が血走っているが、活力に溢れている。

「多少大きくなりましたが、このアシストボックスを、運転席のシートの下に入れて場所をあまりとらないようにしてみました」

と、マッドサインはリューに報告する。

ミナトミュラー商会本部前で、その報告を受けたリューは、この短時間で形にしてしまったマッドサインに驚かされた。

この人、本物の天才だ！

イバルから散々言われていたのだが、ここまでとはリューも思っていなかったのだ。

マッドサインには、ちょっと無理と思える事も、少し順序立てて説明すれば理解して形にしてくれるかもしれない！　と、リューは、新たなこの部下を頼もしく思うのであった。

ただし、アシストボックスも全く欠点が無いわけでもない。

マッドサイン本人も言っていたが、まず、アシストボックスが大きいので通常の自転車にはとてもではないが乗せられない。

三輪車だから可能というところか。

さらには、魔石の消耗が激しいという事だ。

だがこれは、タダ同然で手に入るクズ魔石（小さ過ぎて加工に向いていない魔石の事）を大量に、アシストボックスの燃料スペースに投じればいいので、その問題は解消できるだろう。

こうして三輪車の完成形が二種類出来たのであった。

まず一台目は、運転手の後ろに二人ほど人が乗れる椅子が付いている形の屋根付き三輪車である。

これは、完全に異世界版、人力タクシーである。

リューのデザインイメージは、前世の世界の三輪車タクシーであるトゥクトゥクの人力版で、それを軽量化した形であった。

完全に購入者が限られるのだが、実は、この三輪車タクシーは売り物ではない。

これは、ランドマーク商会の方に、タクシー部門を作ってもらう事になっている。

その為に作ったのだ。

王都内には、ランドマークの二輪車貸し出し店も多数あるから、そのお店を拠点に魔石の供給や、待機所にする。

さらにもう一種類は実用性が高い専用荷台のある三輪車である。

これは、上記のタクシーの荷台版だが、運搬目的という大まかなものなので、使用目的は多様であり、欲しがる者も多いはずだ。

だがこれも、最初のうちは、売るつもりはない。

実はこれも、ランドマーク商会の軽運送部門に納品する為に作られたのだ。

馬車で運ぶには少なく、人力だと大変、リヤカーでもいいが、短い時間で運びたい時は、軽運送で！　という隙間産業的な位置づけで営業を開始する予定である。

馬車はなにしろ、馬の飼料に維持費、御者の人件費がかかるから、それなりの目的が無いと中々維持していくのが大変だ。

だが、この三輪車なら、基本的には人件費とタダ同然のクズ魔石代だけで済む。

それも、アシスト付きだから、意外に早く、さらには小回りが利く。

これからは馬車と並んで、重宝される事になると、リューは睨んでいた。

つまり、ランドマーク商会が、新たな産業を生み出し、ミナトミュラー商会がその下支えをする形がまたひとつ出来上がったのである。

「若様、わかっておられると思いますが、基本は王都内での移動に制限してください」

マッドサインが、そう助言した。

「なんで？」

「先程も言いましたが、燃費が悪いので魔石の供給の為に待機所に運搬後、一度戻り補充する必要があります。ですから王都の外に出られて、魔力切れを起こされると、帰りが大変になります」

「……なるほど。それは困るね。弱点もあるけど、王都内だけでも物の動きが活性化出来たら大きな貢献になるし、このままいこう！　──あ、弱点の克服も考えといてね」

リューはまた、無理難題をマッドサインに注文するのであったが、それはもしかしたらマッドサインならいつの日か克服するような発明をするかもしれないと、期待しての事であった。


ノストラ率いる『闇商会』と、ルチーナ率いる『闇夜会』は、苦戦を強いられていた。

相手は西部の一大勢力である『聖銀狼会』である。

先手を打った『聖銀狼会』に対し、『闇商会』と『闇夜会』も反撃して一進一退を繰り広げていたが、両者が王都に事務所や商会、縄張りを置いているのに対し、相手の『聖銀狼会』は、地盤が無く潜伏しては、ゲリラ戦略のようにあらゆる手段を使って狡猾に両者を攻撃していた。

両陣営が営業しているお店の客として現れて襲撃したり、一般人に紛れての騙し討ち。

時には、加工した魔道石を使い派手に事務所を爆破する事で、騎士団や警備隊の監視下に置かれ身動きが取れなくしたりと、その手法は一昔前の『闇組織』のようであった。

敵は、縄張りを荒らす事で一般人を巻き込む事も躊躇しなかった。

これは、裏社会ではご法度の行為であったが、『聖銀狼会』は、それを無視して攻勢を強めている。

一時は『竜星組』が、『聖銀狼会』の大幹部が暗号を部下に送って命令を出している事を解明し、手の内を読んでいたのだが、敵も馬鹿ではない。

失敗が続くと手法を変えて部下に別の方法で指令を送っているようだった。

こうして、『聖銀狼会』のペースで、地の利があるはずの『闇商会』と『闇夜会』は、泥沼にハマっていった。

その中、『竜星組』は、『闇商会』と『闇夜会』に協力を申し出ていたが、両者が自分達の面子の手前、『竜星組』の参戦を断って『聖銀狼会』と戦う事を決していたので、時折、両者に情報を流す事しか出来ずにいた。

そして、悪循環は続くもので、連日連夜、王都で起きる騒動に、警備隊と騎士団もピリピリして、『闇商会』と『闇夜会』の関係者を連行する事も増えてきた。

警備隊と騎士団は、『闇商会』と『闇夜会』の両者がやり合っていると未だに信じていたのだ。

もちろん、『闇商会』と、『闇夜会』の関係者はやってないと供述して、あとはだんまりである。

裏社会には裏社会の暗黙の了解があり、抗争に部外者が関わる事を、ことさら嫌う。

まして、取り締まる側の人間を関わらせる事など以ての外だ。

それだけに全ては事故、個人の言い争い、喧嘩などで処理するしか解決方法が無いのが、現状であった。

その間、『竜星組』も手をこまねいていたわけではない。

両者に手を出すなと言われているが、独自に人手不足の合間にも人員を割いて、襲撃犯である『聖銀狼会』の実行犯達の潜伏先を探させていた。

だがこれが中々見つからない。

土地勘が無いはずの『聖銀狼会』が、こうも巧みに王都の三大組織のうちの二つを相手に立ち回っているのが不可解であった。

これには、情報戦に自信があった『竜星組』も不思議で仕方がない。

未だ部下からは隠れ家と思われる重要な情報は上がってきていないのだ。

まるで、リューの『次元回廊』でも、使っているようであった。

もちろん、リューはこの可能性も考えたが、自分で言うのもなんだが、こんな珍しい能力が裏社会に二つも存在するとは思えないから、他の可能性を探るしかない。

そうなるとやはり、王都に地の利がある誰かが手引きしている事になるのだが、その一番の可能性である『雷蛮会』は、当然ながら蚊帳の外に扱われて憤慨している状況であったから、その可能性は消えていた。

その考えを頭の中で否定した時、リューは一つの可能性が頭を過ぎった。

「もしかして……。──マルコ。『上弦の闇』の残党で、『雷蛮会』に吸収されていない連中って、今、どうなっているの？」

マルコに確認の為に聞いてみた。

その質問に、

「……その可能性は考えていませんでした。なるほど、『上弦の闇』の残党なら王都について詳しいし、他所の組織を招き入れる理由も持っていますね。──調べさせます！」

と、マルコは、リューの指摘に可能性を見出すと部下に調べるように命令した。

「これが当たりなら、地の利もうまく克服して念入りに策を練っていたんだろうね、あっちは……」

リューは改めて敵の用意周到さに、感心するのであった。

「敵ながら、あっぱれだね。それだけ王都進出の夢が本気という事か……」

「ですが、我々としては、叩き潰さなくてはならないです」

マルコが、答える。

「そうだね。うちはマイスタの住民でもあり、同盟を結んでいる『闇商会』と『闇夜会』が手痛いダメージを受けているのを見過ごせない。すでにあちらはやる気十分。それに明日は我が身だろう。だから、徹底的に調べ上げて奴らの頭上に鉄槌を下し、王都進出の夢を打ち砕かないといけない」

リューにしては、厳しい言葉がその口から洩れたのであった。


だが、リューの思いも虚しく、上弦の闇の残党は地下に潜っているのか見つからなかった。

というか近隣住民の証言から、どうやら『聖銀狼会』が進出してきた時期を境に『上弦の闇』の残党は消えたようだ。

「残党が、クロ……、みたいだね」

情報元は、確定した。

だが、肝心の『聖銀狼会』の元まで辿り着かない。

「大幹部ゴドーと、その右腕の兎人族の動きは？」

「ありません。これまでのやり方から完全に手法を変えたみたいです」

マルコが、リューにそんな報告しかできない事に申し訳ないという顔で答えた。

「うーん。あまりにも情報が無さすぎるよね……何か見落としている気が……」

リューは考える。

リーンもその傍で、考え込んだ。

「ねぇ、リュー？　本当に王都中を調べさせているのよね？」

「うん？　――そうだよね、マルコ？」

「はい、もちろんです。敵の縄張りどころか、『闇商会』、『闇夜会』の味方の縄張りまで調べ上げています」

「……あ。――もしかして……！　――マルコ、若い衆を率いているアントニオと、ミゲルを呼んで。もしかしたら、敵の潜んでいる場所がわかったかもしれない」

リューは、何か確信をもってマルコに答えるのであった。


リューは、現在、警備隊や騎士団に顔を覚えられておらず、動きが取れる若い衆を率いて王都内を探索していた指揮官である魔境の森修行組、アントニオとミゲルを、呼び出した。

二人は未だ『聖銀狼会』の襲撃犯達の潜む場所を見つけられずにいたので、リューからの呼び出しは叱責を受けるのだと思い、緊張していた。

「二人共、まだ成果は上がってないみたいだね」

「す、すみません、若様！」

言い訳は無しだ。若様はそんなものは求めていないだろう。

二人はそう思い、すぐに謝罪した。

「え？　――ああ、違うよ二人共。二人には一つ確認しておきたい事があって呼んだんだ」

リューはそう返答すると、これまでの王都での探索エリアを詳しく聞いた。

「……なるほどね。隅々まで探しているのはわかったよ。これで確信が持てた。――二人共、今から王都における竜星組の縄張りを徹底して探してくれる？」

「自分達の縄張り……、ですか？」

アントニオとミゲルはリューの言葉にキツネに抓まれたかのように驚いた顔をした。

「そう、これだけ探して見つからないなら、敵はうちの縄張りに潜んでいると考えた方が良いと思ってね。多分、すぐに見つかると思う」

リューは確信めいた言い方をした。

「……確かに……。うちの縄張りは探していませんでした。もし、いたら近所の住民から報告が上がると思って高を括っていたところがありますし……。早速、部下を呼び戻して縄張り内を探させます！」

アントニオはリューの指摘に納得すると、ミゲルと共に執務室を出て行くのであった。

「もし、リューの予想が的中しているなら、『聖銀狼会』も大胆な事をするわね」

リーンが、呆れた様に口を開いた。

「大幹部のゴドーの発案なのか、その傍にいる兎人族のラーシュか……。多分、ラーシュという参謀タイプの男だろうね。ゴドーという男は、武人タイプの豪快な男だと聞いているし」

「その認識で間違っていないかと思います」

執事のマーセナルがリューの机から決裁済みの書類をいくつか受け取りながら告げた。

「これであちらの先制攻撃の鼻っ柱をへし折る事が出来そうだけど、大幹部のゴドーとその参謀であるラーシュの処置をどうするかだね」

この二人は大胆に王都で未だ観光をして戦況を窺っている状況である。

監視されているのもわかっているから、逃げる事はなさそうだ。

きっと、勝てるとの確信があるからだろう。

そこがまた、憎らしいところではあるが、今のところは結果を出していたのでこの大胆不敵な二人はそれなりにリューも評価している。

「まずは、相手の先兵隊殲滅でしょ？　うちは人手不足で二百人近い先兵を殲滅して捕らえる数を揃える事は出来ないんだからね？」

リーンが、厳しい指摘をした。

そうなのだ、現在事業の展開と、ランドマーク本領に兵隊を送っている事から、人手不足は深刻なのだ。

「今回は、さすがに僕も出るよ。リーン、イバル君、執事助手のタンク、アントニオ、ミゲル、それぞれ隊を率いて敵が潜んでいる各所を同時多発的に襲撃してもらうから。スード君は、僕の護衛ね」

「ボクはどうなの？」

メイドのアーサが、リューのお茶を入れながら聞いてきた。

「アーサは、メイドなんだからこの屋敷を守ってよ」

リューは笑って注意するのであった。

「なんだよ、若様！　執事助手のタンクも参加するって事は総動員じゃないか！　ボクも参加させてよ！」

「うーん……、仕方ないなぁ……。じゃあ、僕のところの兵を他に回してアーサは僕の下でお願いしようかな」

「やった！　ボク、頑張るよ！」

アーサは、気合十分のようだ。

いや、アーサ。君が頑張ると無駄に死体が増えるから程々にね？

リューは、内心ツッコミを入れるのであった。


数日後――

リューの元に、竜星組の縄張り内で不審な集団が何か所にも、住み着いているという調査報告が上がってきた。

近隣住民は、この集団が竜星組の関係者だと思っていたようだ。

と言うのも、特に悪さをするでもなく、日頃から挨拶もしてくれる。

それどころかトラブルが起きると間に入ってくれて、事が荒立たないように目を配ってくれるらしい。

だから、竜星組の関係者らしいという勝手な思い込みで、竜星組の事務所に近隣住民は誰も報告していなかったようだ。

「完全に馴染んでくれているね。トラブル介入は、騒がれて関係者が来ると自分達が目立つと思ったんだろうなぁ。最後は、竜星組の関係者を装って溶け込んでいるのがわかるよ」

敵を褒めるリューであったが、

「とはいえ、うちを隠れ蓑に使って、『闇商会』と『闇夜会』に大ダメージを与えたのは事実。きっちりと落とし前を付けさせてもらわないとね」

と、リューはそう告げると、若い衆の招集を行うのであった。

兵隊が集まるとすぐに編成して隊に分かれる。

「マルコ、それじゃあ、大幹部ゴドーと参謀ラーシュはよろしくね。――それではみんな、各自、時間を合わせて敵拠点の襲撃を行う。近隣住民に最大限迷惑を掛けないように動いてください。――気合入れろ、野郎共！　それでは行くよー！」

「「「おお！」」」

集められた若い衆達は、リューの檄に気合を入れる。

こうして、『竜星組』による反撃が始まるのであった。

マルコは、王都の観光地の一つである空木の塔を訪れていた。

そこには観光客が多く訪れ、眼下に広がる王都の景色を楽しんでいる。

そこに、大きい体躯に強面の『聖銀狼会』大幹部ゴドーと、その参謀で兎人族の小柄なラーシュもいた。

「初めまして。お二方にお話がありまして」

マルコは、その切れ長で表情が読み取りづらい細目で、ゴドーとラーシュに軽く会釈した。

「どちらさんかな？」

大幹部ゴドーが、じろりとマルコを睨むと応対した。

この素振りだけで普通の者なら怯えて凍り付きそうだ。

「私は竜星組幹部、マルコと申します。この度は、警告に参りました」

マルコはゴドーの睨みにも臆することなく、堂々と告げた。

「ほう……。竜星組の幹部か。それで警告とは？」

ゴドーが、不敵な笑みを浮かべて答えた。

「そちらが王都に潜入させた兵隊を即刻、地元に撤退させるなら、黙って見送ります。しかし、うちの盟友に今後もちょっかいを出す気なら、お宅の先兵隊は痛い目を見る事になります」

「ふはは！　何かと思ったら、一銅貨にもならない脅しを王都で一番有名な『竜星組』の幹部の口から聞くとはな！」

『聖銀狼会』の大幹部ゴドーはマルコの提案を一笑した。

傍にいる参謀である兎人族のラーシュも「くくっ！」と、笑った。

「なるほど、聞いてもらえませんか。それならば仕方がない。『聖銀狼会』は、うちを敵に回すという事ですね？」

「おいおい、何を熱くなっている。俺は王都観光に来ただけだぞ？　うちの兵隊が王都に来ている証拠など一つもないだろう？　ふはは！」

ずっと先手を取っている『聖銀狼会』である。余裕が違う。

「まさか『竜星組』というのは被害妄想だけで、『聖銀狼会』に喧嘩を売るつもりですか？」

参謀のラーシュが、マルコを小馬鹿にしたように挑発する。

「ほう……。それでは、王都内にいるそちらの兵隊は『竜星組』で処理しても構わないですかな？」

マルコの目が一層鋭くなった。

「見つかればな？　そもそもうちの兵隊は王都内にはおらんよ。ふはは！」

ゴドーはそう嘯《うそぶ》くとまた、笑うのであった。

「……わかりました。——おい、やれ」

マルコは、背後にいる部下にそう声を掛けた。

ゴドーとラーシュは一瞬身構えた。

マルコの部下は、鉄の筒を用意すると、そこに魔石を入れる。

そして、上空に魔法を打ち上げた。

魔法花火の改良版である信号弾だ。

上空に音も無く打ち上がった信号弾は王都の空に、日中でありながらまばゆい光を発して、ゆっくり落ちて消えていった。

「……何の催しかな？」

ゴドーが、不穏な気配を感じ取って、マルコにこの事態を聞いた。

「もうすぐ、報告があります。それまで観光をお楽しみください」

マルコは、ニヤリと口元に笑みを浮かべると、それ以上答えないのであった。


「合図が来たね。――それではみんな作戦通りに」

そう命令したのはリューの率いる黒ずくめの一隊であった。

傍にはスードとアーサもいるが、人数は二十人程しかいない。

それも、敵の隠れ家である入り組んだ建物に突入するのはリューとスード、アーサの三人だけで、他のメンバーは隠れ家を取り巻き、逃げ道を塞ぐ為に散る。

そして、黒ずくめの子供二人が、見張りに近づいていく。

「何だい、坊や達。ここは君らの来るような場所じゃないよ。竜星組の関係者以外お断りだからね」

無意味に脅して、近隣住民の警戒心を刺激しない為だろう見張りは優しく言った。

「なら、大丈夫だよ。僕達、その関係者だから」

リューが答えた瞬間、もう一人の子供、スードが動いた。

二人の見張りはスードの手が動いたと思ったら、その場に崩れ落ちる。

「スード君、また、剣を振る速度早くなったね！」

リューは感心しながら、隠れ家の奥に入っていく。

「何だ、このガキ？　おい、見張りはどうした？」

すぐに遭遇する敵も、子供相手で油断していた。

スードがそれを目にも止まらない剣捌きで峰うちに仕留めていく。

敵は声を上げる暇もなくその場に倒れた。

「僕の活躍の場は無いかな」

リューは、この護衛の成長に満足しながら、中に入ると広間には二十人以上の敵が寛《くつろ》いでいた。

「これは早速、前言撤回。――行くよ？」

リューはスードに一言、そう告げると、敵に襲い掛かる。

一瞬で三人が壁に吹き飛んだ。

まるでリューが一撃で三人を仕留めたようにしか見えない。

「なんだ、こいつら!?」

『聖銀狼会』の先兵隊は不意打ちを仕掛けてきた子供の、目を疑う動きに凍り付いた。

「僕達は『竜星組』だよ。君達はやり過ぎたから、ここで終わりです」

リューはそう答えて、また近くにいた二人を瞬時に殴り飛ばして壁に吹き飛ばす。

「『竜星組』⁉　――『竜星組』の奇襲だ！」

『聖銀狼会』の隠れ家は一瞬にして蜂の巣を突いたような大騒ぎになった。

部屋からも慌てて敵が現れるが、リューとスードは驚きもせずに立ちはだかる敵をなぎ倒していく。

そこへ奥からも悲鳴が上がった。

裏から突入したアーサが暴れ始めたようだ。

悲鳴が上がるという事は、一応、手加減して怪我だけで済ませているようである。

こうして、大騒ぎの隠れ家は、阿鼻叫喚の地獄絵図に変わっていく。

リューとスードは、打撃で敵を仕留めるのに対し、アーサは刃物を駆使して敵の戦意を挫く為に戦闘力を奪っていくのだが、だからこそ、悲鳴も上がるし、血飛沫も舞う。

壁は血で派手に彩られ、逃げる敵は背中にアーサのナイフが刺さって絶叫する。

やり過ぎな気もするが、これが報復というものである。

そこに、待機していた部下達が敵を縛り上げていく。

リュー率いる隊は、こうして敵の隠れ家の一つを短時間で制圧するのであった。

同じような事は、他の場所でも起こっていた。

イバル隊、元冒険者であり執事マーセナルの助手を務めるタンク隊、そして、魔境の森修行組であるアントニオ隊にミゲル隊も敵の隠れ家を襲撃して、『竜星組』の怖さを叩き込むように徹底的に叩いた。

王都内の各所の上空には、敵の隠れ家を叩いた部隊からの信号弾が上がって、マルコにそれを知らせる。

「あの信号弾の意味が分かりますか?」

マルコは悠然と、『聖銀狼会』の大幹部であるゴドーと参謀ラーシュに聞く。

「……さぁな」

嫌な予感がしたゴドーであったが、まさかとまでは思わない。

自分達は上手くやっている、その自信があったからだ。

それは、参謀のラーシュも同じであった。

「終わったんだよ。お前らの企みは」

丁寧な言葉で応対していたマルコの口調がガラッと変わり冷淡に告げた。

そして続ける。

「それでは行こうか。次の観光地に」

マルコはそう告げると、ゴドーとラーシュに塔から降りるように案内する素振りを見せるのであった。

抗争の結末ですが何か？

マルコの案内で『聖銀狼会』の大幹部であるゴドーとその参謀であるラーシュは、馬車に乗って王都内を移動する事になった。

行く先は、竜星組の縄張りがある地域だ。

「どこに案内してくれるのかな？」

ここに来ても大幹部のゴドーは余裕の構えである。

だが、一緒にいる参謀のラーシュは車外の景色にそわそわしだしていた。

どうやら見覚えがあるようだ。

「この辺りはうちの縄張りで、治安も良くてな。余所者も受け入れるので顔見知りでない者も結構多いんだが……」

マルコがゴドーに説明するでもなくそう口にした。

そして続ける。

「竜星組のシマと知って悪さする奴は、その日のうちに失踪する事が多くてな？　今日は、団体でそうなりそうなんだが……、どうする？」

マルコが、車内で正面に座るゴドーに視線を送った。

その視線にもゴドーは怯まない。

しかし、参謀のラーシュは、マルコの言う事に信憑性を感じる理由があるのかゴドーに何か言いたそうにしている。

その目は前髪に隠れて見えないが、その雰囲気は十分マルコにも伝わってきていた。

「おっと？　到着したようだ……」

マルコは景色を見て言うと、それが合図のように馬車も停車する。

降りるとすぐに、参謀のラーシュは、大幹部ゴドーをマルコから引き離すように引っ張り、コソコソと話を始めた。

「頭、この地域は、うちの手下達を潜伏させているところです……。偶然かもしれませんが十分用心してください」

「何……!?　まさかバレたのか……？」

「ハッタリかもしれません。奴ら焦ってカマかけている可能性も高いです」

ラーシュはマルコの方を警戒しながらゴドーに耳打ちした。

ゴドーは無言で頷くと、マルコに相対した。

「……で？　俺達をこんなところに連れて来てどうしたいんだ？　まさか、ここが観光地だとでも？」

ゴドーは、ラーシュから重要な事を知らされても動揺を見せず、豪胆に振舞った。

「お宅らには一等に優れた観光地になるかもしれないいな」

マルコは、もう、敬語を使う様子もなく、入り組んだ建物奥に入っていく。

ゴドーとラーシュは、無言で視線を交わすとマルコの後をついて行く。

すると開けた広場に沢山の人が集まっていた。

中心には縛り上げられたボロボロの連中が力なく集められている。

一帯には一般人とは思えない黒装束姿の一団がそれを囲んでいた。

「こいつらはうちの部下達なんで、怯えなくていいぜ」

マルコが、ゴドーとラーシュにそう告げると、続けた。

「さあ、ここが今、王都で一番熱い観光地だ。よく目を凝らしてみると良い。驚く顔ぶれがあるんじゃないか？」

ラーシュはすでに気づいているのか、顔が青ざめている。

それに気づいたゴドーは、縛り上げられているのが、自分のところの手下達である事を察したのであった。

だが、ゴドーはそれでも動揺を見せない。

「こいつらが、どうかしたのか？　一見するにみな傷ついてボロボロみたいだが？」

「おやおや、これは豪胆な事で。――数を数えるとわかるが、死人も出ている。もちろん、うちの部下には一人も死人は出ていないがな？」

マルコが、回りくどくゴドーに状況を報告した。

「……それがどうした？」

ゴドーも、さすがに自分のところの精鋭である先兵部隊が、敵の命を一人も奪えず、死傷者を出して捕らえられている事に、内心動揺した。

「お宅は言ったよな。王都に自分の手下はいないと。——確かにこいつらは口が堅いようだ。今のところはまだ、自分達がどこの所属かは吐いていない。だが、うちには確信があるからなぁ。——どうする？　このまま、こいつらを『闇商会』と『闇夜会』に引き渡して処分してもらってもいいんだが？」

「ゴドーの頭……！」

ラーシュが、大幹部ゴドーにすがる様に視線を送った。

「ぐぬぬ……！　——どうしろと……？」

ゴドーはここでやっと自分の手下である事を間接的に認めたのであった。

「今回の一連の騒ぎの罪を認めて、お前ら二人は『聖銀狼会』を代表して騎士団に出頭しろ。王都で沢山の死傷者を出したんだ。死罪は避けられないが、こいつらは死なずに済むかもしれない」

マルコは、ゴドーとラーシュに死刑宣告をした。

「！」

ラーシュは驚いて、マルコを睨んだ。

「まさか、卑怯だとか言うなよ？　仕掛けてきたのはそっちだ。それに最初に警告したよな？　だが、そちらはそれを蹴った。だから今、こうなっている。——さあ、選べ。そして王都を混乱させた罪を償え」

「……わかった。先兵隊の大将を務めた大幹部である俺が責任を負う。だからこいつは許してもらえないか？」

ゴドーはラーシュの命乞いをした。

「いいや。それは、できないな。そいつは今回の作戦を立案した主犯だろ？　その罪は大きい」

マルコは無情に命乞いをきっぱりと断った。

「ならば、貴様の命を取るまでよ！」

そう言うとゴドーはその大きな体躯からは予想もつかない俊敏な動きでマルコに襲い掛かった。

するとマルコの傍を黒い影が一瞬通り過ぎて、ゴドーの体に吸い込まれていった。

次の瞬間、その黒い影が弾けたようにゴドーは後方に吹き飛ぶと壁に叩きつけられて動かなくなった。

その影の正体は、黒装束の一団に紛れ込んで様子を見ていたリューであった。

「で、参謀のラーシュ。これ以上醜態を晒すか？」

マルコは、呆然と立ち竦む兎人族の参謀に確認する。

「……わかった。ゴドーの頭と二人で出頭する……」

ラーシュは絞り出すようにそう答えると、その場に膝を突いた。

「……いや、その参謀君は、『聖銀狼会』との取引材料にしようか」

大幹部ゴドーを一撃で仕留めた黒装束の小柄な影、リューが急に方針転換してマルコにそうこっそりと提案するのであった。

マルコは、リューの指示とは関係なく、ノストラとルチーナに今回の抗争が一応収まった事を報告する為に、マイスタの街の建物の一角で落ち合っていた。

「何の用だ、マルコ。俺達は『聖銀狼会』への反撃の為に色々と忙しいんだが？」

「そうさね。奴らを見つけ出すのに苦慮しているんだよ」

ノストラとルチーナはかなりイライラしているようだ。

縄張りである王都を好きに暴れられていたのだ。

イライラが募るのも仕方がないだろう。

「その事で報告に来たんだよ。今日の昼、うちの兵隊が『聖銀狼会』の数か所ある隠れ家を発見して、これを一掃した。また、先兵隊を率いていた大幹部ゴドーは、襲撃を認めて騎士団に出頭させた」

「な⁉　──お前ら『竜星組』は、今回、手出ししないはずだっただろうが！　何で余計なことしやがった⁉」

「そうだよ！　あたしらの問題だろ！」

ノストラとルチーナは、お互い自分の率いる組織の面子がある。

今回の『竜星組』の抜け駆けとも思える行動に怒りを見せた。

「おいおい。こっちは『竜星組』の縄張り内にいる害虫を駆除しただけだ。それが結果的に『聖銀狼会』だっただけの話。それが約束を反故にしたかのように言われるのは心外だぞ？」

マルコは、旧知の中である二人に言い寄られても微動だにせず、言い返した。

「……それで、ゴドーが出頭だと？　どんな手を使いやがった……？」

「……それで敵は全滅したのかい……？」

二人は、マルコの反論にとっさに言い返せず、最初、言葉に詰まったが、質問する事でお茶を濁した。

「二人とも。もう一度言うが、うちは『竜星組』の縄張り内での問題を解決しただけだ。それが、結果的に『聖銀狼会』が相手の抗争であってもだ。若も自分に降りかかる火の粉を払っただけ、そこは理解してもらおう」

マルコは、二人に念を押す。

「「……」」

「そこで、ゴドーと手下の一部には今回の抗争の責任を全て被ってもらった。これで、王都の緊急配備は解かれるだろう。そして、『聖銀狼会』とも、今回の件について問題解決の為にうちから人をやる事になっているから、後は任せてもらう」

「ちょっと待ちな！　あたしらと『聖銀狼会』の問題だよ！」

ルチーナが、堪り兼ねて言い募った。

「抗争の当事者同士で、話し合いになるわけないだろ。だから間にうちが入るんだ」

「しかし……」

ノストラも納得がいかないようだ。

「二人共、今回の抗争で大損害を受けたのは事実だろ？　うちの若は、そんな『闇商会』と『闇夜会』を援助すると言っている。同じマイスタの住民だからと言ってな。そこで、俺からも提案がある」

「……提案、だと？」

ノストラが、何を言うつもりだと、マルコを不審の目で睨んだ。

ルチーナは、援助という言葉に、少し心動いたようだが、すぐに、提案とやらにまた警戒した。

「二人共。若の下で働かないか？」

「……それは『竜星組』組長の判断か？」

ノストラが、殺気を漂わせてマルコに問い質した。

こちらが大損害を受けた事を幸いに、弱った自分達を下に見ていると思ったのだ。

「うちの若がそんな事言うものか。若にとってはな、マイスタに本拠地を置く『闇商会』も『闇夜会』も守るべき同じマイスタの住民なんだよ。だから助けもするし、守ろうと動きもする。――これはな、俺個人の意見だ。今回、うちが『聖銀狼会』の先兵隊を全滅させて王都進出を防ぐ事になったが、『闇商会』と『闇夜会』も無傷では済まなかっただろ？　つまり、敵はまた、倒せない敵ではないと判断して二手目三手目を打ってくる可能性がある。だが、ここで俺達が一つになって大きくなってみろ。奴らも簡単に手を出せないと警戒するはずだ。それは結果的に王都の平和、かつ、若の平穏な時間になるんだよ。だから提案している」

それを聞いて言葉に詰まる二人。

自分達は面子にかけて独立独歩の姿勢をとっているのだが、『竜星組』の組長はその上をいっていた。

確かにマルコの言う通り、『聖銀狼会』の再度の王都進出は、王都に以前の『闇組織』のような巨大な組織がいない事がきっかけになっているだろう。

それを考えたら、一番の勢力であり、マイスタの街の住民の支持を集める『竜星組』の下に付いて王都の裏社会に鎮座する事が、『聖銀狼会』を始めとした外敵への抑止力になるのだ。

「……少し考えさせてくれ」

ノストラが絞り出すように、答えた。

「ノストラ⁉」

ルチーナが驚いて反応した。

「急かす気はないが、『聖銀狼会』に付け入る隙だけは与えたくない。それと、マイスタの街は一つである事が望ましい」

「「……わかっている」」

二人はマルコにそう答えると、その場を後にするのであった。


数日後。

リューからの提案で、緊急連絡会が開かれる。

お題目は、『聖銀狼会』への今後の対応についてや、『闇商会』と『闇夜会』の被害状況の確認、そして支援についてであった。

リューは、両組織を支援する気満々で、両者が素直に支援を受ける為にはどう説得したものかと考えていた。

そんな思いに反して、神妙な面持ちのノストラとルチーナに、え？　なんか空気重くない？　と、リューは思わず息を呑んだ。

そしてリューは、勝手にうちが動いて先兵隊を全滅させたから、面子を潰されたとやっぱり怒っている？　と、勘繰るのであった。

そんな中、マルコが、進行役を務め、話し合いが始まった。

進行する中で、ノストラに発言の機会が回ってきた。

「……うちは今回の抗争で結構な被害を被った。人材こそ被害はマシだが、財政状況がかなり悪い」

ノストラが緊張感のある雰囲気の中、話す。

「……『闇夜会』も同じさね。営業を再開するにしても火事で焼けた店舗も多い。今後の運営自体が難しい縄張りも多い」

ルチーナも同じように何か緊張している様子だ。

……やっぱり、凄い雰囲気重いよね？　――あ、お金を借りたいのか！　それならうちが出すつもりでいたし！

リューはそう悟るとこちらからチャンスとばかりに申し出ようとした時であった。

「お宅に入れてもらえないか？」

ノストラがついに切り出した。

「うちもだよ」

と、ルチーナ。

「え？」

何を言っているのかわからず、固まるリュー。

「「『竜星組』の傘下に入れてもらえないか？」」

二人が再度そう切り出した。

「え？　……えーーーー!?」

リューは二人の意外な申し出に、驚くのであった。

リューは、両者の申し出に困惑した。

「あの……お金なら貸しますよ？」

『闇商会』と『闇夜会』の財政状態が悪いというのは伝わってきたので、弱気な発言はそれが原因だろうと思ったリューは提案した。

「……聞いてなかったのか？　俺もルチーナのとこも、お宅の傘下に入れてほしいと言っているんだよ」

「そうだよ。わからない奴だね。大の大人が……いや、違う、子供だったわね……。ともかくあたしらが傘下に入りたいと言っているんだよ」

と、ルチーナもノストラに追従して答えた。

「でも何で？」

マルコから何も聞かされていないので、リューにしてみれば困惑以外の何物でもない提案である。

「今後も『聖銀狼会』の王都進出の野望は尽きない可能性が高い。それに対抗する為には、マイスタの街は一致団結して事に当たる体制を作る事が重要だと判断したんだよ」

ノストラは、ため息交じりにそう答えた。

「その為にはあたしらがバラバラだと相手にも舐められるという事を今回痛感したのさ。巨大な『闇組織』時代なら、『聖銀狼会』も王都進出に躊躇したはずだからね。だから傘下に入れてほしいのさ。――なんなら、部下達だけでもいいいんだよ？　あいつらを路頭に迷わせるわけにもいかないからね」

ルチーナは、引退も辞さない発言をした。

「……本気なんですね？」

「伊達や酔狂でこんな事言えるかよ」

ノストラが、淡々と答えた。

どうやら、一度口にして肩の荷が下りたような顔をしている。

「うちもだよ。女のあたしにここまで言わせたんだ。これ以上、頭を下げさせる気かい？」

ルチーナも、言いたい事を吐き出して、すっきりしたようだ。

先程までの緊張した面持ちが、二人から消えていた。

「うちも人手不足で困っていたのでもちろん、大歓迎です！　お二人には大幹部として竜星組傘下に入ってもらいます。そうだ、『闇商会』と『闇夜会』は残しておきましょうか？　それなら混乱

もなく済みそうですし」

「おいおい。看板を残してどうするよ。マイスタの街は一つでないといけないだろ」

ノストラがもっともな指摘をした。

「そうさね。あたしらはマイスタの街の住民。『竜星組』の下にこれから一丸となる。それが良い形さ」

ルチーナもノストラに賛同する。

リューは二人の提案に自然と笑顔になる。

同席しているリーンとマルコ、スードの方に振り返って確認する。

みんな笑顔で頷いていた。

「――わかりました。それでは、これより、『闇商会』と『闇夜会』は『竜星組』の傘下に入ってもらい、王都の裏社会で一番になって外敵からの侵入を防ぐ体制を作りたいと思います！」

リューはそう宣言すると、ノストラとルチーナ、そして、その部下達も大きく頷いた。

「じゃあ、早速、人員の振り分けや両組織の得意とした分野を一部門として『竜星組』内に設立しましょう。二人に説明したいから、マルコ、組織図は？」

「シーツ。こちらに例のものを持って来てくれ」

リューの言葉に準備していたマルコは、助手である元執事のシーツを室内に呼ぶ。

「じゃあ、机に広げて」

こうして新たな大幹部ノストラとルチーナの二人を迎え、『竜星組』は新たな船出を開始する事になったのであった。

現在、親であるランドマーク家、そしてその下にミナトミュラー家がある。

そのミナトミュラー家の元には、表の顔である『ミナトミュラー商会』と、裏の顔である『竜星組』がある。

現在、ランスキーが表の顔である『ミナトミュラー商会』の責任者であるが、そのランスキーを、リューは二つの顔をまとめる本部長に据える事にした。

そして、ミナトミュラー商会の責任者にノストラを据える。

ノストラは元々、商会ギルドの職員を務めていたので、適任だろう。

もちろん会長は、リューである。

そして、『竜星組』の組長はリュー、責任者はマルコのまま。

ルチーナは、表と裏、どちらともに跨る責任者である。

ルチーナは元々、金貸し業の表の顔、夜のお店の裏の顔を使い分けていたので、そのパイプ役として向いている。

どうしても表と裏で分けて考えがちなのでルチーナの存在は今後、表と裏の組織の橋渡し的な立ち位置だ。

だから、トップのリューがいて、下にランスキー、その下に、マルコ、ノストラ、ルチーナの三人がいる形になる。

もちろん、リーンは、リューに続くナンバー二である。

イバルやスードは、街長であるリューの友人であり、直属の部下になる。

イバルはよく『ミナトミュラー商会』の各部門に助っ人として顔を出しているが、実は『竜星組』の方にもよく顔を出している。

イバルは、リューの右腕が、リーンなら、左腕はイバルという形に将来的にはなるだろう。

スードは専らリューの護衛として剣の腕を上げているので立ち位置は変わらない。

各自、リューの考えにより適材適所で配置された形であった。

これには新参のノストラ、ルチーナも素直に納得した。

さらに『闇商会』、『闇夜会』の人事もすぐに滞りなく数日のうちに振り分けられる。

『ミナトミュラー商会』と、『竜星組』と仕事内容が被っていた者達は人手不足で困っている部門に適正に、振り分けられた。

なにしろ今は、ランスキーを始めとしたミナトミュラー家の戦力が本家であるランドマーク家の領境のトラブルの支援の為に大幅離脱していたから、それを埋めてくれた形である。

これにはリューも安堵した。

元々両組織の人材もマイスタの住民が中心の構成であるから、すぐに馴染むし、戦力としても一流どころなので各部門で混乱する事もない。

さらに今回の抗争で被害を受けたと言っても、財政面であり、人材の方は負傷者は多いが、死者は少ない方だ。

その被害が大きい財政面の補填は、ミナトミュラー家の財政事情からすると心配する事無くすぐ終わったから、ミナトミュラー家は、この数日の間に一転して人材が溢れ、竜星組のシマは一気に三倍近くになったのであった。

王都の裏社会では一聞するとあり得ないと思われる噂が流れ始めていた。

それは、王都の三大裏組織である『闇商会』と『闇夜会』が、『竜星組』の傘下に入ったというものだった。

「どこの情報だよ。大体『闇商会』と『闇夜会』は抗争中だろ？　その二者がなんで急に仲良く『竜星組』の傘下に入るんだよ」

「馬鹿、その抗争情報自体がガセだぜ？　なんでも王都以外の裏組織が王都進出を狙って仕掛けたデマ情報だったらしい。最近、その組織の幹部を名乗る奴が騎士団に出頭したんだってよ」

「それ、俺も聞いた！　何でも沢山の部下を引き連れて出頭して来たらしいな。となると、二つの組織が弱ったところに付け入った『竜星組』が、漁夫の利を得た感じか？」

「それも、違うぜ。今回の抗争の間に体を張って止めたのが『竜星組』だったのさ。それに感じ入った『闇商会』と『闇夜会』が、傘下に入る事を願い出たらしいぞ」

「「「そうなのか⁉」」」

裏ではいろんなデマも流れていたが、なぜか正しい情報がその度に流れて訂正されていた。

もちろん、これはリューが部下を使って流したものだ。

両組織のボスであったノストラとルチーナの名誉を守る為でもあったし、竜星組の今後もある。

それに外敵である『聖銀狼会』にこれ以上付け入る隙を与える気もなかったのだ。

だから、色んな的外れな憶測は、正しい噂にかき消されて行くのであった。


こうなると、裏社会の人間の興味は、王都の勢力争いである。

今回、噂の中心になっている王都で並ぶ者がいない程の巨大組織に一気になった、新体制の『竜星組』と、歴史のある古株で一大勢力である『黒炎の羊』、最近では大人しく静かにしていて、『竜星組』に接近しているという噂がある『月下狼』、勢いが一番あり、羽振りがいいが良い噂があまりない『雷蛮会』などの名前が大組織として挙げられた。

だが、勢力争いで均衡を保っていたのは、『闇商会』と『闇夜会』が存在したからである。

それが、竜星組の傘下に入った以上、その均衡は崩れ、『竜星組』の一人勝ち状態と言っていいだろう。

『黒炎の羊』は、少しずつ勢力を伸ばしてはいたが、全盛期の勢いは無く、勢いと資金の『雷蛮会』も太刀打ちできる程ではない。

それくらい新体制の『竜星組』は、巨大になったのであった。

こうなると、竜星組に睨まれたら終わりとばかりに、裏社会の小グループから、汚れ仕事をする時に裏の組織を利用する貴族に至るまで、何かしら動きがあると思った方が良いだろう。

実際、そんな中、『雷蛮会』は震えていた。

『聖銀狼会』を王都に招き入れたのは、自分達である。

それが万が一、万が一にも誰かから漏れてこの新体制『竜星組』の耳に入ったらどうなるだろうか？

「この事を知っている者全員にしっかり口止めしておけ……！　漏れたらしゃべった者共家族全員消すからとな……！」

ライバは、今回の事態は予想の斜め上を行っていたので動揺は大きなものであった。

ライバの未来予想図では、目の上のたんこぶである大きな組織の一つや二つが無くなって自分達が漁夫の利を得る算段であった。

そうでなくても大きな組織同士の潰し合いである。

ただでは済むものではないので、勢いが弱まってくれるだけでもありがたかったのだが、それがどうだ。

組織の数は減ったが、王都中の裏組織が誰も抗う事も出来ない巨大組織がひとつ出来上がってしまっただけだ。

それも、自分達の行為がバレたら潰しにくるであろうおまけ付きである。

もちろんそれは、すでにバレているのだが……。

「そうだ。新体制を祝って『竜星組』に祝いの花でも送っておこう！　誰かすぐ用意させろ！　機嫌を損なわれないように大きくて派手なのにしておけ！　極力今は、目を付けられないようにするんだ！」

ライバは部下の一人に命令する。

だが、すでに目を付けられているのだが……。

「ボス、それならば自ら出向いた方が、あちらの印象も良いのでは？」

最近、竜星組の傘下の組からこちらに来た幹部がアドバイスをしてきた。

数人の同じ出身の幹部もそれに同調する。

「それがよろしいかと」

「『竜星組』の大幹部マルコは、礼儀にうるさいと聞いています」

一同がそう勧めるので、ライバも考え込んだ。

そういう事をしたくないから『雷蛮会』を作ったようなところもあるのだ。

不本意ではあるが、相手は『闇組織』以来の巨大組織である。ご機嫌を損なうわけにもいかないだろう。

「……仕方ない。行くしかないか……」

ライバは、幹部達の意見に頷くのであった。


その頃、王都近郊にある村の外れの小さい丘。

二つの巨大組織の大幹部と指定されたその部下、十人が顔を突き合わせていた。

それは今回の抗争の手打ちが行われようとしていた。

そこに現れたのは、『聖銀狼会』の先兵隊であるゴドー達との合流の為に王都に上ってきていた別の大幹部であった。

ここまでの経緯として、王都へと向かう途中の村で先兵隊が全滅したという報告を受けて震撼していたところに、『竜星組』から使者が来たのだ。

その大幹部は、急いで本部に特殊魔法で連絡を取り、命令を仰いだのだが、今回の作戦を中止にして手打ちとし、一旦引き返すように指令を受けたのだった。

そこに竜星組の別の使者が訪れ、狙い澄ましたかのように、手打ちの内容についても伝える。

『聖銀狼会』側の幹部は、その内容に顔を真っ赤にして屈辱に耐えなければならなかった。

それは、手打ちの会場での大幹部による謝罪と、今回の被害に対する賠償請求であった。

屈辱的な要求に怒りに震え、突き返そうかとしたところに、これまたタイミングよく、先兵隊ゴドーの参謀役であった兎人族のラーシュが、合流して大幹部ゴドーとその部下が出頭した事を報告した。

それを聞いて衝撃を受け、一旦冷静になった大幹部はまた、本部に判断を仰ぐ。

答えは、「全部呑め」であった。

本部は、この手回しのよい『竜星組』の動きに、こちらの動きが読まれていると判断したのだ。

下手をしたら第二陣も全滅する可能性がある、それは避けたかった。

こうして、『聖銀狼会』は全面的な敗北を認める『竜星組』の条件を呑んで手打ちする事にしたのであった。

王都郊外での巨大組織同士による手打ち式は、『竜星組』側は大幹部であるマルコが代表し、『聖銀狼会』は先兵隊に続いて第二陣として王都に上って来ていた大幹部との間で行われる事になった。

第二陣の幹部の傍には先兵隊の大将であった大幹部ゴドーの参謀を務めていたラーシュが従っている。

マルコ側の下には使用人のフリをしてリューとスードが付き従っている。

その二人が、手打ち式の会談の為に、マジック収納付きバッグから大きな机と椅子を取り出して丘の上に設置していく。

『聖銀狼会』側はその手際に、「子供までいるのかと思ったが、使えるものは何でも使うのが『闇組織』だった事を考えると驚く事ではないか……」と、妙に納得するのであった。

リューとスードは準備を終えるとマルコの背後について傍から離れない。

『聖銀狼会』側は、その様子を確認して用意された椅子に第二陣の大幹部が座る。

その後ろには元参謀ラーシュと第二陣の大幹部の右腕であろう強面の男が立つ。

マルコはそれを確認して自分も席に着いた。

その背後には使用人を装うリューとスードが立っている。

「……では事前の打ち合わせ通り、そちらの公式謝罪と賠償について確認しましょうか」

マルコは淡々と相手に気を遣う事なく話を進める。

「……！」

マルコの事務的な対応に、『聖銀狼会』側は殺気立った。

いくら負けたからとは言え、はいそうですかと素直に謝罪するには抵抗がある。

そこに、この対応だ。

当然の反応と言えば当然であった。

「……それとも、ここでまた殺り合う気か？」

マルコは、鋭い視線を第二陣の大幹部に向ける。

「貴様！　黙っていりゃ調子に乗りやがって！」

大幹部の右腕と思われる強面の男が、前に出ようとした。

それを大幹部が右手で制した。

「……止めておけ。こちらは今、陸に上がった魚も同然だ。ここで手打ちをご破算にしたら、率いてきたうちの第二陣もどうなるかわからん。そうなると会長に顔向けできんぞ」

中肉中背と後ろに立つ男より体は小さいが、強者の風格を持つ大幹部の男は、強面の大男を諭した。

「……くっ！　──すみませんでした……」

強面の男は、ぐっと我慢すると、非礼を謝罪した。

「そちらの卑怯な奇襲から始めた抗争を、うちの組長が目を瞑り、大幹部ゴドーの顔を立てて手打ちで収めなければ、その後ろの兎人族と残った半数近くの手下全員の命も終わっていた話だ。それをどれくらい理解しているか確認したかったんだが、どうやら第二陣の大幹部は理解してくれているようで安心した。ならば手続きに入ろうか」

マルコは、目的は果たしたとばかりに、手打ちを進めた。

もちろん、前世の極道の抗争ではないから、こちらの手打ちは誓約書を作ってそれにサインするだけだ。

今回は、第二陣の大幹部による頭を下げての謝罪も含まれる。

これはこれでかなり屈辱的ではあるが、今回の件は仕掛けた『聖銀狼会』側に全面的に非がある。

これで、『聖銀狼会』側が勝っていれば、「勝てば官軍」である。

その行為は正当化され、王都の組織側は敗者＝悪として軍門に下って終わりだっただろう。

それが出来なかった『聖銀狼会』の完敗である。

第二陣の大幹部は、今回の抗争の全責任は『聖銀狼会』にあり、謝罪するものである事を認める内容の誓約書にサインする。

これにはもちろん、賠償額も記載されている。

賠償額は多額であったが、第二陣が王都進出費用として用意していた全額でなんとか支払えた。

まるで、こちらの策が完全に読まれていたかのような賠償額であった。

最後に第二陣の大幹部は、その場で土下座して謝罪する。

「……すまなかった」

これ以上は言葉もいらないだろう。

自分のところの大幹部が、土下座して謝罪する姿は他の部下達も遠目に確認できた。

ここで、自分達が卑怯な手まで使って始めた抗争が、完全な敗北である事を自覚する事になった瞬間であった。

「……これで抗争は一旦終わりだね」

マルコの背後でリューが小声でつぶやく。

マルコは黙って頷き、ここに王都の裏社会を揺るがした抗争は幕を閉じたのであった。


「ランスキーがここにいたら、悔しがったでしょうな」

マルコが、帰りの馬車内でリューに笑って指摘する。

「ははは。それはどうだろう。あっちはあっちで忙しいだろうからね。僕も、ちょっと、マイスタの街を留守にする事もあるかもしれないから、その時はよろしくね」

「人材もかなり増えたので、本家に投入する数、増やしますか若？」

マルコが、提案する。

「そうだね……。魔境の森組の若い衆を二百人程連れて行こうかな」

リューは、最悪の場合に備えて答えた。

「本家の方はそこまで不穏な雰囲気なんですか？」

マルコはリューの言葉に驚いた。

ランスキーの率いて向かった数は竜星組の精鋭二百である。

それと同数を連れて行くとなると、戦争に行くようなものだ。

「今のところの報告では、南部派閥の動きはランドマーク家の領境を本気で荒らしたいみたいだからね。村同士の諍い事に紛れて各貴族の精鋭の兵を村人に装わせて投入しているみたいだから、こちらも数を投入しないと。本家のランドマーク伯爵家は、領地が増えたばかりでただでさえ人手不足。表向きは領境での村同士の諍い程度にスゴエラ侯爵に出て来てもらうわけにもいかないから、困りどころかもしれない」

リューも、領境で揉めている相手伯爵の背後で、南部派閥が動いている事がランスキーの報告からわかっているだけに、悩みの種は尽きないのであった。

リューが本家であるランドマーク家の支援の為に兵隊を動員していると、すっかり忘れていた件が新幹部であるノストラ、ルチーナ双方の意見から浮上してきた。

それは、『聖銀狼会』を表向き王都に呼び込んだ組織の事である。

もちろん、『聖銀狼会』は自分達の企みでもって、進出を狙ってきたわけだが、その裏には『上弦の闇』の残党による王都情報の入手、そして、『雷蛮会』による手招きによって表向きの理由を得た形であった。

外の勢力を王都に引き込む行為は王都裏社会の暗黙の了解としてご法度扱いであった事から、現在『竜星組』は、『上弦の闇』の残党に徹底的に「追い込み」をかけている。

これは、『竜星組』の面子の為ではなく、王都裏社会全体の為であった。

だから、実は『竜星組』だけでなく『月下狼』も追い込みに参加している。

だから、『聖銀狼会』に情報を売った『上弦の闇』の残党は王都にはいられないだろう。

もしいたら、人生、終わりである。

そして、あとは『雷蛮会』の問題が残った。

こちらも『聖銀狼会』の手の平で踊らされていただけではあるが、それでも暗黙の了解を無視して外の勢力を引き込もうとした罪は重い。

そこにまさかの一報が届いた。

「若様。『雷蛮会』側から新制『竜星組』設立に対して祝いの挨拶がしたいと『竜星組』王都事務所の方に面会の予約を求めておりますがいかがいたしましょう？」

執事のマーセナルが、淡々とリューに伝える。

「え？　詫び入れではなく？」

「はい。『闇商会』、『闇夜会』両組織が傘下に入ったお祝いの挨拶とか」

「まだ、バレていないと思っているんだね……」

リューは、苦笑いする。

だが、丁度その場には、マルコ、ノストラ、ルチーナがおり、マルコはともかくとして、残りの二人は怒り心頭であった。

「若！　『雷蛮会』は、やっちゃいけねぇ事を次から次にやっていやがる。今回の件もそうだ。潰すに限るぜ⁉」

普段から冷静なノストラがそう主張した。

ルチーナも同様である。

「あたしに任せてくれれば、兵隊を連れて三日で奴らの縄張りを焦土にしてみせるよ！」

二人共、過激すぎるから……！

二人の怒りもごもっともであったが、いくらうちより小さいとはいえ、あちらも王都で指折りの組織である。

それに、バックにはエラインダー公爵が付いているからこちらも無傷とはいかないはずである。

「二人共、落ち着け。『雷蚕会』のバックにはエラインダー公爵が付いているのが気がかりだ。それに今は、抗争が終わったばかり。立て続けにドンパチやると警備隊や騎士団が確実に動く事になるから控えてくれ」

マルコがリューに代わって代弁してくれた。

だが、ノストラとルチーナの思いも理解できる。

二人の組織の兵隊には死者も出ていたから落とし前は付けさせないといけない。

あとは、自分の決断次第である。

「……けじめはつけさせよう」

リューは、そう口にすると、マルコに面会に応じるように告げ、ひとつライバに対して茶番を演じる事にするのであった。

翌日の『竜星組』王都事務所――

そこにはライバと三人の幹部が面会を求めて応接室で待機していた。

「くそっ。『竜星組』の組長には会えないのか……!?」

ライバが、『竜星組』の傘下から引き抜いた幹部三人にもう一度確認する。

「大幹部に会えるだけでも、幸運ですよボス。大幹部のマルコ氏も普段、その居場所を掴むのも難しいくらいですから、今日はかなり付いている方かと」

「……『雷蛮会』の会長である俺でも会えないのか……。仕方ない、今日はその大幹部のご機嫌を取って人脈作りしておこう」

ライバは祝いの品として、お金も用意してきている。

用意は万端であった。

そこへ、使用人が呼びに来た。会ってくれるようだ。

「よし、行くぞ、野郎共」

ライバは、使用人に案内されるまま、大幹部マルコのいる部屋の前に通される。

そこへ部屋から自分達の前に面会してたであろう人物が出て来た。

その人物にライバは驚いた。

「何でお前がここに居る⁉」

ライバが問い質した相手はリューであった。

「？　ああ、ライバ君久しぶりだね。君こそ何でここに居るんだい？　僕は、ここの組長とは仲が良いから（というか本人だけど）今日は挨拶にね」

「な⁉　俺は会ってもらえないのに、お前には会ってもらえるのか⁉　というか中に組長がいるのか⁉」

「もう、出て行っていないよ。（ここにいるけど）それより、ライバ君、何で君がここにいるのかな？　関係者以外、入って来ちゃ駄目だよ？」

リューは、抜け抜けと答える。

「俺は、王都の裏社会では有数の泣く子も黙る『雷蛮会』の会長だ！　今日は『竜星組』の大幹部マルコ氏と面会なんだよ！」

「ああ、君が！　──組長がおいたが過ぎるから、けじめをつけさせないといけないって、言っていた相手って君なんだね。（言った本人だけど）」

「え!?」

ライバは思いもかけないリューの言葉に凍り付いた。

今日は、祝辞を述べに来たのだ。

そんな話は聞いていない。

「どうしたらいいか相談されたから、そのボスの首を切って挿げ替えるのが利口じゃないかと言っておいたのだけど……。君が、ボスだったのか……これは困ったなぁ」

「何でそうなる！」

ライバは、思わずリューに噛みついた。

ライバは理由が見つからないのだ。

もちろん、『聖銀狼会』の件はバレていないと思っての話だが。

ライバは自分が『雷蛮会』の会長を下ろされる危機にある事に激しく動揺を見せるのであった。

焦るライバ、それに対して何が目的かわからないリューの演技は続く。

「何でも『雷蚕会』は、外の裏組織を王都に招き入れたって事で、裏社会の暗黙の掟を破ったとか……。大幹部がかなりお怒りだよ？　……ライバ君、とんでもないことをしたね？」

リューは溜息を吐いて見せた。

「そ、そんな……。――あ、あれは、ハメられたんだ！」

ライバは、一転、血相を抱えてリューに弁解した。

全てバレている、これはライバにとっての死刑宣告みたいなものであった。

それがすぐにわかりリューに言い訳する。

「……僕に言われても……ね？」

「頼む！　お前からその親しい組長に口添えしてくれ！」

ライバは、恥も外聞もなくひたすら憎んでいたリューに頭を下げた。

「自分の尻拭いは自分でしなよ、ライバ君。君はこの王都の裏社会の不文律を破ったんだ。やってはいけない事をやったらそれ相応の罰を受けさせる。それがこの世界の掟だよ。いくらバックに公爵が付いていても、この裏社会では通じない事もある」

先程までの、のほほんとした態度から一転、リューが真剣な声色でライバに警告した。

「な、なぜそれをお前が知っている⁉」

ライバのバックにはエラインダー公爵が付いているが、その事は誰にも告げていない。

資金の流れからスポンサーがついている事は容易に想像できるだろうが、詳しくは秘密だったのだ。

だから、一般人であるただの準男爵風情のリューの口から公爵の名が出て来た事には心臓が飛び出るのでないかと思うくらい愕然とした。

「ライバ君。この世の中、君が知らない事はいっぱいあると思うよ。表の世界もこの裏の世界にしても……。そして、目の前の僕が何者であるかわかっていない事も」

「ま、まさか……⁉」

ライバはリューが裏社会の関係者だと理解してその場に腰を抜かした。

確かに学園祭でのリューの対応は、堅気のそれではなかった。

自分の腕利きの部下達もあの時一瞬で無力化された事を考えれば、すぐわかる事だったのだ。

リューは、『竜星組』の構成員だ！　きっとそうに違いない……！

その事実（違うのだが）に、気づいたライバはその場で動けなくなった。

そこに、リューは続ける。

「ライバ君。おかしいと思わないか？　君が連れてきた三人の幹部。元は『竜星組』の傘下の部下だよ？　それを引き抜いた君が、今日、普通に大幹部に会えると思っていたの？」

「……！」

「三人とも、今日までご苦労様。今日から各自、復帰してくれていいよ」

ライバの連れていた幹部三人は、リューにそう告げられると、

「「「へい！　お疲れ様でした！　失礼します！」」」

と、答え、ライバを置いて部屋から出て行くのであった。

この事実にライバの顔は青ざめている。

最初から、『竜星組』の手の平の上で踊っていたのだ。

「ライバ君、以前、学祭でも言ったけど、『僕の方が少し力が上みたいだ』と、言ったでしょ？あの時君は気づくべきだったんだ。僕が君より多少力を持っている事をね。……それに気づかなかった君が悪い」

リューは溜息を吐いた。

そして、続ける。

「自分の処分は君が決めな、ライバ君。みんなが納得するような形に出来たなら、命は助かるかもしれない」

リューは敢えてここでライバの運命をライバに一任する事にした。

ライバの判断で、彼と『雷蛮会』の行く末を決めさせようというのだ。

『竜星組』は、リューのものだが、それと同時に一つの大きな組織である。

そこには、沢山の人間が所属していていろんな意見が存在する。

ライバはまだ十二歳の子供だから助けたくても、裏社会ではそんな論理は通らない。それに、所属している人間達の意見も尊重しなくてはいけない。

もちろん、裏社会の不文律も。

それだけにリューの判断だけでライバの処分を軽くする事は難しい。

それに、背後にはエラインダー公爵がいるから、なおの事厄介である。

だからリューは一芝居を打ったのだ。

ライバの意志で自分の処分を決めさせ、こちらの責任にならないようにする、その為の誘導であった。

そうする事でエラインダー公爵との間に立つであろう波風を抑える手段を取ったのだ。

ライバはまず、『竜星組』に上納金を毎月納めると懇願したがリューはもちろん却下した。

次に、縄張りの半分を渡すと提案。

これも、もちろん却下。

バックにいるのはエラインダー公爵だから、それを強請《ゆす》るのを手伝う。

そんな事をしたら抗争どころか戦争になるから却下した。

まだ、ライバは自分の作った組織に執着しているようだ。

そこに、マルコが現れた。

「お前、自分の立場をわかっているのか？　今、ここで自分が失踪するかどうかの瀬戸際だぞ？しっかり考えて口にしろ」

と、非情な現実を突き付けた。

「！」

ライバは、自分の甘さにそこでやっと気づいた。

彼はどこかで、まだ、この世界での幸福な時間が続くと思っていたのだ。

今回、たまたまつまずく事になったが、それも時間が経てば元に戻ると。

だが、そうではない。

遠い未来の事と思っていた、事故や病気にでも合わない限り自分には訪れる事がないはずの『死』が、今、目の前に迫っている事にようやくここで気づいたのだ。

「……『雷蛮会』の解散と、賠償金を払います……。これで許してください……」

ライバは完全に死の恐怖に怯えていた。

「王都からの永久追放もだ。聞けば、わ……じゃない、このマイスタの街長にもかなり迷惑をかけたらしいな？　ついでだ、街長の前にも二度と顔を出すな」

マルコが、ライバの目を見ながら告げる。

ライバは、何度もそれに頷く。

「よし、誰かこいつに最悪、念書を書かせとけ！」

マルコは部下にそう命令すると、腰の抜けているライバは両方から担がれて別の部屋に連れていかれるのであった。

こうして、ライバは辛うじて命は救われた。

マルコがリューの顔を立てての処分であったが、ノストラ、ルチーナも奥の部屋で聞いていたのでこの処分で納得したようだった。

ただし、これで話は終わらない。

ライバが支払う賠償金は多額で、エラインダー公爵からの資金だけでは足りず、その請求は実家であるトーリッター伯爵家にも及んだ。

突然息子が作った膨大な借金に、トーリッター伯爵は当然ながら激怒し、息子を廃嫡して追放する事にした。

他人になる事で借金を逃れようとしたのだ。

こうして、権力も将来の地位も全て失ったライバは、燃え尽きたまますぐに王都から退去し、その後、南部を放浪。とある辺境の片田舎の村に留まるとショックから立ち直れず、何かに怯えるように小作人として働く人生を送る事になるのであった。


王都の裏社会には、激震が走っていた。

王都で指折りの組織である『雷蚕会』が、突然組織の解散を宣言したのだ。

それと同時に、王都の治安を維持する警備隊本部前で解散式を行い宣誓書を提出。

最初、半信半疑で流れた情報も、この行動で事実と理解された。

突然、勢いだけなら王都の裏社会でもトップクラスだっただけに色々な思惑は囁かれたが、どれも説得力がなく憶測の域を超えないものばかりであった。

「なんでも、『雷蚕会』のボスが、『飽きたから、辞める』と、宣言したらしいぜ？」

「それなら、他の幹部が縄張り引き継いで終わりだろ？」

「俺の人脈で仕入れた情報では、女絡みで貴族と揉めてトラブって解散する事になったらしいぜ？」

「おいおい、あの『雷蚕会』と言えば、まだ、狂気の子供ボスの組織だろう？　女絡みはないだろう」

「みんなわかってないな。もっと上さ。あの『雷蛮会』で一番噂されていたのは、その尽きない資金力がどこから来ているか、だっただろ？　その資金が尽きたのさ。つまり、上からの資金を止められて解散に追い込まれたのさ」

「その上って、どこだよ！　第一、ここまで大きくなったら、資金止められてもある程度維持出来るだろ！」

このような感じで、事実はわからないままであった。

まさか、ほとんど接点が無いと思われていた『竜星組』による圧力に屈したとは、部外者どころか、『雷蛮会』の他幹部達でさえわからないでいた。

ボスであるライバは、幹部に相談する事無く、どこからか用意した書類を手に早々に解散式を行ったから、幹部も反対意見を言うどころか気づいたら解散されていた状態であった。

一つわかっているのは、その直前に幹部の三人が失踪した事である。

ライバは何も語る事なく解散式を行い、すぐに王都から消えたので確認のしようもなかった。

それに、裏社会での失踪はよくある事であり、その事を深く知ろうとすれば、余計な事に巻き込まれる事が多々なので誰も探ろうと思わないのであった。


「――で？　支援元はどうなっている？」

王都の最古の裏組織になった『黒炎の羊』のボス・ドーパーは幹部の持って来た情報に確認を取った。

「表向きは何も。あちらの部下の一人に探りを入れましたが、何も知らない様子でした」

「……どうなってやがる。上はうちと『雷蛮会』を将来的には協力させる事で、王都の裏社会を牛耳る気でいたはず。その『雷蛮会』を解散させて何が得なんだ？」

老いてもまだ盛んな『黒炎の羊』のボス・ドーパーは、『雷蛮会』の資金が解散直後にほぼ全て消えた事に気づいて、上（エラインダー公爵）がその資金を撤退させたと勘違いしていたのだ。

「わかりやせん。ただ、上で何か起きたのは確かと……」

幹部はデマ情報を基に推測するのであった。

「とにかくこれで、何もせずに黙って抗争を見ていた『竜星組』が、『闇商会』と『闇夜会』を吸収して、この王都で独り勝ちしそうな勢いだ。――こうしてはいられんな……。『雷蛮会』の縄張りは流石に貰っておかないと、うちもどうなるかわからん」

ボス・ドーパーは、自分の組織の悲惨な未来に危機感を抱いて動き出そうとするのであった。


その頃、エラインダー公爵邸では、『雷蛮会』消滅の報を聞き、多額の支援をしてきた身として寝耳に水の思いであった。

「……何が起きてそうなった？」

エラインダー公爵は、報告をしてきた部下に冷静な表情で淡々とした調子で確認した。

「……詳しくはわかりません。うちが送り込んでいる間者も突然の事に慌てて報告してきました。間者が言うには、誰に何も言わず、ボスであるライバが解散を宣言、そのまま、警備隊本部前で解散式を決行してしまい、止める暇もなかったそうです」

「……あの小僧は同じ側の人間だと買っていたのだがな、馬鹿な事を……。仕方ないあの小僧で無理なら別の者を後釜に据えるだけだ。誰か候補を用意しろ。それと、ライバにはそれなりの資金を渡してある。それは回収しておけ」

エラインダー公爵は、当然とばかりに告げた。

「……それが、公爵様。そのライバの奴、資金を全額何かに動かした後、王都から消えたようです」

部下は思ったより冷静な主に胸を撫で下ろして、大事な報告をした。

「……何？　それはライバが持ち逃げしたという事か？」

「いえ、何か支払いに使ったようです」

「ならばその後を追え。大きな額だ、動けば移送先はすぐ発覚するだろう」

「それが、すぐ、小さい額で多数に分散してしまい追えなくなりました……」

部下がさすがに言いづらそうに答えた。

「！　──すぐにライバを見つけだせ！　そして資金を何に使ったか吐かせろ！」

平静を保っていたエラインダー公爵も、お金の事となると冷静ではいられないらしい。

いや、自分の目的以外の事に使用される事が許せないという事だろう。

部下は、公爵の逆鱗に触れると、急いで部屋をでるのであった。

「……それなりに投資してやったものを……。飼い犬に手を噛まれるとはな。これではまた振り出しではないか！　──おい。『闇組織』の後釜に収まった組織を何と言ったか？」

「『竜星組』です」

室内にいた別の部下が、エラインダー公爵の質問に答えた。

「その『竜星組』のボスについては？」

「詳しくはまだ、わかっておりません。『若』と呼ばれている人物らしいので、十代後半から二十代後半の男と思われる以外には正体が判明していません」

「若い人物か……、それなら操る方法もあるだろう。――よし、正体を掴め。私にとって有益な人物か調べ上げるのだ！」

「御意！」

部下は、すぐに使用人を呼んで命令するのであった。


今や表でも裏でも注目の的であるリューー。

しかし、その正体を知る者は『竜星組』の中心を担う忠臣ばかりで結束が固く、大幹部のマルコの情報でさえ入手困難であったから、エラインダー公爵の情報網でどこまで入手できるか怪しいものであった。


ランドマーク商会では、ある部門が作られ、着々と一つの計画が進んでいた。

それが、人力タクシーである。

それとは別に、三輪車による軽運送業部門も設立。

こちらはすでに運用を開始している。

話を戻し、とある日。

ランドマークビルの前で、人力タクシー部門の運用開始式が行われた。

この日は、父ファーザの姿は無く、レンドが責任者として開始発表を行っていた。

父ファーザはランドマーク本領での問題について出払っていたから仕方がない。

「——それではランドマーク人力タクシーの運用を開始します！」

ランドマークビルの管理者であるレンドは慣れない表舞台に緊張した面持ちながら無事開始宣言を行った。

横にはリューがいたのだが、次の台詞をまさかこの少年が教えていたとは誰も思わないのであった。

開始宣言がなされると、人力タクシーは各所に散っていく。

まずは人々の目に触れ、認知される事が重要なのだ。

そこで、物珍しさからこのイベントを眺めていた人々を乗せて走るデモンストレーションも行われた。

「馬車と違って小さいが、大丈夫か？」

「二人乗ると限界だけど、馬が無くて大丈夫なのかしら？」

商人風の男性は奥さんと二人、屋根のある三輪車の後部座席に乗ると、不安そうにした。

「それでは出発します。この周辺を一周しますね」

運転手はそう告げると、三輪車のペダルを軽く踏み込み回転させ始めた。

ミナトミュラー製三輪車は魔石を動力とするアシスト機能が付いた三輪車なので、運転手の軽く踏み込む力ですぐに加速し、馬車よりも速いスピードを出す。

「おお⁉」

「え？」

夫婦は人力とは思えぬ加速に驚いた。

王都の道は広いので前の馬車を抜く時は隣の車線に入り、三輪車は悠々と馬車を追い抜いていく。

「このタクシー？　という乗り物は馬車よりも速く走るのか！」

「あなた、これ買えないのかしら？」

「どうなんだ君？　この三輪車は販売しないのかね？」

夫婦は商売の可能性をすぐに感じたのだろう、運転手に問い質す。

「この三輪車は、ランドマーク商会の専売特許ですからね。販売は当分先かもしれないですね」

運転手はそう答え、周辺を一周してランドマークビル前に戻ってくると、速度を落として停車した。

「またのご乗車をお待ちしております」

運転手はそう言って、夫婦に下りてもらう。

夫婦は興奮冷めやらぬようで、しきりに、「これは乗ってみないと損だ！」と、周囲で興味津々に眺めている人々に薦めるのであった。

「じゃあ、次、俺が乗る！」

「おいおい、先に並んでいたのは俺だぞ？」

「さっきまで、馬車に比べたら小さいって文句言っていただろう?」

「それとこれとは別だ!」

と、順番争いが起きる一場面はあったが、すぐに追加の人力タクシーが用意され、乗車会はスムーズに行われる事になった。

「盛況みたいだね?」

リューがレンドに確認する。

「リュー坊ちゃん、これからですよ。実際、お金を出して目的地まで乗る人がいるかどうかで今後の成功の有無がかかってきます」

レンドは、商売人としてまだ、慎重な姿勢を崩さない。

確かにレンドの言う通りだ。

今は、乗車会という人力タクシーの自己紹介なのだ。

お金を出して乗るかと言われて、頷く人がどのくらいいるかは別問題であった。

「よし、じゃあ……。――この中で、自宅まで送ってもらいたい方おられましたら人力タクシー運用記念として半額で送り届けさせてもらいます!」

リューが見学している人々へ声を掛けると、新し物好きな人はどこにでもいるもので、

「よし、じゃあ、送ってくれ! お金を出して乗るなら職場まで頼む!」

と、男性が前に出て来て告げた。

どうやら、仕事に行く前にこのイベントが気になって見学していたようだ。

「毎度あり！　――運転手さん、この人を目的地まで送ってあげて！」

リューは、答えると待機していた人力タクシーの運転手に告げた。

こうして、ランドマークビルの前から第一号のお客さんを乗せて、人力タクシーは出発していくのであった。

「俺も、そろそろ仕事に行かないとマズいから頼む」

「私も！」

意外にみんな仕事あるのに、見学していたのね？

リューは、内心呆れるのであったが、そういうお客さんを早く届けてこその人力タクシーである。

すぐに運転手達にお客さんを乗せて出発させるのであった。

こうして、半額ながら順調な滑り出しで人力タクシー業は開始された。

しばらくすると、運転手達が戻ってくる。

三輪車だと、馬車では通れない狭い道も通れるので近道をして目的地まで送り届けるのだが、お客の感想の確認をすると、概ね好評のようであった。

感想の内容として、早い、便利、乗り心地が快適、そして、静かだという予想外の感想もあった。

馬のいななきや、馬蹄の音がないから静かに職場に行けたのが良いという。

乗合馬車よりも料金が高いから毎回利用はできないが、目的地の前まで送り届けてくれるので、急いでいる時、自分が楽をしたい時は今後も利用すると、嬉しい感想を貰えたのであった。

悪い感想としては、やはり狭いという事だった。

ランドマーク製馬車を持つ者にしたら、その快適さを知っているから、狭い人力タクシーにはそんなに魅力を感じないのだろう。

だがこれは棲み分けの問題だからさほど気にならない感想であった。

まだ、利用者が多いとは言えないが、王都中をこの人力タクシーが行き交って人々の目に馴染めば利用者も増えるだろうと思うリューであった。

けじめをつけさせますが何か？

南部派閥の情報は、実際のところ筒抜けになっていた。

リューが派遣したランスキーと二百の精鋭が情報収集に力を入れていた事もあるが、それでもやはり知らない土地でもあり限界がある。

だが、あちらの派閥の一部の貴族達から情報提供があったらどうだろう？

今やランドマーク家に世話になっている近隣の貴族は水面下で増えており、南部派閥出身の貴族の中にもランドマーク家から借金をし、領内経営の立て直しに尽力してもらっているところは結構存在したのだ。

そんな貴族達が、南部派閥全体でランドマーク家への嫌がらせを決めたといち早く報告する事で、恩義を返そうとする者も少なからずいたのだった。

ランスキー達は、そんな密かにこちらに情報を流す貴族達と水面下で情報網を形成し、人手不足のランドマーク家において、領境における村同士の小競り合い（厳密には村民を装った兵士同士）を何とか互角に立ち回っていたのであった。

なにしろあちらは、数において圧倒的有利である。

軍略において数を用意する事は一番の正攻法であったから、圧倒的な物量で日夜、ランドマーク側の村を脅かし続けていた。

ランドマーク家がそれに対して互角に渡り合えたのは、物量に対し、質が格段に上だったからであるが、長期戦になるとさすがに厳しいものがあった。

「親方！　若が、援軍を連れて本家に駆け付けてくれたみたいです！」

領境の村で農民の格好をして畑を耕していたランスキーに部下が大事な知らせをした。

「！　若が、来てくれたのか⁉　いや、待て。あっちでは『聖銀狼会』との抗争が正念場のはず……。若に無理をさせるわけにはいかんのだが……。援軍はどのくらいだ？　十か、二十か？」

ランスキーはぬか喜びをするのは避けたのだろう、他の部下の手前、敢えて少なく見積もってみせた。

「それが……、二百だそうです！」

部下は嬉しさを隠さず、報告する。

「二百だと⁉」

ランスキーも予想外の数に驚いた。

今のミナトミュラー家でそれだけの数を用意できるとは思えないのだ。

それだけに、色々な意味で驚くしかなかった。

「まさかもう、『聖銀狼会』との抗争を終結させたのか？　いや、だが……、それでも急に二百人もの兵隊が湧いてくるわけが……」

ランスキーは嬉しい反面、リューが無理して用意したのではないかと心配になった。

「二百を率いているのは若本人。傍に姐さんはもちろんの事ですが、若い衆のリーダー格、アントニオとミゲル、さらにはどういう状況なのか俺もわかりませんが、新幹部だというルチーナも来ています！」

「新幹部のルチーナ……だと⁉」

豪胆でありながら、頭の回転も速いランスキーでも状況がわからず、それだけ言うと、絶句した。

そして、間をおいて整理する。

「それはつまり……、『聖銀狼会』との抗争に勝利しただけでなく、どういうわけか『闇夜会』のルチーナも傘下に入った……、という事か……？　それなら二百の兵隊も理解できなくはないが……。いや、それだと『闇商会』が黙ってないだろう？　どういう事だ？？？」

ランスキーは最後まで状況を整理できずに混乱した。

あまりに不確定要素が多すぎるのだ。

「ランスキーお疲れ様！　『闇商会』のノストラもうちの傘下に入ってくれたから、大丈夫だよ」

そこに現れたのは、ランスキーが唯一認めるボスである若、リューの姿であった。

「若……！　姐さん……！　お久し振りです！　お怪我はないですか⁉」

ランスキーは、リューとリーンの姿を眼前にしてほっとした様子を見せた。

『聖銀狼会』との抗争が本格化すればさすがに『竜星組』もただでは済まないかもしれないと、この遠い地で心配していたのだ。

その心配の対象であるリューが、元気そうに現れてくれたから安堵するのも仕方がない事であった。

「ランスキー、そして、みんなもご苦労様。王都での抗争も終結し、『闇商会』と『闇夜会』もうちの傘下に入ってくれたからね。こうしてみんなで援軍に来たよ」

「ランスキーの旦那。お久し振りだね。あたしが来たからには、もう大丈夫さね」

ルチーナが不敵な笑みを浮かべて、先輩幹部であるランスキーに挨拶した。

「状況がまだよくわかりやせんが、若、それではあっちは？」

「うん、全て片が付いたよ。今、あっちは街長業務を執事のマーセナルに、竜星組の仕事はマルコ、ミナトミュラー商会をノストラに任せているから大丈夫だよ」

「そうですか……。それなら良かった！　みんな無事なんですね？」

「うん、大丈夫だよ。思ったより、被害も少なくて済んでね。『竜星組』もさらに大きくなってきたよ。あははは！」

「こちらで頑張っていた甲斐がありますよ！　なぁ、みんな！」

「「「へい！」」」

農民の格好をしたランスキーの部下達が一斉に返事をした。

「ところで戦況はどう？　あんまり芳しくないとは、領都でお父さんやお兄ちゃんからは聞いているけど」

「……へい。今は、情報と質の差で互角にやり合っていますが、圧倒的に数で負けているので、昼夜問わない奴らの襲撃に悩まされていました。ですが、若が来てくれたのなら話は別です！」

「うん！　ランスキー達は一旦休んでおいて。後は僕達が引き受けるよ。——みんな用意した農民の格好にすぐ着替えて！　反撃開始だ！」

「「「おう！」」」

新しい援軍の二百人は高い士気の元、気合を入れるのであった。


リューが引き連れて駆け付けた二百名は、ランスキー達先陣隊と入れ替わる形になった。

今は彼らには休養が必要だろう、という配慮であった。

二百の内、半数は情報収集の為に南部に散らばる。

残り半分はランドマーク家の領兵が化けた農民と一緒に同じく農民を装うのだが、変装してすぐ、領境で隣接する農村の農民達が侵入してきた。

手には鍬や鎌、棒切れと一見すると農民の装いではあるが、動きが組織されているのがはっきりわかる。

そして、何より数が多い。

領境の村と聞けば、その人口は百人を下回る程度を想像するところなのだが、組織だった者が三百人近くもいる。

あくまで村同士の小競り合いという事だろうが、この数で日中襲撃してくるのは、異常事態だ。

もちろん、相手もこちらが本当の農民は避難させて自領の領兵で固めているのはわかりきっている。

それでも表向きは、お互い村同士の小さい争いであり、領兵の介入は避けているという姿勢であった。

領兵が表立って参加すると、その瞬間、ただの揉め事で処理できなくなるからであった。

「早速来たね。今日は何度目？」

農民の格好をした村長役であるランドマーク家の領兵にリューは確認した。

「今日は夜明け前に一度襲撃されたので、これで二度目です」

「じゃあ、早速、反撃するよ、みんな！」

リューはみんなの先陣を切って、百人余りの農民の姿をした精鋭を引き連れて迎え撃つ。

「奴ら、先陣に子供を出してきたぞ！　ここまでしぶとかったが、ついに限界に来たようだ。この機を逃すな、徹底的に叩いて村も破壊してしまえ！」

敵は子供のリューが先頭なのを人手不足と判断したようだ。

農民の格好をした南部派閥貴族連合による精鋭部隊は、容赦なくリュー達に襲い掛かった。

ドスッ
リュー達に襲い掛かった敵の先陣を切っていた大男の腹部から鈍い音がなったと思った瞬間には、

その男は精鋭部隊の農民達の中を巻き込むように吹き飛んで行った。

敵の精鋭部隊は予想だにしない想像をはるかに超える光景にその足が止まり、先陣を切っていたはずの大男がいた場所を確認した。

そこにはやはり、一人の子供がいる。

吹き飛ばしたのは間違いようもなく、目の前の子供のようであった。

「ど、どういう事だ⁉」

「待て待て……。相手は子供だ。何かの間違いだ……。そうだお前達、子供だからと言って手加減している場合じゃないぞ！　チャンスなんだぞ、戦え！」

指揮官と思われる農民姿の男はそう告げると味方をけしかける。

「「「お、おう！」」」

そう答えた瞬間であった。

体のシルエットから女性と判るほっかぶりをした農民の一人が、棒切れで一度に先頭集団の精鋭部隊を数人突いて吹き飛ばした。

先程と同じように、吹き飛ばされた先にいた精鋭部隊の者が巻き込まれて、気を失う。

そこに、今度は色香漂うシルエットの農民とは思えない女性が同じく棒切れで精鋭部隊を数人なぎ倒した。

この二人は、リーンとルチーナであった。

「つ、強いぞ⁉　朝までいたでかい男と変わらないくらいの腕利きが、三人もいる！　みんな警戒しろ！　取り囲んで消耗を計るんだ！」

どうやら、でかい男とはランスキーの事であろう。

強敵相手の戦い方も心得ているようだ。

だが、その中でも先陣を切ったリューの戦い方は群を抜いていた。

囲む暇も与えず、敵の村民の格好をした精鋭部隊を、リューは次々に吹き飛ばしていく。

どうやら本気のようだ。手加減する気が全く無いらしい。

もしかしたら、怒っているのかもしれない。

「うちの大将はこんなにヤバい奴だったんだね……」

戦闘のプロを自負していた新幹部ルチーナでさえも、先陣で戦うリューの暴れっぷりに圧倒される。

「私も、ここまでのリューを見るのは初めてかも……。多分、実家の領地を荒らされて相当怒っているみたいね」

リーンが背中を合わせて戦うルチーナに答える。

「どちらにしても、この勢いなら今日は奴らの命日さね」

ルチーナは、ニヤリと笑うとリューとリーンの足を引っ張らないように他の部下達と共に気合を入れ直し、本気で立ち回る事にするのであった。

領境の村を襲撃する南部派閥の精鋭部隊は、昼夜問わず、その数にものを言わせてランドマークとの境にある村を襲撃していた。

南部派閥は数で圧倒していたのだが、ランドマーク領の村人を装っている領兵達は少数ながら精兵揃いであった。

しかし、こちらは数で有利、襲撃隊の隊長達は戦い方を心得ている。

それでも敵の隊長だろうか？

こちらが調べた限りでは、見た事も聞いた事もない大男が、奮戦していた。

片眼に眼帯をし、左の小指が無いという特徴だらけだったが、ランドマーク領内を調べさせた限りでは、誰も知らない男だった。

当初は、その活躍ぶりからランドマークの領兵隊長であるスーゴという男を疑った。

もし、スーゴという男なら、村人同士の諍いに領兵隊長が混ざって問題を起こしていると、こちらも難癖をつける予定であったが、ランドマーク伯爵は慎重な男らしく領境にそれらしい関係者を送り込んだ形跡はなかった。

無名の領兵を送り込んではいるだろうが、こちらもそこまで調べ上げるのは無理がある。

という事は、ランドマークの村側の村人を装っている者達は、無名の領兵という事になるのだが、全員、猛者ばかりで村の中に侵入して荒らすところまでいけずにいた。

それでも、手応えは感じていた。

敵も疲れを見せていたのだ。

それはそうだ、こちらは数では圧倒的で数部隊を昼夜問わず、襲撃に向かわせる事が出来る。

だが、敵は眼帯の男を中心に入れ替わりがあるようには思えなかったのだ。

人手不足という情報は正しかったようだと自信を深めた。

だが、こちらの情報もあちらに漏れている節がある。

襲撃時間が気づかれているようなのだ。

その為、大打撃を与える事が出来なかった。

しかし、物量を持ってすれば、多少の情報漏洩も関係ない。

今日こそは、眼帯の男を捕らえて、領兵である事を吐かせ、領境を荒らす謀略を企んでいたと責める事が出来るだろう。

南部派閥上層部の命令で精鋭部隊を率いていた隊長達はそう確信していたのだが……。

何が起こっている⁉

前回までは、眼帯の男率いるランドマーク領兵と互角に渡り合ってきた精鋭部隊が、村の子供の姿をしている化物に、紙粘土の人形のように四方に殴り飛ばされ、吹き飛ばされ、投げ飛ばされていた。

さらには女が二人また、眼帯の大男クラスの暴れ方をしている。

いや、華奢な女の方はそれ以上の活躍をしているではないか。

「全員、気を付けろ！　新手の敵が混ざっているぞ！　眼帯男用だった仕掛けは、こいつ等に使え！　出し惜しみしていると被害が大きくなる！」

いまさらだが、隊長は部下達に警告を発した。

眼帯男とはランスキーの事であり、化物子供はリューー、華奢な女はリーン、もう一人の女はルチーナの事であったが、このいまさらな命令は、ランドマーク側に指揮官が誰であるか教えるものであった。

化物子供リューは、方向転換すると警告を発した隊長目がけて突き進んで来た。

「奴を止めろ！　仕掛けを使うのだ！」

隊長は自分が標的になった事に気づくと慌てて周囲に命令を出す。

すると周囲に何やら塊を持った者達が化物子供の前に出ると、それを投げつけた。

その塊は化物子供を覆うように空中で広がる。

そう、それは投網であった。

南東部では海が無いから珍しく、使用する者も滅多にいないが敵の意表を突いて捕らえるのに使えそうだと、どこからか用意したものであった。

その投網は化物子供を覆うように落下する。

が、その瞬間であった。

投網が空中で四散した。

化物子供の背後で華奢なほっかぶりの女が風魔法でズタズタにしたのだ。

「魔法!?　それも、無詠唱だと!?」

隊長は驚いた。

そんな事を出来るものなどこの地域では限られてくる。

というかランドマーク伯爵家にそんな者がいるとは、報告を受けていない。

そうなると、派閥の長スゴエラ侯爵から兵が派遣されているのか⁉

隊長は色々な可能性が咄嗟に頭を過ぎった。

だが、それが隊長にとっては、命とりであった。

化物子供が目の前まで迫っていたのだ。

「なっ⁉」

はっと我に返った時はもう遅く、化物子供が飛び上がって殴り下ろすように繰り出した拳が隊長の顔にさく裂し、その瞬間、隊長の意識は吹き飛び地面に叩きつけられていたのであった。


村人に化けていた精鋭部隊は、隊長がやられたので、助け出そうと化物子供に立ち向かっていったが、その前に立ちはだかった華奢なほっかぶりの女性に棒切れで次から次に叩き伏せられてしまい、救出を断念して撤退した。

「この調子で襲撃がある度に、敵の隊長クラスを捕らえていこうか」

先程までの暴れっぷりが嘘のように笑顔でリューがリーンとルチーナに言う。

「……その前にそいつ、治療しないと顎が粉砕されているんじゃないかい？」

ルチーナが、自分のところの親分の桁外れの強さに呆れながら、リューがやらかした事を指摘した。

「……そうね。リュー、ちょっとどいて、私が治療するから」

リーンが、ルチーナの進言に頷くと治療魔法を使用するのであった。

「あらら。ちょっとやり過ぎたかも……。少し、気が昂っちゃったみたいだ。でも、ランドマーク領に手を出した事が如何に悪手か身をもって知ってもらう機会にはなったかな？」

リューは反省しつつ、捕らえた敵の数を確認して少し満足するのであった。

南部派閥連合の精鋭が集まった領境の村では、襲撃失敗と捕虜多数の報に大慌てであった。

なにしろ今回の襲撃は手を焼いていた敵の隊長格と思われる眼帯の大男を捕らえてくる予定であったから、その後についての話し合いが行われていたのだった。

それが、失敗、それどころかこちらの指揮官が捕まってしまったのだ。

「起きてしまったのは仕方がない。捕まった隊長以下部下の救出の為に速やかに新たな隊を編成し直して再度襲撃するのだ」

隊長の一人が、もっともな意見を口にした。

隊長クラスが捕まる事は最悪の事態だったのだ。

それは、貴族間の領境で起きた村同士の争いに他の貴族も関わっている事を示す証拠になりかねない。

実際、精鋭部隊は南部派閥の各貴族から集められていたから、これが公になったら、ランドマーク伯爵の派閥の長であるスゴエラ侯爵も黙ってはいないだろう。

そうなると派閥間の大きな争いになる。

それは避けないといけない事態であった。

幸いランドマーク側の村人（領兵）の数は、報告された限りではあまり増えたわけではないようだ。

それに、襲撃者撃退直後で安心しきっているだろう。

さらに、数では圧倒されていた相手との奮戦で疲れているだろう事も容易に予想が付く。

そんな相手に数で勝り、疲れていない精鋭部隊で再度襲撃するのは、軍略としても虚を衝くという意味で間違っていない。

数人いる隊長達はそこまで読むと、再襲撃を失敗の一時間後にはすぐに行う決断を下すのであった。

敵が数で圧倒しているのだから、多少の失敗であっても挽回の為に再襲撃が行われるであろう事は、リューも読んでいた。

数を用意して反撃する事は、前世の抗争でもよくある事だ。

それに、こちらが隊長クラスを捕らえているのだ。

取り戻さないとあちらが大変な事になるのはわかりきっている。

リューは、襲撃犯の撃退後、すぐに部下をまとめると、争っている村間を繋ぐ道が通る森に伏せて、通過するのを待ち、指揮官と思われる者を確認すると、今度はこちらから襲撃した。

ここでも化物子供リューの活躍で精鋭部隊を率いる指揮官をさらに捕らえてみせた。

またもの失態に、ここでも活躍した化物子供が精鋭部隊の間でも話題になる。

なにしろ素手で大の大人の中でも精鋭中の精鋭で組織された部隊を蹴散らすのだ。

話題にならない方がおかしい。

これには残った隊長達が、この事を今回の責任者に当たるモンチャイ伯爵に知らせた。

武闘派でもあるモンチャイ伯爵は、ことの深刻さをすぐに判断した。

それは武器の使用許可であった。

こうなると自ずと死傷者も沢山出る事態になるので、問題は大きくなる。

それはマズい方法であったが、隊長クラスが二人も捕まった状態ではどちらにせよ南部派閥全体の関与がバレる、そうなったら元も子も無い。

それならいっそ、武力行使で部下を取り戻して、関与した証拠を消し、有耶無耶にして殺傷沙汰だけの問題にした方が良いという判断であった。

ここまでは最悪の場合の対応策として準備していたのでモンチャイ伯爵も冷静であった。

だが、想定範囲と言っても最悪の状況ではあるので派閥の長である侯爵への報告もする事にした。

なにしろ殺傷沙汰となるとあちらの派閥の長であるスゴエラ侯爵が出てくる可能性が高い。

そうなると派閥同士の話し合いで納める事になるだろうから、証拠さえなければ、今後両者で注意する事で収まる可能性もある。

多少の賠償金も要求されるであろうが、それくらいも想定の範囲内であるから、話をまとめてもらう侯爵には話を通しておく必要があるのであった。

モンチャイ伯爵としては、今回の現場責任者として不満が残る展開であったが、それも仕方がない。

一度、収まってからまた、ランドマークには仕返しを考えればいいだろう。

そんな思惑が錯綜する中、武器の使用許可を出した襲撃が行われるのだった。

だが、リューはこの襲撃も予測していた。

二度も失態を演じ、指揮官が二人も捕らえられたとあっては、その醜態は極みと言っていい。

そうなると、その名誉挽回には、最終手段を選ぶはずだ。

そこでリューは巡回名目で近くに待機していた領兵隊長スーゴを呼び寄せた。

ギリギリまでそうしなかったのは、見張りが付いていたからだ。

その見張りは今まで放置していたのだが、緊急事態なので捕縛、解決するまでの短時間だけ拘束しておくことにした。

ここで思わぬ助っ人が駆け付けてくれた。

それが祖父カミーザである。

どこから嗅ぎつけたのか、それとも本能による勘なのか？　単騎でリューの元を訪れて来た時にはあまりのタイミングの良さにリューも、「おじいちゃん、監視していたの？」と、聞き返したほどである。

そんな迎撃準備万端なところに敵は村人の格好のまま完全武装して現れたのであった。

ここで襲撃は読まれていた時点で失敗、即座に退却すれば精鋭部隊も傷は浅かっただろう。

だが、今回はモンチャイ伯爵の直接の指示なので、成果を上げる事なく退却するのは無理な相談であったから、指揮官は攻撃を敢行した。

リュー達と祖父カミーザ率いるランドマーク側はこれを全力で迎え撃つ。

初動でリューと祖父カミーザお得意の土と火の混合魔法で出鼻を挫くと、さらに領兵を引き連れたスーゴが背後から奇襲をかけ退路を断ち、祖父と孫が先陣を切ってこの動揺した精鋭部隊に襲い掛かった事であっという間に勝負は着いたのであった。

「今回は、お主らの武器の使用が確認されたから、儂らが参戦しても文句は言えんじゃろ。わはは！」

祖父カミーザは、正当性を敵の捕虜に告げると、満足したのかスーゴ達の手勢を連れて帰っていった。

「さすがおじいちゃん。美味しいところだけ参加して後の処理は僕達に任せたね？」

リューは祖父カミーザの背中を見送りながら苦笑いするのであった。


モンチャイ伯爵との領境の村で起きていた「小競り合い」は、捕縛した者達の証言やモンチャイ伯爵の武力行使という不穏な証拠が出た為、ランドマーク伯爵は派閥の長であるスゴエラ侯爵にこれらを報告する事にした。

報告を受けたスゴエラ侯爵はすぐにモンチャイ伯爵が所属する南部派閥の長である侯爵に厳重な抗議を行うと共に、証拠と共に中央に報告すると警告し、派閥長同士での会議を開く事になった。

その会議で侯爵は、知らぬ存ぜぬと言い訳する一方、自分の派閥の者であるモンチャイ伯爵は武闘派で頭に血が上り易く、その為、問題を起こしたのだろうと擁護したが、南部派閥の関りは全面否定する。

それに対し、捕縛した者達は南部派閥の各貴族領の出身者だったから、その言い訳は通じないとスゴエラ侯爵は再度、追及した。

「モンチャイ伯爵は、南部では血気盛んな者達に評判が良い。きっと各地の腕自慢達が領境の揉め事に悩むモンチャイ伯爵に力を貸す為に、自由意思で参加したのだろう。その者達を受け入れたモンチャイ伯爵にも問題はあるが、先にも申した通り、モンチャイ伯爵は血の気が多い。それでもこれまでは領境の争いを大事にする事はなかった。もしかしたら、ランドマーク伯爵にも何か問題があったのではないかね？　挑発したとか、色々と可能性はあると思うが？」

南部派閥の長である侯爵は口が立つ。

捕らえられた捕虜達からも証言は取られているのに、それには触れず、ランドマーク家にも問題があるのではと言い出したのであった。

「捕虜になった者達から証言は取れている。モンチャイ伯爵が南部派閥の先兵となり、領境で揉める事で、そこに精鋭部隊を送り込んでいたとな。自分達はその一部だと全て吐いておるぞ？　それでも言い訳を続けるかね、侯爵」

スゴエラ侯爵も冷静である。

相手のふざけた言葉に影響される事なく、淡々と証拠を基に追い詰めようとする。

「これはこれは、そのどこの馬の骨ともわからない身分の捕虜の言う事を鵜呑みにされるとは、スゴエラ侯爵も人が良すぎますな。我々派閥同士を争わせる謀略だったらどうするのですか？　ここは、その可能性を警戒して両者お咎め無しが一番でしょう」

侯爵はもっともらしい事を言ってその場を収めようとした。

完全な負け試合を引き分けに持ち込もうとするのだから、憎たらしいものである。

「……なるほど。お認めにならないですか。私も少しは穏便にモンチャイ伯爵の処分だけで収めようと思っていたのですが、南部派閥の長である侯爵がそのような意見では他の証拠も出さなくてはいけませんな……。――証拠を持ってきてくれ」

スゴエラ侯爵がそう言うと、部屋の外で待機していた子供が手紙の山を持って現れた。

「この手紙の山の内容がわかるかな、侯爵？」

「さぁ、想像もつかないな」

「貴殿が求める身分のある者達による確固たる証言が記された証拠というやつだ。つまり、貴殿の派閥の者達がランドマーク家に宛てた、貴殿とモンチャイ伯爵との企みを告白した内容だよ。貴殿の対応次第では、王家にこの山を届けるのも止めようかと思っていたが、残念だ」

スゴエラ侯爵は、大袈裟に溜息を吐くと首を振った。

ここで、初めて侯爵の顔色が変わった。

ランドマーク寄りの貴族が南部派閥にいる事はわかっていた。

だが、まさか裏切り行為に出るとは思っていなかったのだ。

「……裏切り者の手紙など証拠としても疑わしいものだぞ……！」

絞り出すように否定する言葉を侯爵は口にした。

「裏切り者？　裏切られるような事をしたという自覚はあるんですね？」

手紙を運んできた子供が、そう指摘した。

「何だと……？」

突然の子供の指摘に驚き、思わず聞き返した。

「この手紙の差出人である貴族の方々は、ランドマーク家への恩があり、それと同時に自派閥の長の言動に不安を感じたので、問題が大きくならないように忠告してくれたのです。裏切りとは違いますよ」

子供の正体はリューであった。

ランドマーク側の現場の証人として、呼ばれたので手紙を持参していたのだ。

「何だ、この子供は！　——スゴエラ侯爵、使用人が生意気にも私を責めるような言葉を言っていますぞ！　こんな失礼な事はない！」

侯爵は、今度は怒ってみせて、その場の不利を誤魔化そうとした。

「侯爵、演技は不要だ。それに彼は私が呼んだ証人の一人だ。彼は準男爵持ちだからな。使用人扱いは失礼が過ぎますぞ」

スゴエラ侯爵は、怒る演技を見破ると、鋭い眼光で侯爵の行為を咎めた。

侯爵は、スゴエラ侯爵の鋭い眼光に圧されてハッとし、一瞬で大人しくなった。

だが、それでもまだ、引かない様子で、

「この子供が準男爵？　何の冗談ですか。そんな前例、聞いた事がない。それに証人が子供では説得力がないでしょう。ははは！」

と、一笑に付した。

「……残念ですな。ミナトミュラー準男爵は王都において王家への覚えもよく、これだけの証拠を彼が直接持っていけば、モンチャイ伯爵だけでなく、貴殿の身も危ういと思うのだが？」

「何を馬鹿な事を……。中央からここまでは馬車でも一か月の道程ですぞ？　そんなところの地方貴族同士のトラブルに、王家がわざわざ口を出すとお思いか？　そもそも、王家から気に入られている貴族がこんなところにいるわけがない」

相手にするのが馬鹿馬鹿しいとばかりに侯爵は鼻で笑った。

「だ、そうだ。ミナトミュラー準男爵。王都の情報はこちらにはあんまり届かなくてな。こういう反応になるのだ。──仕方ない。その証拠を持って王都に戻ってもらえるかな？」

「はい、それでは今すぐに」

リューは、演技がかったお辞儀をすると、一瞬でその場から消えた。

「な⁉」

侯爵は子供の姿が一瞬で消えた事に驚く。

「彼は、才能豊かでな。王都までも一瞬なのだよ、侯爵。貴殿はランドマーク伯爵家を甘く見過ぎた」

「そ、そんな……。──ま、待ってくれ！　モンチャイ伯爵の失態はともかく儂の事は誤解なのだ！」

侯爵はついに南部派閥の長としての権威をかなぐり捨てて、スゴエラ侯爵に慈悲を求めた。

「……侯爵。私は何度も貴殿に謝罪のチャンスを差し上げたはずだ。あとは王家からの沙汰を待つしかないだろうな」

スゴエラ侯爵が神妙な面持ちで告げた。

そこへどうしたのか、リューが戻って来た。

「……すみません。証人も連れて行くのを忘れていました」

と、少しとぼけた風に言う。

どうやら、時間をおいて戻る手はずになっていたのだろう。

「小僧！　いや……、ミナト何某準男爵！　王家への報告は少し待ってくれ！　この通りだ！」

侯爵は、リューにまで土下座する。

王家に報告されたら自分の爵位も危ういと、ここにきてやっと気づいたのだ。

「困りましたね。どうしましょうか、スゴエラ侯爵」

リューは、全然困っていない表情でスゴエラ侯爵に確認を取るのであった。


南部派閥の長である侯爵は恥も外聞もなく、スゴエラ侯爵とリューに許しを求めた。

「侯爵、ここまで問題を大きくしたのは、貴殿とモンチャイ伯爵を中心とした南部派閥全体でのランドマーク伯爵家への嫌がらせが原因である。村民同士の争いに見せかけて自領の兵士を送り込み領境を荒らし、評判を落とそうと計画された事は、そちらの貴族達の証言からも明白。それも認めるな？」

スゴエラ侯爵は、侯爵に改めて確認を取った。

「……ああ。認める……。だが、本格的な殺傷沙汰はモンチャイ伯爵の独断で、私は関知していない！」

侯爵は観念して頷いたが、今回の大騒動になる原因は一部否定した。

「……それはおかしいですね」

リューが、大袈裟に首を傾げた。

そして、続ける。

「では、当事者であるモンチャイ伯爵に入って来てもらいましょうか。ちなみにモンチャイ伯爵は隣でこちらの会話は聞いてもらっていました」

リューがそう答えるや否や、扉が勢いよく開かれ、モンチャイ伯爵が入って来た。

「侯爵、それは酷い！　私はあなたの指示に従っての事！　最後は自分が上手く話をまとめるから好きにやっていいとおっしゃったではないですか！」

モンチャイ伯爵は、トカゲの尻尾切りになると気づいて全てをぶちまけた。

「も、モンチャイ伯爵、何を言う！　物事には限度というものがあるだろう！　私はその中でだな――」

二人の罪の擦り付け合いが始まった。

リューはそこに同じく隣室で控えていた父ファーザも呼び込んで一部始終を見せたのだが、父ファーザは憮然とした態度で、それを眺めていた。

嫉妬だけで自領の村を襲撃し、村民を傷つけようとしていたのだ。

幸いランドマーク家に恩がある南部派閥の貴族達が知らせてくれたから、事前に村民を避難させてランスキー達と入れ替え、被害を最小限にして穏便に収めようと努力していたのだが、それも武器の持ち込みによって血が流れた。

　こちらの被害は軽微だが、それでも死傷者は出ている。

　これは領境の小競り合いでは済まない問題になっているのは確かだった。

「二人が揉めている間に、あちらにまた戻り、人を連れてきますね」

　リューが、父ファーザとスゴエラ侯爵に伝えた。

「……わかった頼むぞリュー。――いいですね、スゴエラ侯爵？」

　父ファーザが、息子に頷くと、スゴエラ侯爵にも確認を取った。

「うむ。今回の事は、適正に裁かれなくてはいけないだろう」

　スゴエラ侯爵も同意した。

　リューは、頷くとまた、『次元回廊』を使って王都に戻った。

　王都のランドマークビルには、宰相の側近である官吏が待機していた。

　突然、リューが目の前に現れた事に驚いて目を見開いている。

「それでは、先程、お渡しした証拠の通り、現在ランドマーク領境で問題が起きているのでご案内します」

　と、リューは簡単な説明をした。

　そう、リューは最初から派閥間の話し合いで収めるつもりは毛頭なく、宰相に事情を説明して公平な裁きを求めていたのだ。

　王都から遠く離れた地方の問題は、近くの王家直轄領を任せている代官や軍を率いる将軍によって問題が裁かれる事が多いのだが、王都から離れれば離れる程、地方派閥は王家よりも重要視される為、実質、派閥の長に裁量を任される事も多いのだ。

その為、地方派閥はその長が大きな力を持っている。

逆に、その長に王家への忠誠を誓わせておけば、その一帯は丸く収まるのも事実であった。

今回、ランドマーク家の伯爵への昇爵を不服と感じての問題であるから、宰相はこれを王家に対する不満と解釈したのだ。

そして、これを上手く処置すれば、地方の問題も王家はちゃんと重要視しているという姿勢も見せられる。

最近、先の大戦以降、地方の貴族政治は緩みがちであるという報告も受けている宰相的にも良いきっかけであった。

だから、ランドマーク家からの訴えをすぐに受け入れ、側近を派遣する事を決定したのである。

これはいわば、見せしめである。

その宰相の側近である官吏は、リューの手を恐る恐る握ると、『次元回廊』で兵士達と一緒にランドマーク本領に移動するのであった。

リューが、官吏と兵士を引き連れて戻ってくると、侯爵とモンチャイ伯爵の言い争いはやっと止まった。

「こ、これはどういう事だ！　私は何も聞いていないぞ⁉」

官吏と王都の兵士の姿を見て、侯爵は察したのだろう、スゴエラ侯爵に食って掛かった。

「落ち着き給え、侯爵。貴殿も派閥の長なのだ、正々堂々己が正しいと思う事を伝えたら良いだろう。……違うかね？」

スゴエラ侯爵はじろりと侯爵を一睨みした。

さすが、先の大戦で祖父カミーザ達を率いて大軍を相手に戦った歴戦の英雄の一人である。

その眼光は未だ衰えていないどころか鋭さを増しているかもしれない。

その睨みにさすがの侯爵も沈黙する。

侯爵も伊達に派閥の長ではないから恐れ戦《おのの》きこそしないが、さすがに少したじろいだのはわかった。

そこでやっと、官吏が証拠を基に尋問を開始する。

侯爵とモンチャイ伯爵はまた、改めて罪の擦り付け合いを始めるのであったが、証拠はすでに揃っている、官吏は書類の事実の有無だけを確認すると、淡々と職務を全うし、最終判断を下した。

「スゴエラ侯爵、ランドマーク伯爵連名の訴えを認め、侯爵とモンチャイ伯爵に対し、数々の罪の疑いで引き続き王都で調書を取る事にする。二人を王都に連行せよ」

官吏は、連れてきた兵士に命令すると侯爵、モンチャイ伯爵の二人を連行させる。

「ミナトミュラー準男爵殿、よろしいですかな？」

官吏は、リューに『次元回廊』での移動を要請する。

「わかりました」

リューは頷くと官吏達を『次元回廊』で王都に送り届けるのであった。

この後、リューは捕虜の護送も手伝い、ランスキー達部下の帰郷もあったから、王都とランドマーク本領との間を何度も行き来し大変だった。

しかし、無事全てを完了するのであった。

終章

この時期、前世の学校なら中間テストなど行事が目白押しであるが、王立学園の三学期は大きなテストが存在しない。

それは、卒業する四年生の就職活動で学校側が忙しい事が第一に上げられる。

もうひとつは、新たな学年になる事に向けて準備をする学期という位置付けもある。

また、一年間の集大成として、学年毎のダンスパーティーや学生社交界による交流などで関係を密にする事を重要視している。

これらは主に特別クラスを中心に行われる行事であったが、普通クラスにも貴族の子弟は多く、平民出身の生徒で優秀な者も多いので、招かれる事が多かった。

そうなると平民出身でも成績が振るわない者は、ほぼほぼ何の関係もない学期という事になるのだが、今年の一年生は違った。

王女クラスが学校の大ホールを貸し切り、一年生の交流の場となる全員参加型パーティーを行う事を決めたのだ。

これには普通クラスの生徒達が驚いた。

いくら学校が平等を謳っているとはいえ、貴族と平民の間には埋められない溝がある。

逆に、貴族や優秀な者と、能力に優れない平民の差をはっきりさせる為の学期だと思っていたのだ。

それが、全員参加のパーティーである、前代未聞であった。

「俺、パーティーなんて初めてなんだけど……？」

「みんな同じだって！」

「何を着ればいいんだ？」

「王女クラスのミナトミュラー君が学校の一室を貸し切って、貸衣装を用意しているって言っていたよ」

「貸衣装？」

「そこで借りるもよし、参考にするもよしって言ってた」

「それは助かる！　早速、見に行こうぜ！」

パーティーは、三学期の間、有力貴族の子弟を中心に各場所で行われる事が多いのだが、王女クラスのように、クラス総出で行うのは初めての事であった。

学校側も大ホールを貸し出しはしたが、大丈夫か心配なところである。

「でも、リズ。準備は大丈夫？　裏方にも沢山人が必要だと思うけど？」

リーンがエリザベス王女を愛称で呼ぶと、率直に疑問を呈した。

「ええ、今のところは大丈夫よ。クラスのみんなも張り切って人員を出してくれているから。ミナトミュラー君のところも貸衣装のアイデアを出してくれたから良かったわ。私はそこまで考えが及ばなかったもの」

エリザベス王女は、リューの提案に感謝した。

「仕方ないよ。貴族の子弟はともかく、平民出身者には、パーティー衣装を持っている子の方が圧倒的に少ないからね。短期間で自分の衣装を用意するのも大変だし、貸衣装が妥当だと思ったんだ」

リューは、マイスタの街に仕立て職人など、裁縫関連の人材を抱えているから、衣装をかき集める事は比較的に容易であった。

パーティー衣装の貸し出しという発想は、この世界では無いものであったが、今回はそれが役に立ちそうであった。

現在、学校の一室に貸衣装の展示と仕立てを行うスペースを用意しており、そこにはマイスタの職人達が待機している。

急遽衣装を用意できそうにない平民出身者達が、連日そこに押し掛け、ごった返していた。

特に女性はドレス選びに余念がなく、良いデザインのものは早い者勝ちなので取り合いになりそうである。

そこに、マイスタの職人が、新たに仕立てたドレスを投入すると女子生徒達は血眼になるのだが、予約の順番があるから本格的な争いにはならずに済んでいた。

「十日後のパーティーが楽しみだね。初めてパーティーを経験する人も多そうだしみんなにとっていい経験になるよ。僕も初めてだし」

リューは、楽しそうにみんなに言う。

「え？　リューは、パーティー初めてなのか？」

ランスが驚いて聞き返す。

「私も初めてよ。身内のものはあるけど、招待される事なんてないもの」

リーンも、当然とばかりに答える。

「最年少の準男爵リューも、学生だからお呼ばれされる機会はまだないのか。それによく考えたら社交界デビューもまだ先だもんな」

シズの幼馴染であるナジンがリューの特殊さを改めて感じるように言った。

「……そうだね。ランス君とナジン君は十四歳だから社交界デビューしてるけど、私達はまだあと二年あるものね」

シズが、ナジンの言葉に賛同して付け加えた。

「二人はもう、経験しているんだ？　どんな感じなの、社交界デビューって」

未知の領域にリューは興味を持った。

「大した事ではないんだけどな。みんなの前で自己紹介して、同年代のみんなとダンスさせられ、それが終わったらお世辞ばかりの会話を聞かされるだけさ」

ランスは、うんざりしたと言わんばかりに嫌な顔をした。

「ランスは苦手かもな。だが、あれも大人の仲間入り前の挨拶だからな。今後、学校を卒業した後の人脈作りの場にもなるからあれはあれで必要な事さ」

ナジンは、大人な発言をする。

「……ナジン君も疲れたって言っていたじゃない」

シズは、クスクスと笑うとナジンをからかうのであった。

「私も、同意よ。パーティーはうんざりだもの。でも、王家の人間として義務だと思っているから必要な事として参加しているわ」

エリザベス王女から意外な言葉が聞かされた。

「王女殿下の口から意外な言葉が聞けたな。ははは」

ランスが、王女の愚痴を軽く笑った。

「リズも人なのよ。愚痴の一つも言うでしょ」

リーンがエリザベス王女を庇うように指摘した。

「ふふふ。ありがとう、リーン。――みんな、私が愚痴を言った事は内緒にしてね」

エリザベス王女は、茶目っ気を見せてお願いする素振りを見せた。

「ははは！　そんな愚痴が出ないような楽しいパーティーにしようね！」

リューが、そう答えると、隅っこグループの面々はそれに賛同するのであった。

王女クラス主催のダンスパーティーは、盛大に行われた。

王女曰く、「初めての生徒が、ここを経験する事で他で怖気づく事なく参加出来るように盛大に行いましょう」と、宣言した通りであった。

初めてパーティーというものに参加する平民出身の生徒達を中心に最初、グループが出来ていた。

「凄いな、貴族のパーティーって！」

「俺達、ここに固まっていていいのか？」

「王女殿下の挨拶があったらみんな散って、特別クラスの生徒とかに挨拶しないと」

「そうそう。招待してもらったお礼の挨拶をしないと駄目だって、誰か言っていたぞ」

こんな感じでみんな手探り状態であった。


「みんな、初めてだから、わからなくて当然だよね。あはは」

リューは、みんなの様子を見ながら、緊張感無く笑っていた。

「リューはもう少し、緊張しろよ。ダンスの時間になったら、王女殿下をエスコートしないと駄目なんだからさ」

ランスがリューに呆れると、重要な事を指摘した。

「それは言わない約束でしょ⁉」

ランスに指摘されたリューは急に緊張する。

そう、一年生唯一の爵位持ちであるリューは、今回の主催者であるエリザベス王女のダンスの相手に指名されていたのだ。

テスト以来の王女とのダンスなのである。

緊張するなという方が無理であったから、リューは極力考えないようにその事を頭の外にやって、緊張しないようにしていたのだ。

「リュー、しっかりして。リズがちゃんとリードしてくれるから大丈夫よ。私も隣でランスと踊るから落ち着いて」

リーンがまるで保護者かのようにリューを落ち着かせる。

「う、うん。──あ、リーン、そのドレス似合っているよ」

リューは、パーティー前に、王女のドレスを褒めるように指摘されていた事を思い出し、それをリーンに実践した。

「ありがとう。でも、私にそれを実践してどうするのよ。ちゃんとリズのドレスを褒めてあげるのよ。それが礼儀らしいから」

リーンも一夜漬けの知識のようだ。

「二人共、今日は失敗も含めて、予行練習みたいなものだから、緊張するなよ。ははは」

ナジンが、リューとリーンの普段見られない緊張した様子に、笑ってアドバイスを送る。

「……でも、これだけ盛大だと、緊張も仕方ないよね」

シズが、リューとリーンを思いやって同情した。

「スードを見ろよ。パーティーよりも、リューの護衛に集中していてこの雰囲気に全く呑まれてないぞ」

ランスが、リューの傍で、普段通り、周囲に気を配るスードに感心して見せた。

「自分は主の護衛役。緊張していたらどうしようもないです」

スードは、ランスに真面目に答えると、また、周囲に気を配る。

「スード君も、パーティー楽しみなよ。僕の事、今日はいいからさ」

リューは苦笑いするとスードにアドバイスした。

魔境の森から帰って来てからというもの、まじめさに一段と磨きがかかった気がする。

『聖銀狼会』との抗争でも活躍してくれたし、今日くらいせっかくのパーティーで羽を伸ばして楽しんでほしいのだが……。

「いえ、少しの油断が、命にかかわりますから！」

どうやらスードは、死と隣り合わせの経験をして、命の重みを理解し過ぎたようだ。

それにパーティーには武器は持ち込み禁止だから、その分、集中してリューを守る気満々である。

「あはは……。裏方以外は生徒しかいないから、そんな事態にはならないって」

リューはスードの徹底ぶりに少し呆れるのであった。

とはいえ、盛大なパーティーという事で、エリザベス王女にも騎士の護衛が付いている。

沢山の人だかりだから、やはり護衛は重要なようだ。

そこへ司会が、ダンスの時間だと、進行を始めた。

すると最初に踊る主催者クラスであるリュー達特別クラスの生徒達は女子生徒をエスコートする為に動き出した。

リューも急いでエリザベス王女の元に行く。

「今日はよろしくね、ミナトミュラー君」

エリザベス王女は緊張一つ見せない穏やかな笑みでリューに話しかけた。

「う、うん。よろしくお願いします……！」

王女とは対照的に、リューは完全に緊張した様子である。

「ふふふ。ミナトミュラー君が、こんなに緊張しているのを見るのは、テストの時以来だわ。――今日は、私達がみんなの手本として最初に踊るけど、失敗もまた、みんなの為になるから、大丈夫よ。気軽にね」

エリザベス王女は、優しくリューの背中に手をやって軽くポンと叩く。

緊張でリューは心臓が飛び出しそうな状態であったが、背中を軽く叩かれると、その緊張が抜け出ていく感じがあった。

「あ……。――ありがとう、王女殿下。何だか、落ち着いてきました」

リューは、笑顔でエリザベス王女に答える。

「それは良かったわ。では、行きましょう」

二人は生徒達が囲むホールの中心に手を取り合って進み出る。

リーン達もそれに続いて行く。

音楽が鳴り始め、それに合わせて生徒達が踊り始める。

リューもエリザベス王女にリードされながらそれに続いた。

前回のテストの時同様、リューはエリザベス王女にリードされながらだからスムーズに踊る事が出来ている。

何より今回は、前回より緊張感が消え失せていたので、周りの雰囲気も感じる事が出来ているようだ。

そして、ダンス中、エリザベス王女のドレスを褒めたりと、いつの間にか余裕も生まれた。

リーンも軽やかなステップを見せながらこちらによく視線を送ってくる。

どうやらリューを心配してのようだが、それさえもリューは落ち着いて気づく事が出来た。

他の生徒達はリューと王女を参考にしようと熱心に見つめているのがわかる。

リューはその視線さえも貴族として、立ち居振る舞いの手本になるべく優雅に踊る事を意識する効果程度に感じながら、余裕を持って踊る事が出来たのであった。


リューとエリザベス王女のダンスは、ことの他、盛況であった。

リューはダンス終了後も、ちゃんとエリザベス王女をエスコートして脇に移動するところまで丁寧にやって見せる。

すると続く生徒達もそれを参考にしてダンスを踊るのであった。

ほとんどの生徒は、特別クラスのリューとエリザベス王女を手本とした。

そのくらい二人が完璧に映ったのだ。

「やったわね、リュー。ちゃんと出来たじゃない」

リーンが子供を見守っていた親のようにホッと一息つくとリューを褒める。

「そうね。ミナトミュラー君、最初から最後までとても良かったわ」

エリザベス王女もリューを褒めた。

「本当に？　王女殿下のリードのお陰で緊張しなくて自然に出来た気がするよ。ありがとう」

リューは満面の笑みで王女に感謝するのであった。

その後も、全員参加のパーティーは続き、立食による談笑にもなると、平民出身者の緊張も解けて、和やかに進んでいった。

「みんなちゃんと楽しんでくれているみたいだね」

リューとリーンが、普通クラスの生徒であるトーバッチーリと談笑した後、ランス達と再合流して、そう口にした。

「そうだな。ここまで来たら成功だ」

と、ランスが、答えた。

「お？　今話していたト・バッチーリが、他の生徒に何か問い詰められているみたいだが、大丈夫か？」

ナジンが、それに気づいてリューに指摘した。

「なんだろうね？　僕とリーンと話した後は、よくああいう展開を見かけるんだけど……」

リューが首を傾げて見せた。

そう、いつもの恒例であるがリュー達は、まさか彼がとばっちりにあっているとは思いもよらなかったのであった。

「本人達は楽しそうだからいいんじゃないかしら？」

耳の良いリーンは、ある程度何で揉めているのか聞こえていたので、問題にしなかった。

「リーンが言うなら大丈夫か」

リューは、リーンの言葉に納得した。

「ところで、王女殿下は凄いな。生徒一人一人から挨拶されて休む暇ないのに、笑顔が絶えない」

ランスが王女殿下の方を見ながら感心した。

「さすがに、慣れているね」

「でも、あれはあれで大変だと思うわ。リズも主催者として頑張ってくれているだけよきっと」

リーンはリズに同情して答えた。

「……リズも一人の女の子だもの、疲れていると思う。ここはリュー君が代わってあげるべき」

シズが、このパーティーで二番目に偉いリューにその役を変わるようにと提案した。

「ぼ、僕⁉　――そうだね……。行ってくるよ！」

リューは、エリザベス王女のところに行くと少し話した後、エリザベス王女がリーン達のところにやってきた。

「ミナトミュラー君が代わってくれて助かったわ」

エリザベス王女はリーンとシズにホッと溜息を吐いた。

「……リズお疲れ様。ゆっくりして」

シズが、エリザベス王女の労を労うと、ソフトドリンクを手渡した。

「ありがとうシズ。でも、ミナトミュラー君、大丈夫かしら?」

王女は代役を買って出たリューを心配した。

リューの方を見ると、挨拶に来た平民出身の生徒と一緒に笑っている。

一人一人と何やら打ち解けて話せているようだ。

「ファーザ君に似て、人たらしな部分も出て来たのかしら? あれなら安心ね」

リーンは、リューの成長を感じたのかそう漏らした。

「ふふふ。二人は本当に仲が良いのね」

エリザベス王女は、この親友であるエルフの美女を羨むかのように指摘した。

「リューと私は、家族だから当然よ」

リーンもまんざらでもないように答える。

「……二人は一心同体だものね」

シズが、リーンの言葉に頷いた。

「俺にしたら二人の関係が不思議だけどな。ははは!」

そこへランスが、茶々を入れた。

「今はそれで良いじゃないか。仲良き事は美しい事さ」

ナジンが年寄り臭い事を言う。

「……ナジン君はもう少し、若さを意識した方が良いよ」

シズが、ぼそっと指摘する。

するとエリザベス王女は、そのやり取りをとても好ましく思ったのか声を出して笑った。

「うふふ、ごめんなさい。こうして王女としての立場で、こんな会話をする日が来ると思わなかったからおかしくなっちゃったわ。みんなありがとう」

エリザベス王女は、やはりドレスを着ている時は、王女としての役割を徹底しているのだろう、そんな状態で緊張感のない会話に入れる事が新鮮だったのだ。

「リズも大変ね。予行演習のようなパーティーでも王女として完璧な振る舞いが求められるなんて」

「そうだな。俺達に出来る事は限られちまうが、俺達の前ではゆっくりしてくれよ」

ランスが、王女相手に失礼な物言いだったが、温かみのある言葉だった。

「……今日みたいに犠牲になってくれる人もいるしね」

シズが、リューの方に視線を送って冗談を言った。

「ふふふ。ミナトミュラー君にも感謝しないとね」

エリザベス王女はシズの冗談にまた笑うと、みんなもそれに同意し、和やかな笑いに包まれるのであった。


こうして、王女クラス主催の一年生全員参加の盛大なパーティーは、無事終わりを迎えた。

「王女殿下の苦労を今日は少し体験できたよ」

リューは、迎えの馬車の前で背伸びすると、リーンとスードにそう漏らし、三人とも馬車に乗り込んだ。

「そう言えばリズが、リューに感謝していたわよ」

「そうなの？　まあ僕は、少しの時間代わりを務めただけだけどね。主催者って本当に大変だよ」

「そのお陰でリズも良い笑顔を浮かべていたわ、ありがとう」

「何？　リーンまでお礼を言ってくれるの？」

「これはリズの友人としてね。でも、リュー。一人一人に時間を掛け過ぎるのは良くないわ。あれは反省しないと」

リーンが照れ隠しか急に説教モードに入る。

「えー!?　でも、みんなと仲良くなれたからいいじゃない！」

帰りの馬車内は、リューとリーンのいつもの取り留めのない会話が行われるのであった。

書き下ろし特別篇

最強メイドの秘密

URAKAGYOTENSEI

マイスタ、そこは当時の国王命令で、クレストリア王国全土から集められた職人達が集いし街。

その中に、見事なハサミ裁きと裁縫技術が評価され、ヒッター家も一流の職人としてマイスタの街にお店を開く事になった。

そんな職人の街マイスタの存在を王都の職人達は当然ながら気に食わず、仕事の奪い合いになる。

「王都の仕事は王都の職人に！」

という反発の声が大きかった事から、次第にマイスタの職人達の仕事は奪われ、マイスタの街は廃れていく事になった。

そんな中、自分達の生活を守る為に活路を見出して組織されたのが、『闇組織』である。

表の仕事が無いのなら、裏の仕事をやるしかないだろうというのが、発端だ。

それに、元々一流の職人が集まっている街の住人である。

みんな何かと器用だったし、何より職人気質だから何事も極める事に執念を燃やした。

その中でもアーサの祖父、ニザール・ヒッターは組織の殺し屋として腕を磨き、表の顔である仕立屋と裏の顔である殺し屋の両方で有名になっていく。

アーサはそのヒッター家の三代目なのだが、初代ニザールで殺し屋稼業を成立させ、二代目でアーサの父親であるカーティル・ヒッターが盤石のものにした。

二代目カーティルは裏社会において『死の天使』『忍び寄る死の影』『死を運ぶ怪物』など内外の組織から星の数ほどの異名で呼ばれた天才で、アーサはその一人娘として誕生した。

母も元は組織の人間だったが結婚して家庭に入り、夫のカーティルを支える。

アーサはそんな両親の下、わずか三歳から英才教育を施されていく事になった。

毒耐性上昇の為に、日常から食事に微量の毒が混ざっているのは当然だったし、刃物もその歳で常時携帯していた。

そして人型魔物の解体作業を父の指導の下行い、急所や体の仕組みについて学習する。

アーサは父である殺しの天才カーティルによって、祖父の代から培われてきた殺しの技術を叩きこまれていく。

それこそ職人気質の祖父の代で殺しのノウハウを確立し、父の代でその殺しの技術を昇華させ、それら全てをアーサは幼い頃から教え込まれる事によって、親子三代で『闇組織』の支柱になっていくのである。

父カーティルは幼い娘にそんな教育を施すとは狂人ではないかと思うものもいるだろう。

だが、マイスタの住人にとって、それが、唯一の生きる道だったのだ。

国家権力によって職人として集められたものの、王座が変わるとその存在意義を失ったから、マイスタの者達は生きる為に何でもする必要があった。

ヒッター家もその為に自分達の役割を理解し、それを研鑽し続けたのである。

カーティルは普段、家族思いの仕立屋だったし、実際、妻も子も大切にしていた。

殺しの技術を教える時以外は、父カーティルは全然厳しくなかったし、家族の時間を大切にしている事もアーサは幼いながらに理解していたのだ。

だから、愛情はしっかり注ぎ込まれていた。

ただし、それは殺し屋として制御できる類のものであったが。

つまり標的に慈悲はなく、ただ、その場の状況に応じてベストな殺しをするという、そこに一般の常識や感覚が入る余地はないのだ。

娘のアーサには『闇組織』の存続がこの街の未来になる事もしっかり教え込まれていたから、アーサもそれを信じて疑わないでいた。

子供のころからそんな英才教育を施されたアーサは、父カーティルを誰よりもスマートに殺しを実行できる偉大な父として尊敬していたのである。

そんなアーサにも殺し屋としてのデビューが待っていた。


場所は王都の路地裏。

そこには地味な格好の浅黒い肌の男性と子供がいた。

「お父様。本当にボクはこんな簡単な仕事が最初でいいの？」

黒い短めの髪を後ろで束ね、黒い瞳に浅黒い肌の少女が質問する。

「ははは、アーサ。これは我が家の通過儀礼だ。まずは成功させる事、これが大事なのだよ」

父カーティルもアーサに叩き込んだ技術なら、もっと難しい殺しも可能な事は当然わかっている。

「ツウカギレイ？」

アーサは難しい言葉に首を傾げる。

その姿は、純粋無垢な少女そのものであった。

「ああ、そうだ。ヒッター家の者にとって、一度は経験しなくてはいけない事だ。それこそお前の祖父ニザール・ヒッターが最初に標的を殺した手口だから、アーサもしっかりやりなさい」

「はい、お父様！　ボク、行ってくるよ」

幼いアーサは少年のような姿の十歳の少女であったが、父に言われるがまま王都の大きな通りに消えていく。

しばらくするとそのアーサが何事もなかったかのように父が待つ路地裏に戻ってきた。

表の方では騒がしくなっているようだが、路地裏にその喧騒はあまり伝わってこない。

「よくやった。見事に標的の息の根を止めてきたな」

父カーティルが、娘の見事なデビュー戦を褒めた。

娘のアーサは褒められて満更でもない表情だ。

アーサが通過儀礼に行ったのは、祖父ニザールが得意とした針での殺しであった。

長さは二十センチほどの長い針を隠し持ち、それを人混みに紛れて標的に接近。背中から心臓に向けて肩甲骨や肋骨を避けて突き刺し、その場から離れるというものだ。

人体の仕組みをわかっているからこそ可能なものであるが、言うほど簡単な事ではない。

まず、針には毒が仕込まれていたから扱いが難しいし、接近するのにも標的には護衛がいたからその間に入り込むだけでも大変である。

それを人混みが多いタイミングで行い実行するのだが、アーサは通行人を後ろから押して標的にぶつけ、護衛が反応して前に出てくるのを確認してから標的の背後までするりと移動、毒入りの針を心臓に刺してその場から離れた。

それは無駄のない動きでとても鮮やかであり、標的の後ろを歩いていた通行人も見た目は少年の子供が標的の後ろをただ通過したようにしか映らないから、まさかその時にアーサが殺したとは思わないだろう。

標的は心臓を押さえてその場に倒れ、護衛の者達は慌てる。

そこまでを父カーティルは確認して路地裏でアーサと合流したのであった。


それからのアーサは、父カーティルに従って、毒薬作りから殺しの道具、罠づくりなども引き続き学びながら、実践で腕を磨きながら殺しの仕事を行っていく。

その仕事の一切は、全て単独で行う。

父カーティルは常に仕事は一人で行っていたのだ。

時には標的の護衛の気を引く為に、『闇組織』の人間の手を借りる事もあったが、殺し自体は単独で行う。

それはヒッター家の流儀でもあったのである。

なぜ、単独で行うのかというと、もし、複数で失敗した場合、顔が割れて次の機会が無くなる可能性があるからだ。

もし、家族のどちらかが失敗しても、もう一人が別の方法で確実に殺して失敗を補うというのが、ヒッター家の拘りである。

その為に単独で殺せるように作戦は入念に練られ、確実なチャンスの時だけ実行するという事が重要であり、殺しはそれだけ慎重に行われる事を意味した。

だから、殺し屋ヒッター家には決まった殺し方がない。

通常、殺し屋の類は得意な手口がそれぞれあり、その手口を使用する事で自分の名を裏社会でアピールするのが常である。

しかし、初代である祖父ニザールは仕立屋の誇りとして針を使用した殺しを最初の頃こそ行っていたが、『闇組織』からの命令には、報復内容や処刑スタイルなど、殺し方の細かい要求をされる事がよくあったので、その度に殺し方を研究して今のような殺し方を選ばないスタイルになっている。

アーサも同じで父カーティルからあらゆる殺し方を教え込まれていた。

それこそ、毒殺から絞殺、刃物などによる斬殺、刺殺、飛び道具による中遠距離での暗殺、罠による殺しもあれば、体術での殴殺もある。

殺し方は色々あるが、それらを事故に見せかけるものもあれば、処刑スタイルによる脅しを兼ねたものもあり、そのやり方は無数だ。

それを親子二代で練り上げてきたものが、三代目であるアーサに仕込まれている。

だから、アーサはいかなる状況下でも殺しを遂行する技術を持ち合わせていたし、父カーティルによって、その技術を裏打ちする為に殺しの経験を叩きこまれ続けたから、アーサはその筋の超エリートといっていい存在になっていった。

そんなヒッター家に不幸が訪れた。

アーサが十二歳の頃である。

母が病気で死去したのだ。

その時の事、病に臥せった母はアーサに、「あなたらしく生きなさい……」とだけ言葉を残して亡くなった。

それが、殺し屋としてなのか、一人の娘としてなのか、どちらも含めてなのかはアーサにはわからなかった。

ただ、父カーティルの方はその意味を分かっていたのか、大きなショックを受けていた。

その事から察するに、母は娘のアーサが殺し屋として冷酷な人間に育つのを危惧して最後にそう残したようだ。

殺し屋としてピークを迎えていた父カーティルは、ここから突如、組織からの依頼を時折ミスするようになっていく。

殺し自体は成功するのだが、反撃を受けて負傷する事も増えたのだ。

きっと、妻とは娘アーサの育て方で意見が合わなかったのかもしれない。

夫カーティルは、妻は心の底では理解してくれている、と一時的な齟齬くらいに思っていたのだが、死の際での言葉だったから重く受け止め、それが動揺を誘って迷いが生まれて、ミスをするようになったのであった。

『闇組織』はそんなミスが増えたカーティルに心配を覚える。

三代目になるはずのアーサは子供だし、女の子だからであった。

ヒッター家の存在は組織の将来にとって重要であり、今の状態ではとても不安を覚えたので、組織は見所がある若者に殺しの手口を仕込むようにカーティルに命令をした。

カーティルは娘アーサを妻の遺言通り、娘として普通に育てるべきかもしれないと、考えその提案を受け入れる。

こうして、アーサはこれまで、自分の存在意義だと思っていた殺しから距離を取らされる事になった。

だが、カーティルの指導は、天才ゆえの欠陥があった。

凡人には真似できない部分が多かったのだ。

殺しの指導を受ける若者達は、技術はそれなりに上がっていったが、現場での駆け引き、殺すタイミング、引き際などとっさの繊細な技術と経験を伴った判断が非常に難しく、それに対応できずに失敗して死ぬ者も多かった。

その点、アーサの素質は父カーティル並みであったし、何より三歳から技術や殺しの為の精神的な心構えは骨の髄からしっかり叩き込まれていたので、練った作戦が現場で使用できない状態になっていても、それをとっさに修正して仕事を完遂できていた。

そんなアーサを一般の少女として今さら育てようとしてもそれは無理であったのだ。

アーサは父カーティルから訓練してもらえなくなってからも、一人で技を磨いていった。

そして、その腕をまた、発揮する時が訪れる。

それは、『聖銀狼会』との抗争であった。

王都進出の野望に燃える『聖銀狼会』を相手に『闇組織』はあらゆる手段を使用して返り討ちにするのだが、その時、カーティルと部下達も当然ながら働いたのだが、部下の腕が数段劣った事から、あまり芳しくない結果が多かった。

その辺りは上司であるカーティルが尻拭いをしていたのだが、それは部下が失敗して死んだあとだから、『闇組織』も成功率の低さにカーティルの指導力不足ではないかと疑問を持たれたのだ。

娘のアーサは悩む父カーティルの事をすぐに察して独自に動いた。

それこそ、父の部下が手をこまねいている仕事も勝手にアーサが動いて殺しを完遂したのである。

父カーティルはそれを知って、複雑な思いであったが、アーサが誇らしげに報告に来たので、そこでまた、あの時の言葉が脳裏に去来する。

妻の遺言が、だ。

しかし、その事は面に出さず、父カーティルは、『聖銀狼会』との抗争では部下はサポート役でしか使わず、娘のアーサと手分けして敵を排除していった。

こうして、抗争は裏でヒッター家の暗躍もあって、被害も少なく『聖銀狼会』を返り討ちにしたのである。

「カーティル、今回の働き、実に見事だったぞ。正直、お前の代でヒッター家も終わりかもしれないと思っていたのだが、しっかり娘が育っているではないか！　安心したぞ！　お前達親子がいれば、『闇組織』の今後も安泰だ！　わははっ！」

『闇組織』のボスは満足げにカーティルを手放しで称賛する。

「ボス、今回、娘のアーサの手を借りましたが、親としてあいつには好きに生きさせたいと思っていますので、これからも部下を育てる方向で考えてもらえませんか？」

「……『闇組織』には絶対的な力が必要だ。それが今はカーティルお前の存在だが、そのレベルを、現役の間に育てる事が可能なのか？　お前の娘以上の殺し屋を、……だぞ？」

ボスは喜びの大笑いから一転、真剣な顔になって、カーティルに問いただす。

「……」

これにはカーティルも言葉に詰まった。

そんな見込みがないのは、組織の若者達を育てていて強く感じていたからだ。

「カーティル、お前が組織の者を一人前に育てるまでは、娘のアーサには組織の殺し屋としてこれからも活動してもらう、……いいな？」

ボスはカーティルの跡を継げるのは娘のアーサだけだと思っていたから、条件を出して手元に残そうとした。

「それだけは……！」

「ならば、一刻も早く後継者を育てよ。それが出来れば問題はないだろう？」

ボスはそう強引に決定すると、カーティルの願いを無視するのであった。

それから、数か月後。

父カーティルは殺しの仕事を成功させた後、何者かに刺されて死亡した。

「お父様！」

アーサは変わり果てた姿の父親の姿に初めて泣き崩れた。

母の時にも泣いたが、ここまで取り乱す事はなかったのだ。

「カーティルが亡くなる寸前、儂が後見人になってお前にヒッター家を継がせる事、そしてお前には『闇組織』を助けるようにと遺言があった。——あとはお前の意思次第だがどうする？」

ボスはそう言うと、アーサの肩に軽く手をやる。

「……わかったよ。お父様の遺言通り、ボクがヒッター家を継いで、『闇組織』の力になるよ」

アーサはそう告げると、三代目のヒッター家の殺し屋として暗躍する事を誓うのであった。

それからーサは裏社会で暗躍し続け、名を轟かせていく事になる。


そして、十九歳の時、後見人であったボスが急死した。

死因は、心筋梗塞だったという。

するとアーサは、

「ボクの仕事はこれで終了。引退するよ」

と告げて、突然殺し屋稼業から足を洗う宣言をする。

これには次のボスの座についたばかりのイル・カモネも慌てて、戻るように頼み込んだのだが、
アーサは聞く耳を持たず、

「好きなように生きると決めたから、ボクはこれから仕立屋として生きるよ！」

と答えて復帰を拒否したのであった。


「それなのになんで、僕には《副業》を再開してもいいなんて言ったの？」

リューは執務室で、アーサの身の上話を聞いて疑問を口にした。

「若様はよそ者だからね。そんな人がこのマイスタの街に君臨するとは普通思わないじゃない？」

アーサは意味あり気に答える。

「よそ者だから、復帰してもいいと思ったの？」

リューはリーンに視線を向けて二人で首を傾げる。

マイスタの住人達は仲間意識が強く、よそ者への抵抗感が強い。

それだけに、アーサの言葉の意味が分からなかった。

「ボクは地元の人間の下につくのが嫌だったんだ。だから、足を洗って仕立屋になったのさ。でも、仕立屋は殺しの才能のようには上手くいかなかったから、ヒッター家の遺産も引退から八年くらいで全部使っちゃったんだけどね」

アーサはまた、意外な事を言う。

地元の人間の下につくのが嫌とは、大半のマイスタの住人の考えとは真逆だからだ。

「……それで、うちに？　……タイミング的に良かったって事かな？」

リューは遺産を使い果たしたタイミングで、地元の人間以外の街長&裏社会の組織のボスが現れたから丁度がいいと思ったのかなと解釈しかけた。

「執事募集面接まではその通りだけど、面接で若様を見てピンと来たんだよね。良い意味で同業者だって。傍には腕利きのリーンの姐さんもいたし。あははっ！」

アーサは楽しげに笑う。

「アーサ、あなたは大事な事をまだリューに言っていないわよ。《なぜ、殺し屋稼業を引退したの》？」

リーンは何かに気づいたかのように、鋭い質問をした。

リューは後見人のボスが死んで義理は果たしたからだと思っていたのだが、リーンの聞き方だとそうではないらしい。

「姐さん鋭いなぁ。あははっ！」

アーサは笑って応じるが、それ以上は答えない。

「……もしかして」

リューはその反応で、ピンときた。

そして続ける。

「──闇組織の先代のボスって、病死じゃないって事かな？」

リューはアーサの口ぶりからそう予想を付けた。

「なんでそう思うんだい？」

アーサは笑みを浮かべたまま聞き返す。

「君は地元の人間の下につくのが嫌だったと言っていたじゃない。でも、それが理由なら後見人のボスが死ぬ前はそうじゃなかったって事だよね？　つまり、死んだ時、その気持ちになったって事でしょ？」

「さすが若様。鋭いね！」

アーサは正解とばかりに手を叩く。

「……アーサ、あなた。ボスを殺したでしょ？」

リーンが確信を突く質問をする。

「二人とも鋭すぎるなぁ。でも、それには答えないよ。ボクの名誉に関わる事だからね」

アーサはほとんど殺した事を認めるように答えた。

「……アーサ。それは大問題よ。あなたが、同じようにリューの命も狙う可能性があるって事でしょ？」

リーンはアーサを鋭く睨むと腰の剣に手をやる。

「リーン、待って。アーサが言ったじゃない。自分の名誉に関わる事だって。――アーサはお父さんの仇を取っただけなんだよ。そうでしょ？」

「……」

アーサはリューの言葉に先程までの笑みが消え、沈黙した。

「――やっぱりね。先代ボスはまだ若くて御しやすく映ったアーサの力を欲し、邪魔になったお父さんを暗殺した。それをアーサは十九歳の時知る事になり、仇を取ったという事だよ。アーサはきっと自分の殺しの技術が高すぎたせいで天秤にかけられたお父さんを死なせる事になったと思って、その腕を封印する意味で引退宣言したんでしょ？」

リューはアーサの正当性をリーンに弁明して見せた。

「……うん」

アーサは目に涙を溜めて返事した。

「それでその後、仕立屋として八年間もよく頑張ったね。偉いよ、アーサは。それに君の仕立ての腕は十分誇れるものだよ。ただ、ここは職人の街。仕立屋が成功しなかったのは、競争相手が悪すぎただけだからね？　はははっ！」

リューは優しさ溢れる言葉でアーサのここまでの苦労を労って笑う。

「ありがとう、若様……」

アーサはそのリューの優しい言葉に、我慢できなくなったのか涙を一筋流す。

「そういう事だったのね……。ごめんなさい、アーサ。もちろん、この事は秘密にするから安心して頂戴」

リーンもアーサの思いを知って同情すると秘密にする事を誓う。

「ありがとう、姐さん……」

アーサはまた、涙目で感謝する。

「それにしても、僕に会った事が、殺し屋稼業を再開するというのは、理由にしては薄くない？」

リューはどうしてもそこが納得できないのか、もう一度、質問した。

「……お父様と同じ匂いがしたんだ……」

アーサはボソッと答える。

「匂い？」

思わずリューは自分の匂いを嗅いでしまう。

「その匂いじゃないよ！　……雰囲気というか、……人柄というか、——お父様とその匂いが似ていたんだ。もちろん、若様に父性を感じたわけじゃないよ？　でも、なんとなくそんな匂いがしたんだよ……」

アーサは気恥ずかしそうに答えた。

「そっか、アーサの嗅覚は本物だね。僕の人の好さまで嗅ぎ分けるんだから！　ははは
っ！」

リューは冗談を言うと笑う。

「人の好さは誰も求めてないし、そもそもリューにそんなものないわよ？」

リーンがその冗談にツッコミを入れる。

「ボクもそう思うよ。若様には微塵も人の好さは感じない」

アーサもいつもの雰囲気に戻ってそう応じる。

「ちょっと！　二人とも、僕の気遣いを無下にしないでよ！」

街長邸執務室の休憩時間、三人の笑い声が響く。

そこに、執事のマーセナルが書類を持って入ってくる。

「若様、そろそろ午後の職務をお願いします。——アーサも、片づけを」

「「「はーい！」」」

三人はマーセナルの言葉に返事をするとお昼の休憩時間を終了させるのであった。

あとがき

どうも、この作品の作者、西の果てのぺろ。です。

この巻では三巻で解決していなかった密造酒のお話も、無事終える事が出来ました。

楽しみにしていたみなさん、お待たせしてすみません。

楽しんで頂けていたら幸いです。

あとがきから読む方もいると思うので、内容にはあまり触れない方がいいのでしょうが、少しお話しますと、この四巻は色々なお話を締めくくる巻となっております。

前の巻から続いている密造酒のお話もそうですし、聖銀狼会との抗争についてもそうです。

そして雷蛮会との決着もあります。

一つの区切りになる巻ですので、最後まで楽しんでください。

それではこの四巻での裏話を少し話しましょうか。

作者は基本的に、最初に考えた設定どおりに執筆できていません。

どうしても、登場するキャラの行動に引っ張られてお話が別の方向に行く事も多々あり、結末が変わる事がよくあるんです。

その例が雷蛮会のボス、ライバの結末だったりします。

他にも闇商会や闇夜会のボス、ノストラとルチーナの展開も想定していたものとは多少違っていたりします。
当初は、壮絶な潰し合いも考えていたのですが、結果的に各キャラの個性のお陰で良い方向に話が進んだと思っていますので、結果オーライです？
あとがきから読んでいる方……、この巻で組織同士の抗争が起きるのですが……、そこで、組織のボス、みんな壮絶な死を迎えましたよ……？　（嘘泣）
それではネタばらし？　も済んだところで、今度はお礼を。

今回も巻末書下ろしSSを書くにあたって、担当のYさんには助言を頂いて書けております。いつもありがとうございます。

そして、TOブックス編集部様や関係者各位のみなさんにも毎回お世話になっております。ありがとうございます。

そして、今回もイラストを描いてくれたriritto さん。カバーから挿絵に至るまでリューのいろんな表情が楽しめ最高でした！　ありがとうございます。

そして、読者のみなさん、ここまで読んで頂きありがとうございます。

それではまた次巻でお会いしましょう！

コミカライズ第一話　試し読み

漫画：ソラトタ
原作：西の果てのぺろ。
キャラクター原案：riritto

URAKAGYOTENSEI

ランドマーク家の人々は
驚くほど善良で 慈悲深く
領民にも優しい
貧しい者には
施しをし助け
自分たちが
生活に困るのを
顧みないくらいだ
そのせいで生活は
質素で
貧しいんだけど…
ボクはそんな優しい
家族が大好きだ
だから──

家族のために
ボクも役立ちたいと
思ったんだ
あなたが ミソークさんですね
ああ？ なんだ ガキんちょ
切り取りに来ました
切り取り？
ぴらっ
〈借用書〉
あすみません つい極道用語が
コホン

借金の取り立てに来ました

第1話　転生ですが何か？

俺の名は横浜竜星 32歳
表向きの職業は便利屋
本当は…極道だ
同じ裏稼業の人間相手に借した金の取り立てや逃亡する債務者の追跡・後始末をやっている
カタギには手を出さないというのがポリシーだ
払えない分は遠洋漁船で稼いできな
だが組長直々の命令でとあるカタギの人間の取り立てをしなければならなくなった

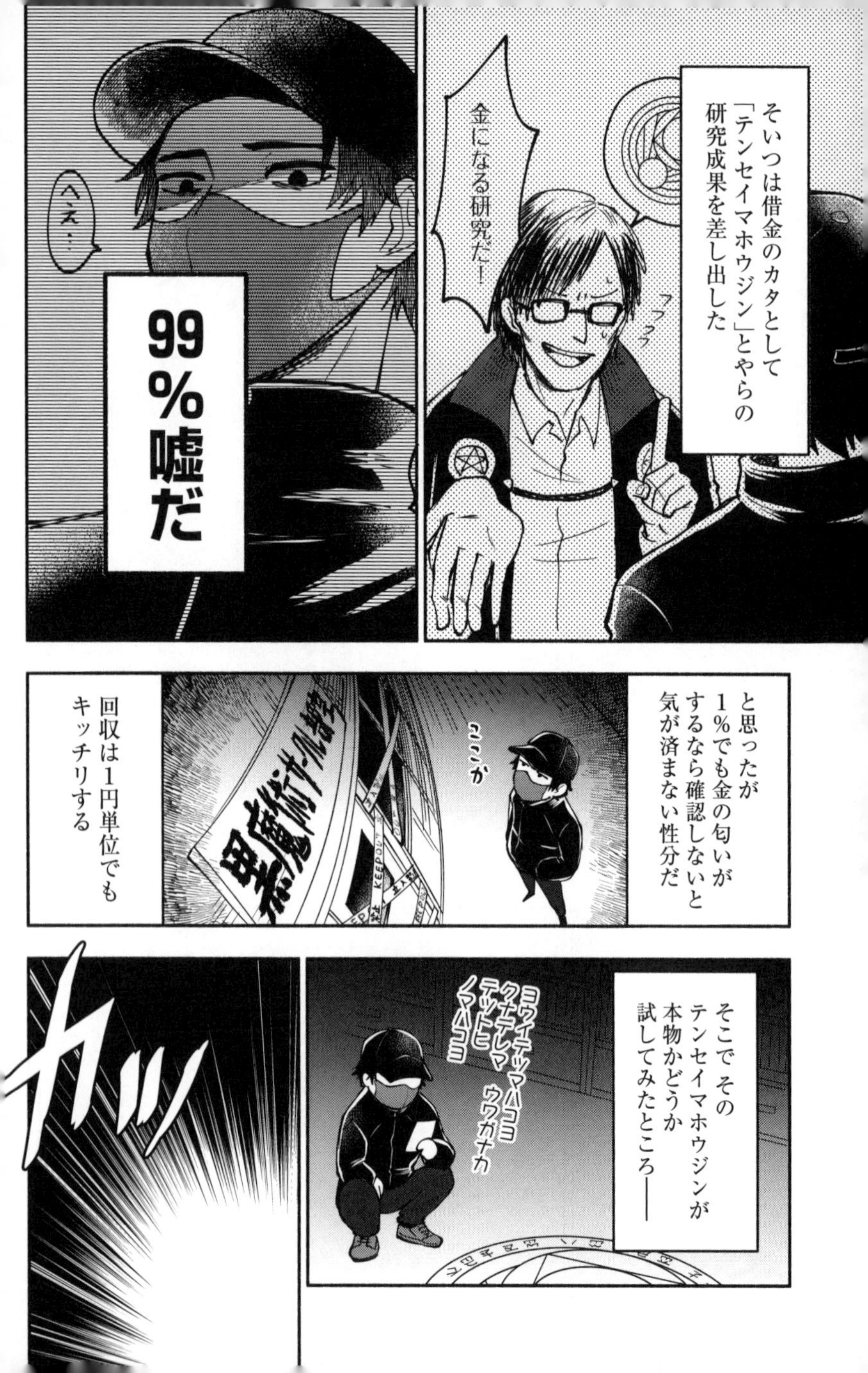
そいつは借金のカタとして
「テンセイマホウジン」とやらの
研究成果を差し出した
金になる研究だ！
フフフ
へぇ…
99%嘘だ
と思ったが
1%でも金の匂いが
するなら確認しないと
気が済まない性分だ
ここか
回収は1円単位でも
キッチリする
そこでその
テンセイマホウジンが
本物かどうか
試してみたところ——
カッ

死んだ
そして――
この子の名前は…

次回予告
視察へ！
コミカライズ決定！
Presented by
西の果てのぺろ。
Illust. riritto
URAKAGYOTENSEI
裏稼業転生
～元極道が家族の為に領地発展させますが何か？～
5

王女一行と共に
南部
心優しき元極道少年の
義理と人情の
領地経営ファンタジー！
2024年
第5巻発売決定！

裏稼業転生４
～元極道が家族の為に領地発展させますが何か？～

2024年6月1日　第1刷発行

著　者　西の果てのぺろ。

発行者　本田武市

発行所　TOブックス
〒150-0002
東京都渋谷区渋谷三丁目1番1号　PMO渋谷Ⅱ　11階
TEL 0120-933-772（営業フリーダイヤル）
FAX 050-3156-0508

印刷・製本　中央精版印刷株式会社

本書の内容の一部、または全部を無断で複写・複製することは、法律で認められた場合を除き、著作権の侵害となります。
落丁・乱丁本は小社までお送りください。小社送料負担でお取替えいたします。
定価はカバーに記載されています。

ISBN978-4-86794-190-4
©2024 Nishinohatenopero
Printed in Japan